ゴリラ裁判の日

一

窮屈だが心地よい場所で私は寝ていた。
狭く、動きづらい。それでも私は喜びで満たされていた。
私が時間をかけて成長するごとに、部屋はより狭く感じられるようになった。

やがて住み慣れた部屋から旅立つ日が来た。
まるで世界が縮んで、私を押しつぶそうとしているようだった。
洪水のような力強い流れに運ばれ、私は母の胎内から産み落とされた。
私は羊水を吐き出し、その代わりに空気を肺いっぱいに吸い込んだ。
息苦しさはすぐに薄れた。手足を思いっきり動かす。
今まで私を閉じ込めていた柔らかな壁がない。
私はついに自由になったのだ。
私は目を開け、こちらをじっと見つめている母の姿を見た。

穏(おだ)やかな光を湛(たた)えた母の瞳(ひとみ)は美しかった。

母は私を寝かしつけようとして、腕の中の私を優しく揺り動かした。

力強い腕に抱かれて、私は母の鼻歌を聞きながら目を閉じた。


私が生まれたのはアフリカのカメルーン、神秘的な霧が立ち込めるジャングルの中だった。

英語では教育熱心で厳しい母親のことを、虎の母親(タイガー・マム)と呼ぶ。私の母は虎ではなかったが、やはり教育熱心だった。周りの子供たちが山を駆け回りながら遊んでいる最中も、私は母に連れられて研究所に通っていた。他(ほか)の皆は研究所に行ったりしない。私の母は特別だったのだ。ジャングルでの暮らしのほかに、研究所での暮らしがあった。私はそんな母のことが誇らしく、友達と遊びたい気持ちを抑えてでも一緒に研究所についていった。

研究所のスタッフたちも、いつも私たちを歓迎してくれた。私は母に抱かれながら、母が研究者たちと話をするのを見ていた。まだ言葉を知らない私には何も分からなかったが、その嬉(うれ)しそうな表情から、母が彼らを信用していることだけは分かった。母は研究所と、そこにいる人たちのことが大好きだった。

幼(おさな)い私を腕に抱(かか)えながら、母は研究所の中で様々なテストを受けていた。言語能力、記憶力、認知能力、そして数学の知識。毎回同じような試験を受けては、その結果に研究者は驚かされていた。

その時は思いもしなかったが、彼らは母だけでなく、その娘である私にも大きな期待を寄せていた。特別な母親から生まれた、特別な娘。私は世界でも類を見ない、唯一無二の存在だった。

もちろん、私はそんなことは知らずに毎日を過ごしていた。

やがて私が少しばかり成長すると、母が私に言葉を教えてくれた。最初に覚えた言葉はローズ。私の名前だ。母が一番好きな花の名前を、私につけてくれたのだ。

私が簡単な単語を一つ覚えるたびに、母は大袈裟なほどに喜び、大きな身体でギュッと抱きしめてくれた。私は母を喜ばせたい一心で、遊ぶ時間も惜しんで勉強した。

母と一緒に研究所に行き、研究所のスタッフからも言葉を学んだ。覚えた言葉が徐々に増えていくと、それらが結びついて単純な文章になった。言葉と言葉が結びつくことで曖昧な世界は明瞭になり、同時に複雑さを増し、きらきらと輝くようになった。

月日が経って疑問文をうまく作れるようになると、私は周りの誰彼構わず、いろんな質問をした。

あれは何？　これは何？　なんでこうなるの？

まだ名前を知らないもの、目につく全てを指さして聞き続けた。

〈あなたたち、何をしているの？〉

ある日、私はチェルシーという名の美しい女性研究者にそう問いかけた。

「私たちはみんな、研究をしているのよ」とブロンドの髪をポニーテールにまとめた彼女が答えた。私はその答えだけでは満足しなかった。

〈何を研究しているの？〉

「私たちはゴリラの研究をしているの」

〈ゴリラって何？〉

尽きることのない私の好奇心の強さに彼女は微笑み、そして一生忘れることのできない言葉を続けた。

「ゴリラっていうのは、あなたたちのことよ。森に住む、素敵な友達」

彼女は私が知っている単語を並べて、ゴリラを説明しようとした。

森に住む、素敵な友達。

その時、私は初めて自分がゴリラなのだと認識した。

「今回のケースは難しい話じゃない。そうだろ？　常識で考えれば簡単な話さ」

重い緊張感で満たされた部屋の中で、七番の男性が口火を切った。裁判なんて早く終わらせて、さっさと家に帰りたいのだろう。他の十一人は話の続きを待った。

テーブルを囲んだ十二人の陪審員たちは、それぞれの表情をうかがうように視線を交わした。

「三歳の男の子の命が掛かっていたんだ。動物園の判断に間違いなんてないさ。余計な話し合いなんてしなくても、動物園の勝ちで良いんじゃないか？」

「四歳よ」三番の女性が七番の男性を訂正した。

「なんだって?」

「男の子は四歳だったの」

「どっちだって同じだろ?」

早く終わらせたいのは七番だけではない。だが、自分たちに課せられた使命を軽々しく考える七番に反感を覚えたのは一人二人ではなかった。

「私も動物園の判断が正しいと思うが、話し合いの過程を省くのには賛成しかねるな。如何に単純に思えても、私たちには熟考を重ねる義務があると思うがね」

四番の男性が七番の軽率な態度を戒めると、幾人かがそれに賛同するように小さく頷いた。

「もちろん、それでも構わないさ」七番は降参だというように両手をあげた。「動物園側に落度があると思う人がいれば、俺は意見を聞いてみたいね」

「そうだな。じゃあ基本的な事実を簡単に振り返ってから、動物園の対応に非があったかどうかを確認していこうか。みんな、どう思う?」

四番の男性がテーブルを囲んだ十一人の表情をうかがうと、皆が賛同の意を示した。

「よし、じゃあできる限り簡潔にまとめよう。事件が起きたのは十月二十八日の午後四時。アンジェリーナ・ウィリアムズは二人の息子、ニッキーとアンドリューを連れてクリフトン動物園のゴリラパークに来ていた。母親が目を離した隙に、四歳のニッキーはゴリラパークの柵を越えて、エリア内に落ちてしまった。近くにいた群れのリーダーであるオマリがニッキーを捕らえると、周りの騒ぎに混乱してエリア内を引き摺り回した。ホプキンス園長が射撃チームを連れて現場に着いたのは、事件が発生してから十分以内。麻酔銃を使わずに実弾でオマリを射殺。銃弾はオマリの心臓を撃ち抜いた。その後、動物園スタッフが子供を助けた。ここまでは良いね。では、動物園の対応に落ち度があると思う人は、なんでも言ってくれ」

「私は、実弾を使ったことに疑問を感じます」三番の女性が控えめに手を挙げてから口を開いた。「麻酔銃ではダメだと判断したと言っていましたけど、それは本当だったんでしょうか？」

「あの場合は麻酔銃じゃあダメだ」二番の男性が女性の言葉を否定するように首を横に振った。

「証人の獣医が言っていた通り、麻酔の効果が表れるまでの間、男の子は危険に晒されたと思う。みんなも映像を見た通り、男の子が柵を越えて落ちてから、あのゴリラは倒れていた男の子を捕まえて引き摺っていたんだ。もし麻酔銃に撃たれた瞬間に暴れでもしたら、男の子が重傷を負っていたかもしれない」

「それは実弾でも一緒だったんじゃないでしょうか？　実弾でも撃たれた瞬間に男の子を振り回すことはできたかもしれません」

「だけど、そうならなかった」七番はテーブルの上を見つめたまま発言した。マホガニーの一枚板からなる美しいテーブルで、表面は鏡のように磨かれていた。「動物園が実弾を使ったから、ゴリラは即死して、男の子は助かった。それが事実さ」

「専門家はあの時のゴリラの行動に危険性はないと主張していた。ゴリラの子供と遊ぶ時と同じような行動だったとね。我々の目には危険に見えたが、本当はなんでもないことだったんじゃないだろうか？」十一番の初老の男性が次の疑問点をあげた。

「そんなことを後から言うのは簡単さ。でも、ゴリラの子供と同じように人間の子供を扱っていいと思うのか？　それに動物園の人間だって、動物の専門家だろ？　彼らが危ないと判断したんだ、専門家でも意見が食い違うような場面だったってことだろうな」二番の男性が反論した。

「ゴリラは絶滅危惧種なんだし、殺さないでなんとかならなかったのかな？」

「ゴリラが希少動物だなんて、動物園が知らないはずないだろう。殺しちゃいけない動物だとしても、避けられなかった。もし動物園に落ち度があるとしたら、安全対策が万全じゃなかったことだろうが、それは今回の争点じゃない」

誰かが散発的に思いついたことを口にし、他の誰かがそれを即座に否定するだけで、議論が進むことはなかった。

「もっと単純な話じゃないでしょうか？」今まで黙っていた一番が、七番に視線を向けながらゆっくりと話し始めた。

「単純な命の選択の話です。人間と動物、どちらの命を選択するか、それだけの問題ではないでしょうか。そのままにしていたら男の子の命が危なかったんです。動物園はゴリラの命と引き換えに男の子の命を救いました。私はその選択は間違っていないと思います」

一番の話を聞いて、二番が大きく頷いた。

「その通りだと思う。人間の命は動物の命に優先される。それは常識みたいなもんじゃないかな」二番は一度口をつぐんだが、思い出したように先を続けた。

「もちろん、人間の命も動物の命も同等だ、って考える人もいるだろうけどな。俺はそんな言葉信じないね。一匹のネズミを助けるために、自分の命を差し出すような奴(やつ)がいれば話は別だけどな。そうでもない限り、命が同等だなんて言うのは口先だけの戯言(たわごと)だね」

「人の命と動物の命か……。そう考えたらやっぱりゴリラより人間の命の方が大事ですよね」

簡単に答えを出すべきではない。

多くの者がそう思いながらも、既に合意に達しようとしていた。

コンコン、と弁護士のユージーンが目の前のテーブルを軽く叩(たた)き、私の注意を促した。それは幸運を祈る仕草(しぐさ)のようにも見えた。幸運、それこそ私たちが一番必要としているものだ。既に立っていた彼は、私にも立ち上がるように指示したのだ。どうやら、「全員起立」の一声を聞き逃してしまったらしい。
私は頭の中で巡る様々な思いをかき消すように深くため息をつくと、勢いをつけて前足を床から離し、後ろ足だけで立ち上がった。いつのまにか、裁判官も陪審員も法廷に戻ってきていた。最終弁論ののち、一時間も経たないうちに私たちは呼び戻された。
評決は全員一致が原則のはずだ。それにもかかわらずこんなに早く結論が出た。それが良いことなのか、悪いことなのか、まだ分からない。だが、不安で気が変になりそうだった。
私たちはハミルトン郡一般訴訟裁判所の法廷に集まっていた。正面入り口には壮麗な石柱がずらりと並んでいる、ルネッサンス・リバイバル様式の建物だ。白く高い天井には、碁盤の目のように金色の装飾が施されており、綺麗に並んだ小さな照明が部屋を明るく照らしていた。右手の窓から外光が差し込み、十二人の陪審員たちを背後から照らしている。壁には独立戦争時のものだろうか、様々な肖像画が飾られていた。薄紫色の絨毯が柔らかく足をくすぐる。

私はこの裁判の原告、つまり訴えを起こした側だ。しかし、法廷に備えられた木の椅子は小さすぎて、座ることができなかった。人間用の椅子しかないのだから、当然である。私はニシローランドゴリラのメスとしては平均的な体型で、百キロほどの体重だが、身長は百四十センチしかない。しかし腕は長く、両手を広げれば二メートルにもなる。人間とは体の造りが違うのだ。

私の体は黒く短い毛に覆われているが、ブルーのパンツスーツを着てきた。今日のために特別にあつらえてもらったものだ。そして、両手にはいつものように特製のグローブをつけている。

私は人間のように原告席に座ることができないので、特別に被告席との間の床に座っていた。そこは部屋のちょうど真ん中であり、裁判長の真正面にあたる。

私は立ち上がりながら陪審員たちの表情を覗き見た。誰もが口を一文字に固く結んでいる。緊張した面持ちからは、私の訴えがどう審議されたのかを示唆するような何かはうかがえなかった。彼らは一様に正面の裁判長の方を向いていた。私を見ないように努めているようだ。

被告人席に立っているホプキンス園長は、いつもと違ってそわそわしており、禿げあがった額をハンカチで拭いていた。部屋にいる全員が裁判長の言葉を待っている今、ホプキンス園長が唾を飲み込む音さえも聞こえるほどに、法廷は静まり返っていた。

「陪審員の皆さん、評決に達しましたか？」と裁判長の男性が低い声で訊ねた。その言葉は無音の部屋に音楽のように響き渡った。

裁判長の着ている黒いローブのゆったりしたシルエットは、まるで私たちゴリラの仲間のように見える。尊大に思えるほどに力強い彼の言葉も、好感が持てるものだった。迷いのない、自信に溢れた態度。一般的な人間を超えた、ある意味では動物的な威圧感を覚えた。

私は強いものが好きだ。味方であるはずのユージーンにそういった力強さを感じられなかったのが残念でならない。

私は弱いものを信じない。私だけでなく、弱いものに従う動物はいない。一目見た時からユージーンのことを信頼できていなかった。説得力に欠けた最終弁論を聞いた後では更に力不足を感じた。彼の話し方には彼の性格がにじみ出ていた。優しいが、どうにも押しが足りない。それに、彼はまだ若すぎる。学校を卒業したばかりのように、幼い顔つきをしている。裁判にも慣れていないようだった。自信がなさそうな喋り方も好きになれなかった。

「はい、裁判長」と陪審員代表の男性が軽く咳払いをしてから述べた。評決を言い渡す時に交わされる言葉はあくまで形式に則ったものだ。恐ろしく熱意に欠けた、冷たい言葉に聞こえる。だが、この男が次に述べる言葉が、私の全てを決めるのだ。

私は強い眩暈を覚え、激しい動悸を感じた。

ふと、全てから逃げてしまいたくなった。

不安に圧倒され、その場に立っているのが精いっぱいだった。

「評決はどうなりましたか？」裁判官が先ほどと同じ音楽的な声で聞き返す。

私が勝つに決まっている。不安を押しのけるように、そう強く心に念じた。

私が負けるはずがない。夫は銃殺されたのだ。殺した側に非がないとは言わせない。そんな不条理が許されるだろうか？　それなのに、周りの誰もが私に黙っていろと、大人しく運命を受け入れろと言った。

私は弱い女じゃない。黙っていられなかった。許せなかった。戦わずにいられなかった。

私が負けるはずがない。

私は食い入るように陪審員代表の男を見つめた。

「ローズ・ナックルウォーカー対クリフトン動物園に関して、私たちは原告の請求を棄却します」

男性は淡々とした口調でそう言った。評決が言い渡されると、傍聴席が騒めいた。裁判長はその評決に満足したように木槌（きづち）を打ち鳴らし、閉廷を告げた。

ホプキンス園長がほっと胸を撫（な）でおろし、弁護士とにこやかに握手を交わすのが視界の端（はし）に見えた。

男性の述べた評決は信じられなかった。私は負けたのだ。夫を亡くしただけでなく、裁判で負けた。私は暗い穴の底に落ちてしまったように感じられた。

ユージーンが隣にいる私に、憐(あわ)れみと後悔の混じった視線を向けている。彼は私にかける言葉が見つからないとでもいうように、短く切りそろえた茶色の髪をくしゃくしゃとかきあげた。

「残念な結果だ。力になれなくて、本当にすまなかった。大丈夫かい？」

ユージーンの弱々しい声が聞こえ、私はなんとか頷いた。だが、大丈夫じゃなかった。

全く、大丈夫じゃなかった。

全身から力が抜けていく。私は前足を下ろし、拳(こぶし)を床にそっと置いた。特製のグローブに詰められたクッション材が絨毯に押しつぶされてクシャッと鳴った。

私が途方に暮れていると、ホプキンス園長が静かに近づいてきた。

「今回の件は本当に残念だった。君には何度謝っても後悔が残るよ」

ホプキンス園長は私の顔を覗き込むようにして禿げた頭を傾けた。黒縁眼鏡(めがね)の奥に見える彼の瞳はドライフルーツのように乾いている。鼠色(ねずみいろ)のスーツから、うっすらと汗の匂(にお)いがした。

「分かってくれるとは思うが、こちらも悪気はなかったんだ。許してくれとは言わないが、これからも動物園でうまくやっていけないかな？」低く誠実そうな声が私の心に触れた。彼の冷静な言葉が余計に私の気持ちをかき乱す。

今回の一件でこじれてしまった関係を元に戻したい、今までのように彼の丸く太った腹に抱きつきたい。そう思う一方で、自分がそんな風に考えていることを否定したい気持ちもある。私はまだ夫の死を受け入れられていないのだ。

ホプキンス園長の困惑顔を見るのは私としても心苦しい。だが、今は自分の気持ちをどう整理して良いか、全く分からなかった。たった一言で告げられた評決に、私の全てが否定された気がした。陪審員の間で、一体どんな審理が行われたのだろうか。私には知る由もなかったが、それを考えるだけで胸が痛んだ。

今は誰とも話したくない。自分の怒りを心の中に抑えておくだけで精いっぱいだ。私はホプキンス園長から顔を背けた。出口に向かって四足歩行（ナックルウォーク）を始めると、私に気が付いた傍聴者や関係者が驚いたように道を空け、傍聴席にいたチェルシーが慌てて追いかけてきた。

ホプキンス園長は私の態度に腹を立てたのか、「六年だ！　私はオマリを六年間も見守ってきた。私の家族でもあったんだ。悲しんでいるのが君だけだと思ったら大間違いだぞ！」と声を荒らげた。

私はその声も聞こえない振りをして、ホールを急ぎ足で駆けていく。厚みのある黒いグローブが白く滑（なめ）らかな大理石の上に触れるたびにくしゃくしゃと音がした。

その瞬間、私は薄暗いジャングルの中を駆け抜けているような気分になった。私は獰猛（どうもう）な何かから逃げようと、必死で走っている。生い茂る木々の間を抜け、下草の中へ分け入り、泥に塗（まみ）れながら進んでいる。群れから離れてしまった私は無力だ。決して逃げ切ることのできない何かが、私をつけ狙（ねら）っている。正体の見えない恐ろしい何かが迫ってきている。

実際には私は綺麗に清掃された、数々の調度品で飾られたホールを、走り抜けているだけだった。周りに居合わせた人たちは驚いた表情で私を見つめている。全てが止まったように静かなホールの中を、私とチェルシーだけが走っていた。

「ローズ、待って！」なんとか私に追いついたチェルシーは顔を真っ赤にしている。「外には記者が大勢押しかけていると思うの。今後のためにも、そんなに取り乱した姿を見せない方が良いと思う。少し落ち着いてから外に出ようよ」チェルシーは息も絶え絶えだ。

私はゆっくりとその場に止まり、チェルシーに向き直った。私は彼女に自分の気持ちを伝えるために、手話を使った。

「ごめんなさい。負けるなんて思ってなかったから。どうしていいか分からない」

私はアメリカ式の手話を使う。両手に装着したグローブがその動きを認識して音声を発する。グローブに埋め込まれたスピーカーは他の人が話すようにスムーズな発話をする。私の手話の癖を学習させているので精度は高いが、いつでも冷静な口調なので、感情的な喋り方はできない。私が感じている怒りや悲しみ、困惑を伝えられないことが歯がゆい。

「そうね。本当、こんなことになるなんて思わなかった」チェルシーはしゃがみこんで私を抱きしめた。

「あなたは頑張った。でもどうしようもないことってあるんだよね」

私は英語を聞き取ることができるが、チェルシーはいつでも私が分かりやすいように、喋りながら手話を使う。

「でも、メディアの人たちはあなたのことなんて考えてくれないよ。容赦なく酷い質問をしてくると思う。だから、これから外に出たら、何を聞かれても答えなくて良いからね。サムが車を出してくれるから、早く一緒に帰ろうね」

私は右手の拳を自分の頭の横に持ってくると、人差し指をピンと伸ばした。その動作を認識したグローブが「分かった」と発話した。

バタバタと足音が聞こえ、後ろを振り向くとユージーンがやっと私たちに追いついたようだった。ユージーンは私のすぐ近くまで来ると、疲れ切ったように両手を膝につい(ひざ)て息を整えた。

「遅くなった。ごめんね。ローズは大丈夫かい？」

私は大丈夫じゃなかった。裁判に負けて大丈夫なはずがない。それなのに、何度も同じことを聞かれて私は腹が立った。大丈夫じゃないと伝えたところで、結果が変わるわけではないのに。

「今は話したくない。後で連絡する」

私がそう伝えると、ユージーンは心なしか少しホッとしたような表情を見せた。

「分かった。今後のこともちゃんと話さないとね。それと、メディアの連中がいっぱい外にいるだろうから、毅然とした態度でね。何も話さなくていいから」

チェルシーとその話をしたばかりだというのに、ユージーンは得意げに言った。私はユージーンに苛立(いらだ)ち、返事をせずにただ背を向けた。

「じゃあ、僕は帰るよ。何かあれば、連絡してくれ」

ユージーンの声が聞こえたが、私は振り向かずにチェルシーと目を合わせた。たとえ手話を使わなくても、チェルシーには私が何を考えているか伝わっているような気がした。もうユージーンに頼ることなんてない。彼を信用したのが間違いだった。

ユージーンの足音が遠ざかっていくのが聞こえた。

チェルシーは一息つくと「もう行こうか？」と言った。私はそれに軽く頷いて応えた。

「じゃあ、焦らずゆっくりと歩いて、一緒に外に出よう。マスコミが押し寄せてきても、私が守るからね」

チェルシーは軽く微笑んだ。グレーのジャケットのポケットから携帯端末を取り出すと、電話をかけて端末を耳に当てた。

「サム？　私よ。うん、もう終わった。車の準備をしてくれる？」彼女は短いメッセージを伝えると、私を見た。

「今、サムが来てくれる。車が見えたら、一直線に向かって行って、すぐに乗ろうね。マスコミには何も答えなくていい。絶対に私のそばを離れないでね。分かった？」

「分かった」私はさっきと同じジェスチャーを繰り返した。

「よし、じゃあ行きましょう」チェルシーは私の肩を優しく撫でた。

私たちはゆっくりと階段を降り、広々としたエントランスに向かった。入り口の端、柱の陰に隠れて外の様子をうかがうと、裁判所前はマスコミでごった返していた。何十人ものリポーターたちが、それぞれのカメラに向かって何かを喋っている。私は急に怖くなって、チェルシーのパンツの裾を指で軽くつまんだ。

チェルシーは私をチラリと見て微笑んだ。私は外のマスコミを眺めながら両腕で自分を抱きしめるような動作をし、「怖い」と彼女に伝えた。

「大丈夫。なんとか二人で乗り切ろう。ほら、車が来た。準備は良い？」

私は軽く頷き、グゥームと低く唸り声を漏らした。いつも乗っている白いバンが私にも見えたが、それはあまりにも遠く感じられた。

真冬のシンシナティは恐ろしく寒い。昨晩降った雪が、まだ建物や地面を白く輝かせている。

私が育ったカメルーンでは、冬でも二十度を切ることがほとんどない。

アメリカに来て初めて見た雪は美しく感じられたが、その冷たさは故郷から遠く離れてしまったことを思い出させた。

一陣の風が吹き、私は身を切るような寒さに体を震わせた。早く車まで移動しないと。

「よし、行くよ。何を聞かれても答えなくて良いからね」チェルシーは私に手を添えたまま、私に歩き出すように促した。私は拳を突き出して、体を前に進めた。チェルシーは私の背中を押さえたまま進んだ。

リポーターの一人が私たちに気づき、マイクを向けて近づいてきた。私たちはすぐに群がる報道陣に取り囲まれた。

「敗訴とのことですが、今のお気持ちはいかがですか？」

「敗因はなんだったと思いますか？」

「今後、動物園との和解の道は残されていると思いますか？」

四方からマイクが私に突き付けられ、一斉に質問が浴びせられた。私は恐ろしかったが、同時に不思議な高揚を感じつつあった。カシャカシャとシャッターをきる音が響く。ギラギラと焚かれるフラッシュは目に突き刺さる細い針のようだ。

敗因？　そんなのは陪審員に聞けばいい。彼らがこの裁判の結果を決めたんだ。そう、全ては陪審員が決めたことなのだ。十二人全員、人間の陪審員たちが。私の立場を理解してくれる者なんて一人もいなかっただろう。

「ノーコメントです」チェルシーは執拗（しつよう）なマスコミの追及をかわして、道を作ろうと右手で人をかき分けた。私は彼女に守られながら、少しずつ前に進む。目指す車のある通りまではまだ遠い。私が進めば、それにあわせてカメラも追いかけてきて、まるでアメフトの試合をしているようだった。もしこれが試合なら、私たちは劣勢だと言える。マスコミの壁は強力で、一歩前に踏み出すのも容易ではなかった。

「評決は妥当だったと思いますか？」

「クリフトン動物園に伝えたいことはありますか？」

私は言われた通り、黙ってマスコミの間を通り抜けていた。だが、マスコミの熱気を間近で感じたことで、興奮を覚えた。

マスコミの連中が踏み溶かした雪が、びちゃびちゃと私の服とグローブを汚す。

裁判は厳（おごそ）かに、静かに行われた。今起きている、自分を取り巻く注目の卑しさや騒々しさはそれと対照的だった。そのあまりの落差は現実感がなかった。

「おい、ゴリラ！　こっち向けよ！」

背後から信じがたいほどに不躾（ぶしつけ）な言葉が投げかけられ、私は思わず振り返ってしまった。その瞬間を狙っていたかのように、マスコミは更に距離を詰めた。チェルシーは押し流されて、私から離れてしまった。

四足歩行する私の目線は低く、周りを固めている報道陣から見下ろされている。

「ローズ！　こっちよ、ローズ！」チェルシーの声が聞こえるが、人ごみに阻まれて、その姿は見えなかった。

「上訴する予定はありますか？」スタイルの良い女性キャスターが私の前に立ちはだかった。私は彼女の横を押し進もうとした。だが彼女は人の良さそうな魅力的な笑顔を完璧に保ったまま、私の道を塞いだ。

上訴すべきなのか？　もともとそのつもりはなかった。負けたらどうしようなどとは考えなかったのだ。

「今のお気持ちは？」女性キャスターは私が考え込んだのに気が付くと、質問を重ねた。私はチェルシーの助けを必要としていたが、彼女はマスコミの外に押し出されてしまった。質問に答えなければ通してもらえそうもない。

私は一言で答えようとした。指を広げた両手を胸の前にかざし、勢いよく上外側に広げた。

「私は憤りを感じている」

そうだ、私は憤りを感じている。だがそれだけではない。右手を首元に持っていき、何かを握りつぶすような動作をした。「私は恥ずかしい」

一度、感情を表現すると、言いたいことはいくらでも出てきた。

「私は夫を奪われた。正義を求めたが、拒否された。悔しい。強い怒りを感じる」

私が語り出すとシャッター音が一層高鳴り、報道陣が活気づいた。グローブの発する味気ない口調が不快に感じられた。思わず、怒鳴り声をあげてしまいたい衝動に駆られた。だが、もしそんな「動物的な」行動をしたら私のイメージが悪くなってしまう。私はなんとか気持ちを冷静に保とうと努力した。

「今後はどうするおつもりですか？」

「何も考えていない。私は諦めた。正義は人間に支配されている。裁判は動物に不公平だ」

私の言葉にその場がどよめいた。喋らない方がいいと思ったが、止められなかった。

「正義が人間に支配されているとは、どういう意味ですか？」別のキャスターが質問を続けた。

「裁判官も陪審員も全て人間。誰も私たちゴリラのことを理解しない」

私がそこまで話した時、チェルシーが群衆に割って入り、私を車まで誘導した。

彼女が後部座席のスライドドアを開けてくれ、私は車に乗り込む。サムが前方から不安そうにこちらを覗いている。裁判の結果を聞きたがっているのだろう。サムは私の後に乗り込んできたチェルシーの表情を見て敗訴を悟ったようで、そのまま何も言うことなく車を前に進めた。

「話をしないでって言ったのに……」私のシートベルトを代わりに締めながら、チェルシーが小言を漏らした。

「正義は人間に支配されている、だなんて。きっと誤解されちゃうよ。変な報道をされたら、あなたのイメージが悪くなっちゃうかもよ」彼女はそう言いながら助手席に移動した。

車はシカモア・ストリートを通り過ぎると、オーバーン・アヴェニューに合流した。

「本当のことを言っただけ。誰も私のことを理解してくれない。人間は動物のことなんて考えてない」チェルシーの小言に苛立ちを覚え、私は反論した。

「そんなこと言わないで。今回は難しいケースだったんだよ。前例がない裁判だったんだし」

道路を挟む並木は既に葉が落ちきっていた。こんなに寂しい光景を私は知らなかった。

ジャングルでは葉が落ちきるなんてことはない。いつだって数えきれないほどの枝葉が空を覆いつくしている。

雪の坂道で橇滑りをして遊んでいる子供たちが見えた。楽しそうにはしゃぎ回る子供たちの純真さは人間もゴリラも変わらない。

私は故郷の群れを思い出した。いつも一緒に遊んでいた兄弟たちのことを。彼らは私のことを覚えているだろうか。

もうすぐ動物園に着く。だが、まだ動物園には帰りたくなかった。

どこまでも遠く、誰も私のことを知らないところまで逃げてしまいたい。

だが、どこまで行ったとしても、私を知らない人などいない。アメリカに来て一年半しか経っていないのに、有名になりすぎてしまった。

私はジャングルに戻りたかった。私が生まれ育った、動物の楽園に。

もちろん、帰ることなど許されないだろう。

私は私のものではないのだから。

私はアメリカのもの。アメリカがカメルーンから借りたものに過ぎないのだ。

私がここにいるのは取引の結果であり、私の自由意志でそれを覆せるとは思えない。この裁判の結果も、とどのつまりはそういうことなのだろう。

私たちゴリラが動物である以上、人間のように扱われることはないのだ。

車はマーティン・ルーサー・キング通りを横切り、ヴァイン・ストリートへ流れていく。民権運動のリーダーの名前を冠した道路はアメリカ中にあるが、シンシナティのマーティン・ルーサー・キング通りは町を東西に結ぶ重要な幹線道路だ。私は彼の名を聞くたびに、その功績に思いをはせる。

彼には素晴らしい夢があった。彼なら、私の状況をどう考えてくれただろうか。

私は窓の外を見ながら、ユージーンとの打ち合わせを思い出した。今思えば、彼は最初からオマリの事件を真剣に考えていなかったような気がする。なんで裁判を起こすのか、とユージーンに問われて、私は馬鹿にされているのかと思った。彼は被害者が人間の場合も同じことを聞くだろうか？

「夫が殺されたら、警察を呼ぶ。犯人が裁かれないなら裁判を起こす。普通のこと。私は間違ったことをしてない」私の手話にあわせて発する機械音声は一定の抑揚で、味気ない話し方をした。できればユージーンにきつい言い方をしたかった。

私は間違ったことをしていない。そう思っていた。

だが、陪審員たちはそう思わなかったようだ。

助手席のチェルシーが振り返り「もう動物園だよ。降りる準備をして」と告げた。

「動物園には戻りたくない。あそこにはもういられない」

オマリが殺されてから裁判が始まるまで、まるで何もなかったかのように動物園で暮らさざるを得なかった。私は怒りも不満も呑み込んで、なんとか屈辱の日々を、ここで過ごしたのだ。だが、ホプキンス園長と裁判で争い、こちらが負けてしまっては、もうクリフトン動物園に戻ることなどできない。

「動物園に戻らないって、じゃあどうするつもりなんだ？」サムが驚いたように言った。彼は喋りながらも、まだ動物園の駐車場を目指して運転していた。

「チェルシーと一緒に暮らす」

「ローズ、私もできれば一緒に暮らしてあげたいけど。狭い部屋だし、難しいな」チェルシーは申し訳なさそうに言った。

「他の動物園に引き取ってもらう手はある。もともと、繁殖がうまくいかない場合はその予定だったしな」バンを駐車場に停めると、サムが振り返って言った。「どこか見つかるはずだよ。裁判沙汰の後でも、君を欲しがるところは少なくないだろう。まぁ、こういうのはそう簡単に調整できるもんじゃないし、時間はかかるだろうけどな」

「私たちで次の動物園を探してあげるから、安心して。できるだけ早く移動できるようにする。でも、今のところはこの動物園にいてもらうことになるから、残念だけど我慢してもらうしかないわ」

二人の言葉は心強かったが、それでもまだ我慢を強いられるなんて、耐えられそうにない。

チェルシーはバンの後部座席まで来て、私の傍にしゃがみこんだ。

「ローズ、大丈夫？」

私は人差し指を曲げて机をたたくように動かし、そのあとで両手の拳を胸の前で交差させた。それを見たチェルシーは瞳に涙を浮かべながら、腕を大きく広げ私を抱きしめてくれた。その次の瞬間に少し遅れて「抱きしめて欲しい」とスピーカーから機械音声が流れた。

「あなたは頑張った。私はあなたのことを誇りに思う」チェルシーの言葉を聞きながら、私は虚脱感を覚えた。悔しさとやるせなさに私は押しつぶされそうだった。私には時間が必要だった。

「一人にして」と私が伝えると、サムとチェルシーは気持ちを汲んでくれた。

「じゃあ、私たちは車の外にいるわ。気持ちが落ち着いたら教えて」

私はバンの中に取り残された。茫然として、何も考えられない。

どうして私はこんなことをしているのだろう？　普通のゴリラのようにジャングルで生きるわけでもなく、動物園で大人しく暮らすわけでもなく。

私はゴリラなのに、人間のように考え、人間のように行動する。今まではそれが嬉しかった。私は特別な存在で、幸せだった。だが、私が普通のゴリラではないからこそ、こんな苦しみを味わうことになった。他のゴリラや野生動物が決して知ることのない、屈辱と挫折。

つい一年半ほど前まではジャングルで幸せに暮らしていたのに。全てが突然目まぐるしく変わってしまった。

どうしてこんなことになってしまったのだろう？

振り返ってみると、全てはあの日に始まったのだ。
アイザックという一頭のゴリラと出会った日、私の人生は動き出していたのだ。

二

ジャングルにこだまする鳥たちのざわめきが夜明けを告げる。鬱蒼と生い茂る緑の間から、柔らかな朝日が零れ落ちた。遠くからは猿の吠える声も聞こえる。蝙蝠などの夜行性動物たちはそれぞれの隠れ家に戻っている。水辺ではカエルが鳴き声をあげ、木の枝の上を鮮やかな色の蛇がスルスルと動く。

私たちが暮らしているジャー動物保護区はカメルーンの首都ヤウンデから南東に百二十キロほど離れた自然保護区で、約五千二百平方キロメートルの敷地内には、手つかずの自然が広がっている。ここは私たちローランドゴリラを含めて十四種類の霊長類が暮らしており、哺乳類は百種類以上も生息している。アフリカの熱帯雨林の中でも特別な場所だ。ジャングルは植物も豊かで、木の高さは五十メートルにも及ぶ。高い木の下で、低木や蔦が生い茂っている。

雄大な自然の中で生きていると言えなくはないが、実際に私たちが暮らしているのは、その広大な保護区のほんの一部のエリアでしかない。私たちゴリラは広い行動範囲を必要としない。豊かな自然の恵みのお陰で、食料を探すのに苦労することはないし、いつものんびりとしているだけだ。私たちゴリラを脅かすような天敵はもとより少なく、悠悠自適に生活している。

木の枝を曲げて作ったベッドの上で、私はしばらく横になっていた。私たちゴリラは毎晩木の上にベッドを作り、そこで夜を過ごす。数こそ多くないが、まだ保護区にいるヒョウなどの天敵から身を守るためだ。私たちは毎日食料を求めて森の中を移動しているから、同じベッドを使うことはない。

まだゆっくりと寝ていたい。私はそう思っていたが、すぐ近くの木の上で枝が揺れ、その音に共鳴するように、同じような音が辺りから聞こえた。群れの皆が起き始め、一頭一頭がそれぞれの木から地面に降りていく。

グオーム、グオームと下で挨拶を交わす声が聞こえてくる。私の父であり群れのリーダーのエサウと、第一夫人のニノンだ。彼女はいつも父の一番近くの木の上で眠る。第一夫人の特権だ。

ゴリラの世界は一夫多妻制で、リーダーとなるシルバーバックを中心とした群れを作る。シルバーバックとは成熟したオスゴリラのことだ。その名の通り、背中が銀色の毛に生え変わり、独特の美しさと貫禄を兼ね備えた存在になる。父エサウには第四夫人までいて、それぞれの子供をあわせて十一頭が群れを構成している。妻たちの間には緩やかな上下関係があり、第三夫人である私の母ヨランダは第一夫人のニノンや第二夫人のクロチルドには頭が上がらない。だが、問題なく幸せに暮らしている。

私は今まで寝ていたベッドから起きると、木の下に降りていく。私が動くのにあわせて木がしなやかに揺れる。腐葉土の地面は足をつけるとふかふかしており、少し湿っている。

私は周りを見回し、子供たちの様子をうかがった。まだ一歳のカリムは母親である第四夫人のビビのお腹にしがみついて、彼女が動くたびに下でぶらぶらと揺れていた。まだ小さいナディンとラザルは父エサウの傍で走り回ったり、お互いに取っ組み合いをしたりして遊んでいる。彼らより少し大きいメスのハマドゥとオスのアジャラの二頭は、近くの茂みで蔦をむしり取って朝食にしている。私が二頭に挨拶をすると、彼らは機嫌良さそうに返事をした。

ゴリラは一歳を過ぎる頃まで母親が独占的に子供の面倒をみるが、その後はだんだんシルバーバックに子育てを託すようになる。そしてやがて成熟した個体は群れを離れていく。オスは群れを離れて一頭で暮らし、やがてメスを見つけて自分を中心とした新たな群れを作る。メスは他のオスに誘われて別の群れに加入する。

父と四頭の妻たちを別にすれば、私は一番年長だ。私よりも年上だったヨアキムは昨年、アミナは一昨年、群れを離れてしまった。私たちは仲が良く、いつも一緒に遊んでいたので、彼らがいなくなってしまった後はとても寂しかった。

私もいつかこの群れを抜けて、別の家族を見つけることになるのだろうが、今はそんなことなど、全く考えられない。父が好きだし、母とは特別な絆を感じている。私と母は別のゴリラには想像もできない、素晴らしいものを共有しているのだ。他のゴリラが知らない秘密の魔法。

それは言葉だ。

ゴリラは言葉も名前も持たない。私以外の全てのゴリラに名前を付けたのはチェルシーとサムの二人だ。二人はジャー動物保護区のゴリラを調査するために、生体に名前を付けた。人間は私たちの鼻の模様を見て一頭一頭を区別しているらしい。

「鼻紋は指紋みたいに、どの個体も違う形をしているから、識別しやすいのよ」とチェルシーは言っていた。私たちからすれば、どのゴリラも全く見た目が違うのだが、人間は鼻を見て識別しているらしい。例えば、私の鼻はハの字形に鼻孔が広がっているとのことだ。これは母のヨランダの鼻紋にも似ているが、父エサウのものとは全く違う。

〈鼻の整形手術をしたら、チェルシーは私のことを分からなくなっちゃう?〉と聞いたら、彼女は笑っていたが、本当に他の似たゴリラと見分けがつかなくなってしまうのかもしれない。だが、彼女を責めることはできない。私も人間の区別がつかない時がある。

他のゴリラと違って、私に名前を付けてくれたのは母ヨランダだ。それに、言葉を使えるゴリラは私たちだけだ。普通、ゴリラは母による子育てが短く、父親が長く相手をするので、母親との関係が薄い。だが、私たちは時おりベルトゥア類人猿研究所まで行き、そこでチェルシーたちの研究の手伝いをする。私たちだけの時間が長いので、他のゴリラと違って、母と私は特別に仲がいい。

ハマドゥとアジャラが食事をしている茂みの奥から、母がこちらに向かって歩いてきた。母は頭部の毛が赤みを帯びており、私もその毛色を引き継いでいる。私たちは目を合わせて、グオームと挨拶を交わす。

私たちには言葉がある。他のゴリラがグォームと曖昧な気分しか伝えられないのに対して、私たちは自分たちの気持ちや欲求を正確に伝えることができる。何百倍も細かい情報を理解し合えるのだ。

とは言え、私たちは群れの中にいる時は言葉を使うことはあまりない。他のゴリラから不信感を抱かれないように控えているのだ。群れを抜けて研究所に行くことがあるだけでも、変わり者のように扱われているのだ。もちろん、全員からそんな風に見られているわけではない。父のエサウは私たちのことをちゃんと理解しているし、仲間外れにならないように、気にしてくれている。だが、第一夫人のニノンと第二夫人のクロチルドは、母ヨランダよりも地位が高いこともあって、母を毛嫌いしているようだ。

母も負けてはいない。〈馬鹿なゴリラ。私たちは特別。嫉妬(しっと)しているだけ〉と、私たちだけの時には気丈な言葉を使い、気にしている様子を見せない。母は言葉を話せないゴリラを見下し、自分たちが一番だと考えているようだった。だからこそ母は私を特別扱いし、普通だったら一歳を過ぎればオスに子育てを任せるはずなのに、いつまでも私の世話をしたがった。そのせいもあってか、私は九歳にもなるのに、妹も弟もいない。

一般的にゴリラは子供が授乳期を終える四歳ごろを過ぎれば、次の子供を産むことができる。母が別の子を産まなかったのは、私にいつまでも執心していたからかもしれない。

私は二頭が群れを離れてしまうまでは、年上のアミナやヨアキムとよく遊んでいた。追いかけっこをしてジャングルの木々の間を走り回り、岩や倒木によじ登っては交互に胸を叩いてドラミングをした。幼い私たちはシルバーバックのような立派なドラミングはできなかったが、それを真似（まね）するのはとても楽しかった。ポコポコと胸を叩くと、自分が大人になったような気がして、自信と誇りが湧（わ）いてくるのだった。私はその頃には〈ゴリラ〉を表す手話が胸を叩く動作だということを知っており、胸を叩くたびに自分がゴリラだという自覚が心の深い部分に刻まれていく気がした。

その他によくやった遊びはプロレスだ。単なる取っ組み合いで、くんずほぐれつ、土の上で転がり回る。そんな私たちの様子を見ていたサムが「ゴリラのプロレスだな」と言った。私が〈プロレスって何？　人間も同じような遊びをするの？〉とサムに聞くと、研究所でプロレスの映像を見せてくれた。煌（きら）びやかな格好をした人間が、四角いリングの中でぶつかり合う光景はとても面白かった。人間も、ゴリラと同じような遊びをすると知って嬉しくなったし、アクロバティックな動きをして技を見せるレスラーたちを見ていると楽しかった。

サムは私とプロレスを見ることを楽しんだが、チェルシーはそれを嫌がった。

「ローズ、プロレスなんて見ててもしょうがないでしょ？　もっとあなた向きの楽しい番組があるんだから」チェルシーは毎回そう言ってチャンネルを変えた。彼女はＰＢＳのセサミストリートを見せたがった。私はプロレスを見るのが好きだったが、チェルシーが番組を変える時に文句は言わなかった。セサミストリートも好きだったからだ。特に印象に残っているのはジェシー・ジャクソンが出演した回だった。「たとえ肌の色が違っていても、私は人間である」という彼のスピーチは分かりやすく、私の心に深く刻まれた。

教育的な番組も多く見たが、やはり一番のお気に入りはプロレスだった。コーナーポストから華麗に飛び立って、フライング・ボディ・プレスを決めるレスラーに憧れて、アミナやヨアキムと一緒に木や岩から飛び降りた。

アミナとヨアキムの二頭が群れを離れてからしばらくは、比較的年齢の近いハマドゥやアジャラと遊ぶようになった。今では彼らと遊ぶよりも、もっと小さい子供のナディンやラザルの相手をする方が楽しかった。小さい子は可愛い。小さい手足で摑まれると、こちらの心がキュッと絞まるような気がする。

本当はまだ一歳のカリムと遊びたいのだが、母親のビビがそれを許さないのだった。よちよちと歩いているカリムに私が近づいていって手を伸ばすと、それに気づいたビビがカリムに走り寄り、引っ手繰るように抱き寄せる。そんなことは一度や二度ではなかった。と言ってもそれは私だけでなく、ビビは父親であるエサウ以外の誰にもカリムを触らせない。今日もカリムに近づきたかったが、今はビビに抱きついているので諦めるしかなかった。

私は父エサウの周りで遊び回っているチビっ子に目をつけて、ゆっくりと近づいた。父の銀色の背中が朝日を受けてビロードのように滑らかに輝いている。この群れに属する全てのゴリラが敬愛して止まない背中だ。

私が父に挨拶をすると、父は私の顔色をうかがうようにゆっくりと近づいて来た。グオーム、とお決まりの挨拶でも、父の低い声を聞くと心が温まる。父がリラックスしている時は、群れが安全であり、何も心配することがない時だ。父の声は相手を労るようでいて、気高い力強さが感じられる。私は母の愛に溢れた声や父の威厳に満ちた声を聴くと、単純な唸り声の中に秘められた細やかな情緒に触れた気になる。言葉がなくてもゴリラの世界では十分なのだ。もちろん、言葉があった方が便利だと私と母は思っているのだが、ゴリラの暮らしには必要ではないとも感じている。

父は私に一声かけたあと、おもむろに腕を伸ばし、私の左頬を手の甲で優しく撫でた。私はゆっくりと首を垂れ、甘えるように低い声で父に呼びかけた。父はその呼びかけに応えるように、私の頭に軽く触れた。

その時、まだ小さなナディンが私の背中にぶつかってきた。やんちゃなメスゴリラのナディンは私の背中の黒い毛を掴むと、私の身体をよじ登って、右肩の上から顔を覗かせた。私がナディンの好きにさせているのを見ると、父は満足気にその場を離れていった。もう一匹のチビっ子であるラザルは父の背中を追いかけてよちよちと歩いて行った。

朝食を済ませていない私は、少し先にイラクサの茂みを見つけると、ナディンを肩に乗せたまま拳を地面について歩き始めた。私がわざと肩を大きく揺するようにして歩くと、ナディンは歓声をあげた。ナディンが振り落とされまいとして私の毛を力強く掴むと、少しむず痒い感じもしたが、可愛いナディンのためにたっぷりと揺さぶって楽しませてあげた。

私は歩きながら、辺りの木の幹をよく観察した。すると、すぐにシリアゲアリの巣が見つかった。樹皮の上に固い巣を作るシリアゲアリだが、力を入れれば剝がし取ることができる。私は巣の上部に手をかけ、体重をかけて下に引っ張った。するとバリバリっと音を立てて巣の一部が崩れた。
私は巣の欠片を右手で拾い、左手の上にポンポンと軽く叩きつけた。思った通り、巣からアリの卵や幼虫がポロポロと落ちてくる。私はそれをそのまま口に持っていって舐める。アリは小さいが美味しい。私は小さな欠片を拾うと、肩越しにナディンに渡した。彼女はそれを受け取ると嬉しそうに笑い声をあげ、私の真似をしてアリを食べ始めた。

アリの巣は大きかったので、しばらくその場でナディンと食事をした。ナディンが満足そうにげっぷをするのを聞くと、私の心も満たされる気がした。

私たちはそのまま群れを少し離れ、散歩に出かけた。私たちは一日に二キロほど歩く。ジャングルは食料に溢れている。少し歩くだけで自然の恵みを見つけることができるのだから、それほど遠出する必要はない。

木々の間をぶらぶらと歩いていると、ひと際背の高いガンベヤの木を見つけた。精霊が住み着く木として、太鼓に加工されることで知られる木だが、その黄色い実はとても美味(おい)しい。木の根元まで歩いていくと、期待通り実が地面に幾つも散らばっていた。私は実を拾い、手で潰(つぶ)すと固い皮を捨てて中の果実を食べた。

私たちがゆっくりとガンベヤの実を拾い食いしていると、小鹿(こじか)に似たダイカーがふらりと近寄ってきた。栗色(くりいろ)の毛に覆われた体も、くりくりとしたつぶらな瞳も愛らしい。ダイカーは私たちが食べて捨てた実を咥(くわ)え、少しだけ残っている果実を齧(かじ)った。ダイカーの脚は細く、丸みを帯びたその身体の輪郭(りんかく)は優雅で、見ていて飽きない動物だ。私は手に持っていたガンベヤの実を剝(む)くと、ダイカーの目の前に投げた。ダイカーはその実を嬉しそうに口にした。

　私が面白がって実を投げ与えていると、やがてダイカーは食事の最中に首をあげた。何かを警戒するように小さな耳がピクピク動くと、大慌てでその場を逃げ出した。ダイカーがいなくなって暫(しばら)くすると、私にも何かが近づいてくる音が聞こえてきた。だが、ただの動物が歩く音ではない。複数の人間が歩く音に加えて、静かな話し声が聞こえてきた。聞こえてくるたどたどしい英語は聞き覚えのある、明るい声だった。

　やがて、観光客を数人連れたテオが茂みの中から現れた。テオは私が生まれる前からジャー動物保護区でガイドをしている、ピグミー系バカ族の男だ。テオは身長が百五十センチほどしかないが、それでも村では大きい方だ。テオは口元を緩ませた笑みを浮かべながら、私を指さした。

「ほら、あれが今話してたローズです。手話が使えるゴリラです」

〈おはよう、今日も仕事熱心だね〉私は両手の拳を一度胸の前で上下に打ち、指を鉤爪(かぎづめ)の形にしてもう一度打った。観光客は私の動作を見て、にわかに沸き立った。

「凄(すご)い！　本当に手話ができるのね！　今、何て言ったの？」オレンジ色のウィンドブレーカーを着た五十代くらいの女性が興奮してテオに聞いた。

「ジャングルにようこそ、って言ってるんですよ」とテオは女性に適当なことを言った。

〈いい加減、手話を覚えたら？　稼ぎが増えるよ〉

　私が腕を動かし、意味ありげに指の形を変えるのを、まるで奇跡を目の当たりにしたかのように、観光客たちは口をポカンと開けて見入っていた。

「今のは？　今度は何て言ったの？」

「私の家族の調子を聞いてきたんです。ありがとう、ローズ。子供たちはみんな元気だけど、妻のジュメルは先月から調子が悪くてな。薬は高くて買えないが、せめて良いものを食べさせてやりたいと思ってるよ。最近は景気が悪くて、どうにもうまくいかないけどね」さも私と会話しているかのように、話しかけてくる。彼はこうやって話をでっちあげていられるのだから、手話を学ぶ必要なんてないのだ。彼のでたらめを信じたオレンジを着た女性は、悲しげなため息をつくと、彼を慰めるように腕をひと撫でした。彼はこうやってチップを多めに稼ぐ。

〈嘘ばっかり。テオは独身。私は知ってる〉私は手話で彼の秘密を暴露してやったが、それは誰にも気づかれない。だが、私はテオをずるいとは思っていない。彼はしたたかだが、ゴリラや他の動物に優しい陽気な男で、私はテオのことが大好きだった。チェルシーとサムを除けば、テオは私にとって一番身近な人間の一人だ。

「小さい子供を背負っているね。あれはローズの子供かい？」灰色のあごひげをはやした男性がテオに訊ねた。

「いいえ、ローズにはまだ子供はいません。あれは群れの別のメスの子供で、ナディンという子ですよ。最近、ローズは小さい子供の世話をするのが好きみたいで、よく一緒にいるのを見かけます」

観光客の集団はテオの説明を大袈裟に頷いて聞いていた。

「良いお姉さんなのね。偉いわ」青いレインコートを着た若い女性が感心したように私に言った。私は褒められたことに気を良くして、集団にゆっくりと近づいて行った。人間を喜ばせる方法は知っている。近づいて行って、写真を撮らせてあげれば彼らは満足するのだ。テオがガイドをしていれば観光客は静かにしてくれるし、厄介ごとは起こらない。

「見て！　こっちに来るわ！」若い女性が押し殺した声で言うと、興奮はすぐに集団に伝わった。慌ててカメラを構える人々の前まで出ると、私はじっと動かないでポーズをとった。肩の上にいるナディンも少し緊張したみたいで、私の身体に今まで以上の力で掴まった。

「ローズは特に人間が好きでね。小さい頃は私もよくおんぶしてましたよ。小さい体で背中までよじ登ってきて、可愛かったですよ」

「他のゴリラはどこにいるの？　ゴリラは群れで行動すると思ってたけど？」オレンジ色の女性がテオに訊ねる。

「その通り、ゴリラは群れで暮らします。ただ、ローランドゴリラはマウンテンゴリラと違って独立心が強いので、あまり群れが小さく固まらずに、少し離れるものもいるんです。ですが、そんなに離れていないところに他のゴリラもいるはずです。ゴリラを刺激しないように注意してくださいね。動く時はあんまり静かにしすぎないこと。ちゃんと音を立てて、近づいてることを知らせないと、驚かせてしまいます。ゴリラの知覚は人間とあまり変わらないんです」

「彼女が小さい子供の世話をするのは、母親になるための準備なのかな？　ゴリラにはよくある行動なのかい？　それとも彼女だけがするの？」あごひげの男が私たちの写真を撮ると言った。

「ゴリラは群れで仲良く暮らします。ゴリラは子供たちだけでなく、大人も子供の相手をして一緒に遊ぶので、よくあることです。ですが、ローズが小さい子たちとばかり遊んでいるのは、確かに母親になるための準備なのかもしれないですね。きっと、自分の子供が欲しいんでしょう」

私はテオが言ったことが信じられなかった。自分の子供が欲しい？　そんなこと考えたこともなかった。勝手な思い込みを話すテオが気に入らなかった。その言葉を否定するためだけにナディンをその場に置き去りにして、どこかに逃げてしまいたくなった。もちろん、そんなことはできないので、私はナディンを肩に乗せたまま、その場に背を向けて群れに帰ることにした。

私たちの群れは先ほどの場所から北の沼に移動していた。父は沼に肩まで浸かって、水草の根を引きちぎって食べていた。他のゴリラたちは沼の近くでガンベヤの実を拾って食べているか、地面にゴロンと転がって昼寝をしている。私は背中に馬乗りになっていたナディンを摑むと、母親であるニノンの前に降ろした。ニノンはガンベヤの実を齧りながら私の方をチラリと見ると、フンと鼻を鳴らした。あまり機嫌は良くなさそうだった。私もニノンには挨拶をせずに、そのまま別の場所に移動した。一人になりたい気分だった。

五分ほど歩くと、陽光が強く差し込む開けた場所にたどり着いた。ジャングルでは背の高い木がたくさん生え、それぞれの生い茂った葉が樹冠と呼ばれるドーム状の天蓋となり、空は覆われている。だからジャングルの中はいつでも薄暗く、比較的涼しい気温が保たれている。木々は光を得るために、この樹冠の上にたどり着かなければならないので、ひょろりと細い幹のまま、どこまでも高く伸びていかなくてはならない。一たび木が倒れると、このように日が差し込む場所ができる。そうしてできた日の当たるスポットには、また大きな木が育っていく。

日差しを避けるように木陰の端を歩いていくと、やはり倒木が見つかった。木の幹はとても太く、私の腰の高さまであった。私は倒木によりかかるようにして座り込んだ。倒木は若干湿っており、背中がひんやりと気持ちよかった。その倒木の脇を、木の新芽が萌えるような緑色で飾っていた。

私はテオに言われたことを考えていた。私は子供が欲しいのだろうか。そんな風に言われて腹立たしい思いをしたのは、今まで自分で意識していなくても、それが正しいと感じたからだろうか。

そうだ、私は自分の子供が欲しいんだ。私は自分の中で眠っていた感情の強さに驚いた。それを知りもしない他人に言い当てられたことが悔しかった。今では意識しない方が難しかった。

私はもう子供を産める歳だ。そして、子供が欲しい。

だが、子供を産むためには群れを出なければいけない。私には、母を置いて今の群れを去ることはできないような気がした。きっと母は孤独になってしまう。そんなことできない。

それに私にしても、言葉を使って誰かとコミュニケーションする機会は必要だった。それが言葉の厄介な部分だった。言葉を知らなければ、自分の感情を深く考えることもないし、何かをじっと考えることもなかったはずだ。言葉は面倒だ。考えたら、それを吐き出さずにはいられない。何かを思ったら、誰かに話さずにはいられないのだ。きっと頭の中は小さな袋みたいになっていて、言葉が生まれてしまったら、それを外に出さないと袋がいっぱいになってしまうのだ。何かを食べたら排泄しないといけないのに似ているのかもしれない。

母と離れることはできない。だが、母と一緒に群れにいては子供を産めない。ならば、母と一緒に群れを離れればいいのかと言えば、私たちが同時に父のもとを去るなんて、なんだか父を裏切るようで嫌だ。やはり、母か子供かを選ばなければいけないのだ。

私の前に群れを抜けたアミナも、同じような思いで離れていったのだろうか？　いや、アミナは私たち母子ほどに自分の親と仲良くなかった。他の群れのオスと出会ったら、すぐにふらふらとついて行ってしまったのだ。私にはそんな軽率なことはできない。

いろいろと考えていると、さっきガンベヤの実をお腹いっぱい食べたからか、すぐに眠くなってしまった。私は苔(こけ)むした倒木の横に仰向けになって目を閉じた。

眠りはすぐに訪れた。夢の中で私はまだ幼い子供で、ヨアキムやアミナと共に父の周りで追いかけっこをしていた。私はヨアキムたちとの遊びに飽きると、父の背中に飛びかかり、毛と分厚い皮で覆われた首筋を甘噛(あまが)みした。すると父は大袈裟(おおげさ)に痛がった振りをして、おどけた様子を見せた。父から離れて逃げ回ると、父は私を追いかけ回し、やがて私を捕まえると力強く抱きしめてくれた。父の身体は大きく、私の身体はすっぽりと父の腕の中に隠れてしまった。

夢の中で楽しかった日々を追体験していると、すぐ近くで物音が聞こえて私はハッと飛び起きた。何かが近づいてくる。

ゆっくりと茂みの中を動いている何かの気配が伝わり、緊張ですっかり目が覚めてしまった。それは人間ではなく、大きな動物のようだった。まだ木陰に隠れていてその姿は見えないが、湿った地面を歩く微(かす)かなひたひたという音、下草が擦れるカサカサという音が聞こえる。私はすぐに逃げられるように身体を起こした。
現れたのは一頭のオスゴリラだった。背中から腰の毛は艶やかな黒で、まだシルバーバックではないが、体格は立派だった。成熟度や単独行動しているところを見ると、群れを離れたヒトリゴリラなのだろう。

相手も私を見て驚いたのか、じっとこちらを見ながら、立ち尽くしてしまった。群れから離れて、独り立ちしたばかりなのだろう。少し不安そうにこちらの様子をうかがっている。

私の父だったら突然知らないゴリラと出くわしても、毅然とした態度で知らんぷりする。相手のことなど、全く気にもかけていないような振りをして、格の違いを見せつけるのだ。それが私の父の、シルバーバックとしての流儀だった。

初めて出会った相手だが、私は相手のゴリラのことを知っていた。私は研究所で観測しているゴリラの全てをサムやチェルシーから聞いているのだ。私の目の前にいるのはアイザックと呼ばれるゴリラで、サムがよく観察していたモーリスというシルバーバックの群れにいた子供だった。モーリスの群れはかなり遠くで行動をしていたはずだった。アイザックは独り立ちしてからこちらまで歩いてきたのだろうか。

アイザックは私をじっと見つめていた視線を周囲に向け、私が群れから離れていることを確認した。そしてグッと胸を突き出して姿勢を正すと、顎を引いて私の方へ近づいてきた。先ほどまでオドオドしていたのに、私だけしかいないと分かると急に自信を取り戻したかのように振る舞うアイザックは、なんだかおかしかった。子供が無理に背伸びしているように見えたからだ。

アイザックが近づいてくると、私の彼への印象は見当違いだったことが分かった。彼の顔には額から鼻の上まで大きな傷があった。顔の中央を抉るような傷跡は深く、もう少し位置がずれていたらどちらかの目が潰れていただろう。おそらく他のゴリラに嚙まれたのだ。傷跡はまだ完全には癒えていないようで、痛々しく見えた。

そんな傷など気にしていないかのように、ゆっくりと近づいてくるアイザックには僅かながら気品のようなものが感じられた。誰の支えもなく一頭だけで暮らすというのは、どれほど孤独で過酷なものなのだろうか。私にはアイザックの受けた傷を見て推し量るしかなかった。

アイザックは私の手前まで来ると、私の周りを行ったり来たりしながら、こちらをじっくりと眺めた。その間、私はアイザックの仕草（しぐさ）をじっと見つめていた。今はまだ立派な大人だとは言い難（がた）いが、もう何年かすれば誰よりも勇敢なシルバーバックになるかもしれない。

相手の無遠慮な視線に、もしかしたらアイザックも私のことをそのように思っているのではないかと感じた。まだ幼さが残るがそのうち良いメスゴリラになるだろう、なんて思われているかもしれない。そう考えると、少し嫌な気分になった。他のゴリラから値踏みされるなんてまっぴらだ。私は自分もアイザックを見てくれで判断したことは一旦（いったん）棚にあげておき、彼に僅かな反感を抱いた。

私は不満を表すように鼻を鳴らし、アイザックの前から離れようと、倒木沿いに歩き始めた。すると、構って欲しいのかアイザックはグオームと挨拶をして、私の後を追いかけてきた。私はつんと澄ました表情を保ちながら、隣を歩くアイザックを無視しようとした。

少し歩くと、目の前にキノボリセンザンコウがチョコチョコと歩いているのが見えた。アルマジロにも似た、鱗に覆われた茶褐色の小型の動物は可愛かった。恐らく倒木の陰に隠れていたのだ。私たちが近づいてきたのでビックリして飛び出して来たのだろう。

突然目の前に現れたキノボリセンザンコウは、私たちには良いおもちゃのようなものだった。キノボリセンザンコウの鱗は固く鋭い。尻尾は力があるので、振り回されると尖った鱗が危ない。だが尻尾さえ気を付けていれば追いかけ回すのは楽しい遊びだ。

下草をかき分けて逃げ回るセンザンコウはもともと夜行性だ。私たちに眠りを妨げられてイライラしているだろうが、私たちは構わず追いかけた。

アイザックはセンザンコウに追いつくと、ちょいちょいと手で突っついた。逃げようとする小型の哺乳類を私も同じようにして触って遊んだ。さっきまではアイザックを無視しようとしていたのに、思わず楽しさのあまり喜びの声が漏れてしまった。

アイザックはそれに気を良くしたのか、センザンコウを追うのは止めて、私に触れてきた。私たちは子供のように取っ組み合いを始め、地面を転がり回った。少し年上の相手と遊ぶのは久しぶりだった。ヨアキムたちと遊んだ日々が思い出され、私はアイザックに心を開いて、思いっきり遊び回った。私はさっと後ろに回り込んで彼の腰を掴むと、押し倒すような動作をした。アイザックはゴロンと倒れこむと、嬉しそうに声をあげた。

彼がどのくらいヒトリゴリラとして群れから離れていたのか、私には分からなかったが、彼は他のゴリラと遊びたくて仕方がなかったのだろう。きっと、今まで寂しかっただろう。他の群れいた。

のゴリラに近づいて、喧嘩になったに違いない。そうしてできた傷の深さが彼の孤独を物語っていた。

私たちは長い間一緒に遊んでいた。取っ組み合いに飽きると、今度は近くの茂みで蔦を食べ、そのあとは並んで地面に仰向けに転がって昼寝をした。昼寝から目覚めると、アイザックは私をどこかに案内しようとした。それは群れとは逆の方向だったが、アイザックに導かれて私も知らなかった小さな沼まで歩いていき、まだ少し冷たさを感じる水の中に入っていった。腰の辺りまで水に浸かり、草の根を泥の底から引っ張って齧った。私はすっかり彼に心を許していた。アイザックは私が喜んでいるのを見て、勝ち誇ったような顔をした。

沼での食事が済むとアイザックはおもむろに水からあがった。ついてこい、とでも言うかのように私の方を振り向いて、さらに私から離れていこうとした。私も沼から出て、歩み去っていく彼の後ろ姿を見守った。

これ以上離れてしまったら、群れに戻れなくなるかもしれない。そんな不安が私の頭をよぎった。アイザックと遊んでいるうちに時間は飛ぶように過ぎていき、既に日は落ちかけていた。木々の間からは燃えるような夕焼けの赤い光が見えている。父たちもさっきまでの場所にはもういないだろう。もし反対の方向に移動していたら、日が暮れるまでに追いつけないかもしれない。

アイザックは私の不安を感じ取ったのか、振り返って私をじっと見つめた。そして威嚇する時のように立ち上がると、優しく声をあげた。今度は自信たっぷりに胸をポコポコと叩き始め、辺りを走り回った。まるで自分の強さを私に見せつけようとしているかのようだった。

アイザックは立ち止まると、先ほどと同じように私に熱い視線を送った。

射貫(いぬ)かれるような眼差(まなざ)しを浴びて、私はやっとアイザックが何を言わんとしているのか悟った。

ついてこいと私を誘っているのだ。

俺は強い。ついてくれば守ってやる。そう言わんばかりの態度は、今の私には気まずいものだった。

アイザックの気持ちは嬉しかった。それでも私は最初から勘違いしていたのだ。アイザックが求めているのは友達だと思っていた。ただ一緒に走り回って、取っ組み合いをして、食事ができる相手が欲しいのだと思っていた。

だが、彼が求めていたのは一緒に暮らす家族だった。自分の子供を産んでくれるメス、新たな群れを作り上げるためのパートナーだった。

アイザックは私の気持ちを確かめるように、グーグーと低い声をあげた。私はそれに応えられず、アイザックの方に向かうこともできなかった。

そんな大きな決断は、すぐにはできない。もっと考える時間が必要だった。

私が躊躇(ためら)っていると、アイザックは悲しそうに私から顔を背け、奥の茂みの方に歩み去っていった。

私はやるせない気分になったが、アイザックも今日はもう長い距離を移動することもないだろう。明日、またこの場所に来れば再会できるかもしれない。私はそう考えて、群れの場所に戻ることにした。

赤く染まった空の下、動物たちの交代劇が始まる。昼間を生きるものたちは隠れ家に戻り、闇夜に生きるものたちは今まさに活動を始めようと目を覚ましている。私は群れを探しながら声をあげ続けた。

やがてみなが昼寝をしていた場所から北に少し行ったところで、群れに戻ることができた。私の声を聞きつけた父が返事をしてくれたのは幸いだった。父はひときわ太くしっかりした木に、そしてニノンはその隣の木にといった具合に、群れのみなはそれぞれ夜寝る木の見当をつけて、その上にベッドを作っているところだった。まだ赤ん坊のカリムは母親のビビと一緒だ。ビビより少し大きいラザルは母親のクロチルドとは別の木に寝るが、まだ自分のベッドを作り慣れていないので、枝を折り曲げて固定するのに苦労している。まだうまくベッドメイクができず、先週は寝ている間にベッドが崩れて下に落ちそうになっていた。私も小さい頃に同じ失敗をしたのを思い出して、なんだかおかしかった。

私が群れに戻ったことに気が付くと、母が木の寝床から慌て気味に降りてきた。私の目の前まで来ると、不満気味に短くブウブウと鼻を鳴らした。こんな遅くまでどこにいたんだ、とでも問いたげな表情だった。周りに群れのみんながいなければ、実際にそう手話で聞いてきただろう。そう思った私は両手の親指と小指だけ伸ばして、ササッと手首を回転させた。〈遊んでいた〉と伝えたのだ。母はみんなの前で手話を使った私を咎めるように、またしてもブウブウと非難の声を漏らしながら木の上に戻っていった。

もしも母からどこで？　誰と？　と質問されていたら、嘘をつかなければならなかった。まだ母にはアイザックのことを伝えない方がいいだろうと思ったからだ。私は母の追及がなかったことに安堵（あんど）のため息をついて、普段のように母の隣の木に登り、その枝が一晩私を支えていられるように適当な形に折り曲げ始めた。十分ほど作業をして、枝がしっかりと丸くなったことを確認すると、私は作ったばかりのベッドに横になった。私が動くたびに枝に生い茂った葉がガサゴソと音をたてたが、寝心地はよかった。今日はいっぱい遊んだので、すぐに寝られるだろうと思った。

既に空はすっかり暗くなっていた。オオコウモリたちが嬉しそうに果実を求めて飛び回る音が聞こえた。近くの沼からはキュロキュロとカエルの鳴き声が聞こえる。もう群れの誰もが寝静まり、近くで動物の動き回る音はしなかった。

すぐに寝られると思っていたが、それは間違いだった。私は何時間も寝られず、頭の中では今日の出来事を幾度も振り返っていた。アイザックのことが気になって仕方なかった。彼は今夜も寂しく寝ているのだろうか。このジャングルの中で孤独なのは心細いだろう。自分を守ってくれるものなどいないのだ。危険を伝えてくれる仲間もいない。ゆっくりと深い眠りにつくこともできないに違いない。いつだって不安で、少しでも物音がしたら起きてしまうのではないだろうか。

彼も今この瞬間、同じように私のことを考えているだろうか。私は眠れないからアイザックのことを考えているのだろうか、それともアイザックのことを考えているから眠れないのだろうか。

アイザックの姿を思い出そうとすると、嫌でも彼の額に残っていた傷が思い出された。まだ比較的新しい怪我のようだった。私は今日みたいに群れを離れる時もあるが、それでも帰るべき群れを持っている。遅くなれば心配してくれる両親がいる。それがどれだけありがたいものなのか、アイザックのようなヒトリゴリラの心境を考えるといたたまれなくなった。去年群れを離れてしまったヨアキムも、アイザックと同じような生活をしているのだろうか。それとも、もうどこかのメスゴリラと出会って新しい群れを築いているのだろうか。

いつまでも眠れずに私がベッドの中で寝返りを繰り返していると、予想外のことが起きた。

父が寝ていた木がミシミシと音を立てている。父の二百キロを超える体重が太い幹を揺らしている音だ。どうやら父は木を降りているようだ。私はびっくりして跳び起きた。どうしたのだろうと思う間もなく、父は短く高い声を出し、ドラミングを始めた。両手で胸を叩く音がジャングルに響く。群れのみんなも目を覚まし、父に従って木を降り始めた。

夜中の移動だ。珍しいことだが、これが初めてではない。前にも父が何かの物音に目を覚まして、群れの寝場所を変えたことがあった。リーダーが危険を察知して移動を決意したら、群れは従うしかない。

父はなぜ移動しようと思ったのだろうか。私はずっと起きていたのに、異常なことなど何も気が付かなかった。群れのみんなが下に降りてきたのを確認すると、父は移動を始めた。異常な事態に驚き、不安を感じていたため、夜中ではあるが眠そうにしているものはいなかった。父を先頭に、暗闇の中で誰かがはぐれないように、いつも移動する時よりも固まって動いた。

この夜中の移動が、なぜか昼間にアイザックと出会ったことと関係があるように私には思えてならなかった。不慣れな夜の移動の途中、二つの出来事はどのようにしてか私の中では結びついてしまったのだ。私がアイザックと出会ってしまったから、群れを危険に晒してしまったのではないか。そんなことはないと分かっていても、どうしてもそうとしか思えなかった。

もしかしたら、私に会うためにアイザックがあの後で追いかけて来ていたのではないか。近くまで来ていたアイザックの気配に父が気づいた、という可能性もあるのではないか、と私は思った。そんな風に考えてしまったということは、そうだったら良いのに、という期待が私の中に少しくらいあったということなのかもしれない。

もしアイザックが私に会いに来てくれたら嬉しいかもしれない。そんなことを考えながら歩いていると、父が足を止めた。十分ほどは歩いただろうか、今日はこの場所で眠ることにしたらしい。辺りは真っ暗で、どんな場所なのか分からなかったが、全員が寝るだけの木はあった。今夜二度目のベッドを作ると、今度はすぐに寝ることができた。

三

翌朝、誰よりも早く目が覚めた。私はすぐに木を降りて、前日にアイザックと出会った場所まで向かうことにした。だが、その前にアイザックが寝床の近くまで来ていないか、辺りをぐるりと探索してみた。アイザックが近くにいないことが分かると、少し安心し、同時に少しがっかりした。そのあとで昨晩の最初に決めた寝床周辺も調べたが、やはり他のゴリラの痕跡は見られなかった。だとすれば父は昨日、何を思って移動を決めたのだろう？　私には分からなかった。

昨日アイザックと出会った倒木の場所までは急ぎ足で二十分ほどかかった。だが、アイザックはいなかった。私は倒木沿いを歩いた。アイザックも、昨日のキノボリセンザンコウも見つからなかった。私たちが取っ組み合いをした場所には、私たちの足跡が残されていただけだった。木の根を食べた沼には水を飲んでいるダイカーが二匹いた。倒木の場所まで戻ると、力なく座り込んだ。もしかしたら、そのうちにアイザックが昨日みたいにひょっこり戻ってくるかもしれない。

アイザックが戻ることを期待していたが、実際に彼と会えた時にどうするべきなのか、私にはまだ決められていなかった。また一緒に遊びたい。取っ組み合いをして、水遊びして、草や果実を食べて……。だが、群れを離れる決心は、まだついていなかった。

私は倒木の陰から立ち上がり、歩き始めた。群れに戻るわけではなく、足は自然と研究所に向かった。群れを離れるべきかどうかという問題は母に相談できることではない。頼れるのはチェルシーとサムだけだ。

ベルトゥア類人猿研究所は大きな施設でも立派な建物でもない。小さな小屋が四棟建ててあるだけのささやかなものだ。だが、そこは私にとって別世界への入り口だった。私が暮らすゴリラの世界とはまた別の、人間の世界。私が人間について、言葉やその社会について学び、逆に人間は私たちを通してゴリラを知ろうとしていた。社会を学んだと言っても、それは私にとって遊びと同じだった。サムとチェルシーから話を聞き、映画やドラマ、ニュース映像などのテレビ番組を見て人間を知った。

研究所はジャングルの中でも拓(ひら)けた場所、川のほとりの小高く隆起した場所に建てられている。まだ昼前で、強い日差しが一帯に降り注いでいた。小屋の前には多くの洗濯物が干されている。研究所のスタッフである女性、リディが蔦で編まれた籠(かご)から洗濯物を取り出しては、洗濯紐(ひも)に括(くく)り付けていく。リディはいつものように一人で歌を歌いながら仕事をしている。私はリディの歌を聴くのが大好きだ。明るく自由な歌声は心地よく、いつでも楽しい気分にさせてくれる。リディは私に気が付くと、手に持っていたシャツを籠に戻して、嬉しそうに微笑みながら近づいてきた。

「ローズ、今日はあんた一人なの？　お母さんが寂しがってるんじゃない？」

研究所に来る時はいつも母と一緒で、一頭で来るのは今回が初めてだ。リディは手話が分からないので、私は返事をしなかった。だが、リディとの間に言葉は必要ない。彼女は私が言いたいことを全て知っているような素振りをするし、私はそれを嫌だと感じたことはない。

「もしかして喧嘩でもしたの？　一人になりたい時もあるわよね。でも、いつか仲直りしなきゃダメよ。どうすれば仲直りできるか、教えてあげるわよ。こっちおいで！」

リディは一人でお喋りしていたが、大きく両手を広げると私をギュッと抱き寄せた。キャッキャと子供のように笑いながら、彼女は私の身体を撫でた。彼女と会うたびに、こうしてハグをするのが私たちの挨拶になっていた。

「あなたが来てくれて良かったわ。最近、お客さんも少ないからね。あなたも一週間ぶりくらいじゃない？　あなたが来てくれなくて寂しかったわ。洗濯してても、家事をしてても、ここにいる間はミス・ジョーンズとミスター・ウィーラーしかいないから、ゆっくり話もできないわよ。だって二人とも忙しくしてるんだもん」

リディは私をくすぐるように全身の毛を撫でながら、ずっと一人でお喋りをしている。私と会話できないという事実は彼女を黙らせるほど重要ではないらしい。彼女ほどお喋りが好きな人間には出会ったことがない。彼女は私といる時は、ずっと喋りっぱなしなのだ。

「二人ともいつもゴリラを追いかけてたり、書類に目を通してたり、パソコンに向かってて、ゆっくりしてる時間もないのよ。信じられないわよ。誰かと楽しくお喋りして、食べて飲んで騒いで、そういうのが人生ってもんなのに。あの二人ったらそういうことがないのよ。人生の楽しみ方ってものを知らないのよ、きっと。あなたが教えてあげたらいいわ。あなたは一番賢いゴリラだもんね。ゴリラはご飯を食べて、遊んで、寝るだけの生活よね。きっと誰よりも幸せな生活でしょうね」

リディのお喋りは止まらない。私を見つめる彼女の瞳はキラキラと輝いて、少女のようだ。彼女はいつでも楽しそうだが、仕事の手を止める口実ができた時は一層嬉しそうだ。

「面倒なことは何も考えないで、食べて遊んで歌って生きるの。素敵だと思わない？　私はそんな暮らしをしてるあなたのことが羨ましいわ。私もゴリラになろうかな？　私もあなたの群れの仲間に入れてくれる？」

リディは自分の胸を叩いてゴリラの真似をした。私も嬉しくなって、胸を叩いてドラミングを披露した。シルバーバックのように立派なドラミングではないが、リディを感心させるには十分だった。リディはキャッキャと子供のように声をあげて笑った。

「ミスター・ウィーラーは今朝早くからゴリラのトラッキング調査に出たから、夕方まで帰ってこないよ。でも今からミス・ジョーンズを呼んであげるからね」

リディは私の手を引きながら研究所のチェルシーが住んでいる小屋まで歩いていき、トントンとノックした。

「ミス・ジョーンズ！　お気に入りのお客さんが来ていますよ！」

リディが大声を出すとジャングルの奥まで響きそうだ。

音を立てて小屋の扉を開いたチェルシーは眼鏡をかけており、疲れているように見えたが、私の姿を見るとにこやかな笑顔を作った。普段通りシンプルなカーキ色のパンツに、ベージュのシャツを着ており、少しくすんだ金色の髪はポニーテールに結っている。

「あら、ローズじゃない。あなたが来てくれて良かったわ。今日は朝から書き物の予定だったけど、先延ばしにする口実ができたわ。今日はあなただけなの？」

「お母さんと喧嘩したんですよ、きっと。年頃になれば誰だって親とうまくいかなくなるもんなんですよ。あなたにも心当たりがあるでしょう、ミス・ジョーンズ？　私も十代の時は母が疎ましく感じられたもんですよ。今では私たちは誰よりも仲良しですけど、口も利かない時期がありましたよ。ローズもきっとそんな時期なんです。ミス・ジョーンズからも言ってあげてくださいな。家族の絆は何よりも大事だって」

「お母さんと喧嘩したの？」チェルシーは止まらないリディの話を遮って、驚いたように聞いた。彼女は話をする時、私が理解しやすいように手話を交えながら話す。両手の人差し指を伸ばして、お互いを指さしながら上下に動かすことで喧嘩をするという意味になる。

〈喧嘩してない。リディはお喋り。中で話そう〉

私の手の動きをじっくりと眺めながら、チェルシーは声を出して笑った。私がリディのお喋りに少々うんざりしているのが、分かったのだろう。私たちが小屋に入って行っても、隙間だらけの扉越しにリディの歌うような独り言が聞こえてきた。

簡素な部屋にはダイニングテーブルとベッド、机が置いてあるだけだ。東向きの窓から差し込む朝日が宙に舞う微かな埃の動きを照らし、床は歩くたびにギシギシ音が鳴った。チェルシーは部屋の端で机に向かっていた椅子を取ってくると、中央に座り込んだ私の目の前に置いて腰かけた。小さい頃は私もその椅子によじ登ったり、座ったりしたものだが、今では小さすぎて座れない。

「それで、喧嘩じゃないなら、なんで一人で来たの？　何かあったの？」

〈悩んでいる〉

「何を悩んでるの？　よかったら聞かせてくれる？」

チェルシーはメモの用意をすると言った。彼女はいつも私たちがどんな手話を使ったか、記録していた。

〈ゴリラはいつか群れを離れる。私も離れるべき？〉

チェルシーは私の言葉を見て取ると、表情を硬くして椅子の背にもたれかかった。何と答えるべきか、必死で考えているのだ。さっきまでのリラックスした表情は一瞬で消えてしまった。

「そうね、それは難しい問題だ。大事な決断だもんね。で、あなたはどう思っているの？」

〈子供が欲しい。群れにいたら子供はできない〉

「あなたの言う通りね。群れにいたら子供はできない。いつかは群れから離れなきゃね」

〈でもお母さんと離れたくない。私がいなくなったら、お母さんは一人になっちゃう〉

「それで今日は一人で来たのね。ローズはお母さん思いの良い子ね。でも、あなたがいなくてもヨランダには群れの他のゴリラがいるじゃない。一人にはならないわよ」

〈違う。他のゴリラは話せない。お母さんには話す相手が必要〉

「私たちがいるわよ。サムも私も、ずっとここにいるから大丈夫よ」

〈二人はゴリラじゃない。私じゃないとダメ〉

チェルシーは私の返事を見ると、困ったように首を傾（かし）げた。

「そうね。私たちじゃ、あなたの代わりにはなれないわね。でも、そんなに難しく考えなくても良いと思うよ。一度群れを抜けた後で、元の群れに戻るゴリラは少なくないんだし。あなたも寂しくなったり、お母さんと話したくなったら帰れば良いんじゃない？」

〈ついて行ったオスが気に入らなければ、群れに戻ることはできる。でも二つの群れの間を行ったり来たりするものじゃない。他のゴリラに嫌な顔をされる。リーダーが怒る〉

チェルシーは拳を口元に当てて悩んだようなポーズをとった。私の友人として良い相談相手になろうとしてくれている。だが、その一方で研究者としてゴリラの悩みごとに強く興味をそそられているようだ。碧（あお）い瞳の奥が輝きだしたのが見て取れた。

「確かに、行ったり来たりってわけにはいかないね。でも、あなたは大事なことを忘れてるんじゃない？」チェルシーは椅子から立ち上がると、私の隣に座った。床に並んで座り、チェルシーは私の腕の毛を撫でた。

「大事なのは、まずあなたが一緒にいたいと思う相手に出会うことよ。特別な誰かと出会ったら、お母さんよりもその誰かの方が大事になるかもしれない。こんな風に悩むこともなく、すぐに決断できるかもよ？　それに、相手がいなければどんなに子供が欲しくても手の打ちようがないわね」

窓から吹き寄せる風を受けて揺れるカーテンを見ながら、私はアイザックのことを話すべきか迷った。私はもう、私を誘ってくれるオスに出会っているのだ。だが、それで決断ができていないなら、アイザックは特別な相手ではないということなのだろうか？

白く清潔なレースのカーテンを見ると、昔この部屋で遊んだ時のことを思い出した。小さい頃はよくカーテンにぶら下がったり、テーブルの下で駆け回ったりして、チェルシーを困らせたものだった。あの頃のように駆け回ることはないが、未だにチェルシーの部屋に来ると、自分が子供の時と変わらないような気がする。

だが、私はいつまでも子供のままではないのだ。いつのまにか、オスに誘われるような大人になったのだ。私はそれをチェルシーに相談したい思いで研究所まで来たはずなのに、同時にそれを秘密にしておきたいような気もした。

「あなたはとても美人だから……」チェルシーは広げた右手で顔全体を撫でるように動かし、美しい、と強調するように言った。「きっと今に良い男が見つかるよ。あなたを大事にしてくれる男がね」

〈分かった〉

アイザックのことを秘密にするなら、チェルシーとはもう話すこともない。だが、まだチェルシーのそばを離れたくなかった。私は立ち上がって、部屋の端のテレビがある方まで向かい、〈テレビが見たい〉とチェルシーに主張した。私はテレビを見るのが好きだ。人間が動いているのを見るのは私の楽しみの一つだ。

チェルシーは優しく微笑むと、テレビの電源を点けてくれた。テレビでは今までにも何度か見たことがある恋愛ドラマが放送されていた。舞台はアメリカの片田舎、母親と仲良しの十代の女の子が高校に通っている。女の子には最近になって彼氏ができたが、うまくいっていないようだった。彼氏の浮気を疑っているらしい。チェルシーは私の隣に座り、一緒にテレビを見ようとした。

〈私はテレビを見る。あなたは仕事しなくていいの？〉

「良いじゃない。仕事は後回し。あなたの隣にいたいのよ。ダメ？」チェルシーは茶目っ気たっぷりに言った。私はチェルシーの背中に手をまわし、座りながら抱きしめると彼女に寄りかかった。

〈なんでこの女の子は怒っているの？　人間の男は一人の女としか付き合えないの？〉

「そうね、人間は独占欲が強いのかな。自分一人だけを愛して欲しいものなのよ。自分が特別だって感じたいのね」

〈ゴリラのオスは何頭でもメスと一緒にいられる。ゴリラのメスは特別じゃないってこと？〉

「そんなことないよ。ゴリラは人間と違うんだから、文化が違っても当然だって。それに、人間の世界にも、一夫多妻制の文化はまだあるしね」

〈まだある？　いつかなくなるの？〉

「ごめんなさい、そんな意味じゃないの。一夫多妻制の文化が少ないってだけだよ。劣っているとか、いつかなくなるべきだってことじゃないの」

〈サムと別れたのは、あなたが一夫多妻制を好きじゃなかったから？〉

私の素朴な疑問はチェルシーを傷つけたのかもしれない。彼女は私の質問に答えることなく、無言で立ち上がって部屋の反対側まで歩いて行った。

〈ごめんなさい〉私は軽く握った右手を胸の前でぐるっと回した。だが、私の言葉を彼女が見ることはなかった。

チェルシーは口をつぐんだまま棚から紅茶を取り出してマグに放り込むと、電気ケトルに残っていたお湯を注いだ。

「そうね……。私たちがゴリラだったら何の問題もなかったのよね。オスが別のメスを好きになるのなんて、本当は自然なことなのかもしれない」チェルシーはマグを両手で包み込んだ。チェルシーは珍しく手話をつけずに話したので、まだつけっぱなしのテレビの音声が煩くて聞きづらかった。

「残念だけど私たちは人間だったから、うまくいかなかった。そういうことになるのかなぁ？」

チェルシーは自問し、部屋の中央の椅子に腰かけると紅茶に口を付けた。辺りにアールグレイ特有のベルガモットの香りが漂った。私は紅茶を飲まない。それどころか水だって飲まない。ジャングルに生えている草を食べているだけで、水分は足りている。だが、チェルシーが飲む紅茶の柑橘(かんきつ)系の香りを私は気に入っていた。

私がチェルシーと話したがっていることに彼女が気づき、テレビの電源を消してくれた。彼女はマグをサイドテーブルに置いて話しだした。

「でもね、サムだって悪いと思って隠していたんだし、私たちの間でそれは許されないことだった。あの人とはうまくいきっこなかったのよ。今みたいに一緒に仕事するだけの関係がちょうどいい」

〈私は悲しかった。二人とも大好きだから、別れてしまったのは残念〉

「しょうがなかったのよ。恋愛って、うまくいかない時だってあるもんね。うまくいかないことの方が多いかな。あなたは良いオスと出会えればいいわね」

〈実は昨日、アイザックに会った〉私は思い切ってチェルシーに伝えた。

「アイザックに会った？　本当に？」

チェルシーは慌ててデスクの上のノートパソコンを起動させた。だが、パソコンの電源がつくまでの数秒も待てないとでもいうように、部屋の北側に移動して壁に掛けられたジャングルの地図に視線を向けた。地図の上には幾つかの丸いマグネットがくっついており、それぞれが観測しているゴリラの群れの位置を示していた。マグネットにはペンで最後に観測された日付が書かれている。緑色のマグネットはベルトゥア類人猿研究所の近くに貼り付けてあり、これが私たちの群れ、エサウの群れだ。モーリスの群れを表す赤いマグネットはかなり北の方に位置している。

ゴリラの群れの行動範囲はそれほど広いものではない。これまで私がアイザックと会ったことがないのも、行動範囲が重なるほど近くにはいなかったからである。私たちはそれほど北に移動することはないし、私が知る限り、今までモーリスの群れが私たちに出会うほど南まで来たことはなかった。

「モーリスの群れがこっちまで来てるの？　前に観測した時には十五キロも距離があったはずなのに。こんなに早く、遠くまで移動したことなんて今まであったかな？」

〈モーリスの群れは見ていない。アイザックは一頭だった〉

「アイザックがヒトリゴリラに？　確かにそろそろ独り立ちする年頃だとは思ってたけど。一頭でここまで来るとはちょっと信じられないな。本当にアイザックだったの？　別のゴリラじゃなくて？」チェルシーはノートパソコンにゴリラの画像を映し出して私に訊ねた。

〈そう、このゴリラ。アイザックで間違いない。顔に傷があったけど〉私はアイザックの写真を見て不思議な感慨を受けた。最近の写真ではあるようだが、随分幼いように見える。群れを離れてから随分顔つきが変わったようだった。

「傷があった？　他の群れのメスに手を出そうとしたのかな。たぶん、その群れのシルバーバックに怒られたんだろうね。かわいそうに」

アイザックが私よりも前に別のメスにも手を出そうとした、というチェルシーの説明は間違いではないように思えた。が、その場面を想像すると気分が悪かった。

さっきのチェルシーの話を聞いたばかりだからか、一人だけを愛し大事にする、特別扱いするという人間の排他的な恋愛感情が私に影響を与えたのかもしれない。もしも相手が私だけを大切にしてくれるとしたら、それはやっぱり嬉しいことだろう。他のメスと仲良くするのは楽しいことではない。アイザックが私以外のメスを誘おうとした、という可能性を私は否定したかった。

だが、オスが一頭だけしか妻を娶らないというのはジャングルでは意味をなさない。オスの役目は群れを大きくし、安全を確保することだ。強いオスはメスを多く娶り、子供が多く育てば、それだけ群れが危険な目にあう可能性も下がる。逆に弱いオスからはメスも離れていく。私以外にメスが寄り付かないようなオスとは付き合っていられないだろう。人間の恋愛観はジャングルの中では成り立たない。

「そういえば、モーリスの群れがこの研究所の近くまで来たことはあったよ。もう十年も前だからローズが生まれる前のことだけど。その時にエサウたちとぶつかり合ったんだ。あの時はびっくりしたよ。研究所のすぐ近くで喧嘩が始まったから、この小屋からも二頭と群れの叫び声が聞こえてさ。二頭とも酷い怪我でね、モーリスはエサウに右耳を噛みちぎられてた。悲惨な光景だったよ。あれからモーリスはこっちに来てないから、やっぱりアイザックだけが来てるんだろうね。一応、明日はサムにモーリスたちの様子を見に行ってもらうことにしようかな」

　チェルシーは机の上のメモ用紙に何か書きつけた。私は英語が聞き取れるし、手話も分かるが、文字は読めないし書けない。だからと言って困ることなどないのだが、チェルシーが何を書いたのかは少し気になった。

「もしかして、あなたが群れを離れるべきか悩んでいたのは、アイザックと会ったから？」チェルシーはやっとそのことに思い至ったようで、私の顔を覗き込むとニヤニヤと嬉しそうに笑った。

「ちょっと、ちゃんと話しなさいよ。何があったの？」

〈別にただ一緒に遊んだだけ。取っ組み合いをして、追いかけっこして、沼に入って草の根を食

べた〉

「で、あなたはアイザックのことが気にいったの？」

〈あっちが私のことを好きなだけ。遊び終わった後で、ついてきて欲しかったみたい。私は群れに戻った〉

「そう。お母さんを一人にしないように、ってさっき言ってたね。本当にいい子だね、ローズは。でも、自分の幸せも考えなきゃダメだよ。あなたはいつまでも群れの中にいるだけで良いの？」

〈私は、またアイザックに会いたい。それからどうするかは分からないけど〉

「きっとまた会えるよ。昨日会ったばかりなら、まだその辺にいるでしょう。こんなところで時間潰してないで、探しに行ったら？　あなたはもっと自分のことを大事にしていいんだよ。お母さんやお父さんのことじゃなくて、自分の幸せのことを考えなさい」

〈ありがとう〉

私はチェルシーにハグして、小屋を後にした。さっきも周辺を見回したばかりだが、もう一度昨日の倒木に向かった。

倒木の場所にたどり着いた時には既に太陽が空のてっぺんに登っており、日差しは容赦なく空き地を照らしていた。私は日向（ひなた）を避けて倒木の周りを歩き、アフリカショウガを見つけると、その場に座り込んで食事をとることにした。朝からアイザックを探し始め、その後もチェルシーと話してばかりだったので、お腹が空いていたのだ。

アフリカショウガの茎を折って、口に運んでいる間も周囲に気を配っていた。私の目の前をヤマアラシが背中の針を揺らしながら通り過ぎていき、樹上では黒と白のツートーンの毛が可愛いアビシニアコロブスの群れが移動していた。白い長い毛は不思議なコートを着ているみたいで、そのうちの一匹はまだ全身が真っ白な赤ちゃんを抱いていた。

私は食事が済むと昼寝もせずに、まだ探していない近くの川まで歩いて行った。まだ雨期に入る前なので川は痩せているが、それでも流れは速く、水は川底の泥を巻き上げて薄く濁った茶色だった。川辺の岩棚ではオオトカゲが日陰で休んでおり、近くの木の枝にはヒメヤマセミのつがいが仲良く止まっている。私が川沿いまで進むうちに、一羽の小さなヒメヤマセミが素早く中空に飛び立ち、川面に垂直に飛び込んだ。ピシャッと水が弾けたと思うと、ヒメヤマセミはすぐに小さな魚を嘴に咥えて空に戻ってきた。

私はアイザックを探し求めて、少しの間一頭でいるだけなのにもかかわらず、今までずっと一頭だったかのような虚しさに襲われた。途方に暮れて川辺に座り込んでいると、以前サムにゴリラトラッキングの方法を教わったことを思い出した。ゴリラを探し回ることになるとは、その時は全く思っていなかったので、ちゃんと話を聞いていなかった。サムからトラッキングの方法をしっかり学んでおけばよかったと後悔しても、もう遅かった。

今ごろになって、アイザックの足跡を見つけてみようと思ったが、昨日一緒にいた辺りはさっきから私が歩き回っているので、もう足跡は分からなくなってしまっていた。

私は急に寂しさを感じ、仲間を求める声をだした。近くに誰かいないか、高い声で呼びかけながら、私は急に自分のことが嫌になった。哀(あわ)れで、惨(みじ)めな気持ちになった。私はアイザックを諦めて、群れに戻ることにした。

群れに戻った私に嬉しい驚きが待っていた。群れで一番幼いカリムが私に近づいてきたのだ。一日で一番暑い時間を少し過ぎたばかりで、大人はみんな昼寝をしている。カリムが小さい手足を使って、よちよちと私の近くまで歩いてきた。母親であるビビは眠りが浅かったのか、それとも母親としての勘が働いたのか、カリムが自分のもとを離れるとすぐに目を覚ました。カリムの足取りをしっかりと目で追っており、何かあったらすぐに駆け付けられるように気を張っていた。

この過保護な母親は、普段であれば父親であるエサウ以外のゴリラがカリムに触れることを極端に嫌がるのだが、この時ばかりはカリムが私に向かって手を伸ばし、背中によじ登ろうとするのを寝転がりながら見守っていた。まるでカリムの世話を私に任せようとしているようで、私はビビがそんな寛大な態度をとったことが信じられなかった。よほど眠かったのか、それともやっと私のことを信用する気になったのか。

ビビの考えは分からなかったが、カリムと触れ合うことは私にはアイザックを忘れるために必要だった。なんとか背中に登ろうとするカリムを、腕を伸ばして捕まえると、私は思いっきり抱きしめた。カリムは私のなすがままに腕に抱かれ、嬉しそうに高い声をあげた。腕を左右に揺らしてやると、さらにその歓声も一層賑(にぎ)やかになった。

カリムの笑い声が辺りに響くと、何頭かが仰向けに寝転がりながら、こちらに顔を向けた。彼らは私とカリムが遊んでいるのを見届けると、少し驚いたような表情をしたが、やがて何事もなかったかのように昼寝に戻った。ビビがカリムを他のゴリラに任せているので驚いたのだろうが、私は子供たちの中では年長なので安心したのかもしれない。

私はカリムを優しく揺すりながら、静かにハミングした。私がカリムのように小さかった時に、母が歌っていた歌を思い出したのだ。言葉はなく、ただ穏やかな調べが私たちを包んでいた。

私はビビの視界から外れないように注意して、群れの周りを歩き、近くに生えている蔦を食べた。小さく千切ってカリムの手に近づけてやると、それを私の手から奪い取るように摑み、口に運んだ。カリムは始終満足そうだった。父母以外、初めて別のゴリラと触れ合うのだから、新鮮な気持ちで私に抱かれているのかもしれない。

日が傾きだすと群れは別の場所に移動した。移動する際にビビが私にゆっくりと近づいてきたので、私は壊れやすいものを扱うようにカリムを手渡した。

移動先でいつも通りベッドを作り、日が陰ると私たちは一斉に眠った。だが、穏やかな眠りは長くは続かなかった。

またしても、深夜に父が木から降りるとドラミングを始めたのだ。大声で叫びだし、皆を起こした。二晩続けて真夜中の移動なんてことは今まであったためしがない。父は何もいないはずの闇に向かってしきりに吠えたてた。だがジャングルがその声を呑み込むばかりで、それに対抗するような音は何も聞こえなかった。父は何を恐れているのだろうか？　私には理解ができなかったが、父は群れのみんなに厳しく号令をかけて、別の寝場所を求めて移動を急いだ。父はキョロキョロと周りをうかがった。その異様な興奮状態に、群れのみんなは不安を隠せなかった。

　翌日、明け方は良く晴れた暖かい日だったが、昼近くになると暗雲が空を厚く覆い、もとから薄暗いジャングルの中は暗澹たる様相を呈した。風が強く吹き、枝が揺れ、葉がザワザワと音を立てた。遠くで雷鳴が轟き、重苦しい空気が周囲に立ち込めていた。雨期が始まるのだ。

　今朝もカリムはビビと食事を済ませると、すぐに私の所まで遊びにきた。まだ力も弱い顎を思いっきり開いて、私の身体に噛みつこうとする。私はそのたびに大袈裟に反応してあげた。痛い振りを本気でしてやると喜ぶのだ。ビビはそんな私をしばらくじっと見つめていたが、そのうちにふいとどこかに行ってしまった。私に任せておいても大丈夫だと判断してくれたのだろう。これまでにも子供の相手はよくしてきたので手慣れたものではあったが、ビビから信頼されたのだと思うと、単純に嬉しかった。

　私は今日もカリムを腕に抱いて、子守唄をハミングした。カリムに触れていると幸せを感じた。幼子が腕の中にいるだけで心が満ち足りる。この世界が素晴らしく輝いて見える。子供という弱く頼りない存在が、ここまで心を潤してくれることが不思議で、私は必死でカリムを喜ばせようとした。私が受け取った幸せを、なんとか返してあげたかった。カリムも私の腕の中で昨日と同じように嬉しそうに笑っていた。

ポツリポツリと大粒の雨が木々を打ち、それが遊んでいる私たちの背中に滴(したた)り落ちてきた。大雨になりそうな予感がして、私は雨がしのげる場所を探した。群れがいる場所の周辺を練り歩くと、一本の大木が朽ちているのを見つけた。苔むした木には私たち二頭が入れるだけの洞があった。私は背負ったカリムが木にぶつからないように、気を付けて洞に身を隠した。すると、やはり私の予想通りに土砂降りの豪雨がジャングルに訪れた。雨が木々の汚れを洗い流し、地面は泥だらけになった。

他の群れのみんなは雨が降り始めても気にしないで、打たれっぱなしになっている。ゴリラにとって雨は防ぎようのない自然の力だ。濡(ぬ)れて嫌な気分になるが、どうすることもできない。止むのを待つ以外に選択肢はない。だが、私はできれば濡れたくないので、こうした木の洞を探して雨宿りをするようにしている。

木の洞で雨を凌(しの)ぐのを教えてくれたのはテオだった。まだ小さい子供だった私は、観光客を連れたテオに抱きかかえられていた。突然降り出した雨を避けるために木の洞に入ったテオは、観光客にも適当な洞を探して通り雨をやり過ごした。それが私には驚きだった。それまで、雨から逃げるという発想がなかったからだ。

カリムは木の洞の中の景色を楽しんでいるようだった。柔らかくなった樹皮を摑んではめくり、口に含んでは吐き出した。きっと雨を避けるためにここに来たのだということは分かっていないだろう。カリムは私と違い、普通のゴリラだ。言葉を学んだり、人間の行動の意味を考えたりはしない。

雨は執拗に降り続け、私たちは随分と長い間、洞に隠れていた。やがて雨が止んで外に出ると、ジャングルの空気は一変していた。地面が水浸しで泥だらけになるのは歩きづらくて嫌だったが、雨のあとの空気の新鮮さが私は好きだった。ジャングルの空気はいつでも何かの濃い匂いを孕(はら)んでいる。動物が発する体臭、下から立ち上る土の乾いた匂い、木々や葉の持つ青臭さ、そして果実の甘酸っぱい香り。鬱蒼とした木々に覆われたジャングルは空気が滞留するため、そうした様々な匂いが混ざり、溶け合った複雑な匂いが常に立ち込めている。だが大雨が通り過ぎた後はそうした空気が押し流され、束(つか)の間(ま)、新鮮な空気に入れ替わる。私はそうした純粋な、綺麗な空気を吸い込むと、たまらなく嬉しくなるのだった。

母も含めて他のゴリラはそうした匂いの違いを感じていないのではないかと、私はときどき思う。雨に打たれっぱなしのゴリラは環境と自分を切り離すことはない。私は雨を避けて木の洞の中に逃げるから、そこから出た時に急な変化を楽しめるのだ。私は母になぜ雨を避けないのかと聞いたことがあった。だが、そもそも雨を避けられると思っていない母には、その疑問も理解してもらえなかった。母は言葉を理解するが、私よりは他のゴリラに近い感覚を持っているようだった。

雨でずぶ濡れになってしまった群れの仲間のもとに私たちは戻っていった。地面は水浸しで、歩くたびに泥が跳ねた。カリムもこの新鮮な空気に気づいていると良いのだけど、と私は思った。

雨は一時的に止んだが、またすぐに降り出しそうな雰囲気だった。曇天(どんてん)には稲妻が走り、薄暗いジャングルを一瞬だけ明るく照らす。少し遅れてゴロゴロという音が空から落ちてくる。風も弱まらず、まだまだ嵐が続きそうだった。

雷鳴の轟くジャングルの奥深く、どこからともなく別の大きな音が響き渡った。その恐ろしい音に体中の毛が逆立った。

別の群れのゴリラのドラミング音が、太鼓のように空気を揺るがしていたのだ。その音を聞きつけたのは私だけでなく、群れのみなが顔をあげ、音の方向を確かめようとキョロキョロと辺りをうかがった。

音は段々と距離を詰め、こちらに近づいてくるようだった。父のエサウは群れの周りをゆっくりと歩き、その悠然とした姿を見せつけることで、仲間たちの気持ちを落ち着けようとした。が、次第に詰め寄るドラミングの音に、私たちの群れは緊張を隠せなかった。

ドラミングの音の他に雄叫びが聞こえるようになると、相手が一頭ではなく、少なくとも二頭はいることが分かった。低い声の他に、甲高い鳴き声が聞こえている。

敵の気配を感じ取ると、ビビは怯えたように私の傍まで来た。私の背中に摑まっているカリムを自分の身体に引き寄せた。ビビはカリムが自分の腹に摑まるとすぐに、ドラミングの音のする方とは逆に逃げていった。

稲妻が空を走り、辺りが一瞬鋭い光に照らされ、私たちは襲撃者の姿を捉えた。二頭のシルバーバックがこちらに駆け寄るのが、遠くの茂みの陰から見えた。二頭とも太い腕を地面に突き立て移動し、その衝撃で泥がバシャバシャと勢い良く跳ねた。腰回りやふとももの肉付きも良く、怒らせた肩は力強そうだった。体格は父ほどではないにしろ、立派なものだ。

まだ相手の顔がはっきりと見えたわけではないが、二頭はアイザックがいた群れのボスであるモーリスと、その息子のビクターだと私には分かった。ビクターはすっかり成熟してシルバーバックになっているが、群れを去っていないようだ。モーリスはいずれビクターを群れの後継者とするつもりなのだろう。二頭は明らかにこちらの群れを意識して近づいて来ている。

父エサウは私たちを守るように群れの先頭に立ち、自分も胸を叩いて相手を威嚇した。その威厳に満ちた姿にモーリスたちは一瞬怯(ひる)み、勢いを失った。エサウと二頭は十メートルほどの距離を保って睨(にら)み合った。モーリスたちの息遣いは荒い。

モーリスはエサウの動きに注意しながら、ゆっくりと回り込むようにこちらの群れの周りを移動した。息子のビクターはモーリスと逆の方向に移動し、エサウはどちらを追うか迷ったあげく、モーリスをこちらに近づけないように警戒を続けた。こちらの群れにはビクターに立ち向かえるような成熟したオスがおらず、どうしても二頭に対して劣勢にならざるを得なかった。

私たちはエサウの後ろに隠れ、動向を見守ることしかできなかった。モーリスはエサウを挑発するように叫び声を浴びせ、ビクターはこちらを襲う隙を探っているようだった。

睨み合いは長く続き、やがて雨がまた強く降り始めた。

雷鳴が響き、稲光が辺りを照らす。その瞬間を待っていたかのように、ビクターがこちらに駆け寄った。私たちは悲鳴をあげ、反対側に走り逃げようとした。あまりの恐ろしさに私たちは脱(だっ)糞(ぷん)してしまった。私たちはビクターから逃げきれそうだったが、ただ一頭、幼いカリムを背負ったビビが逃げ遅れてしまった。
ビクターがビビに襲い掛かろうとするのを見てとり、エサウはモーリスから目を離して、駆け寄ろうとした。モーリスはその隙を逃さず、エサウに後ろから飛び掛かった。モーリスがエサウの頭頂部に強靱（きょうじん）な顎で噛みつき、エサウは痛々しい叫び声をあげた。エサウはモーリスを捕まえようと腕を振り回したが、襲撃者はその腕を躱（かわ）し、さらにエサウの腹に噛みついて深い傷を負わせた。

エサウがモーリスに襲われているうちに、ビクターはビビに追いついた。ビクターはビビの足を捕まえると力強く引っ張り、ビビを泥の中に倒した。ビビは恐怖に叫びながらも、母性本能に突き動かされたのか、幼いカリムを守ろうとして腕に抱え込んだ。ビクターはビビの足を引っ張って泥の中を引きずり回し、嬉しそうに鼻を鳴らした。

ビクターはビビを群れから引き離すと、その胸に抱かれた幼子を奪おうと、ビビの腕に噛みついた。ビビは叫び声をあげたが、カリムを離さないように、より一層強く子を抱きしめた。ビクターは執拗に攻撃を続け、やがて彼女のもとから子供を攫（さら）った。ビクターは勝ち誇ったように雄叫びをあげた。

その声を耳にしたモーリスはエサウへの追撃の手を止めて、ビクターのもとに向かった。エサウには、二頭の襲撃者を止める手立てはなかった。満身創痍の身体は血塗れで、二頭の行方を目で追うだけで精一杯だった。

モーリスはビクターのもとに歩み寄ると、小さなカリムを大きな手で摑んだ。そのままカリムの頭頂部に歯を当て、思いっきり噛みついた。カリムが悲痛な叫び声をあげるが、モーリスはまるで果実の皮でも剝くように、その柔らかな皮膚を噛みちぎって吐き捨てた。鮮血がモーリスの口から滴り落ちる。カリムが息絶えるまで、長くはかからなかった。

　モーリスとビクターは二頭で勝利のドラミングを始めた。雨の降りしきる中、彼らが胸を叩く音が、ジャングルに無情に響いた。短くも苛烈(かれつ)な戦いの幕引きを告げる音を、私たちは絶望に暮れながら聞いた。辺りに散り散りに逃げた私たちは、モーリスたちから一定の距離をとりながら、それぞれの動きに注目した。二頭は誇らしげに胸を張り、私たちにその強さを見せつけるように悠然と練り歩いた。

　ビビは泥の中で動かなくなった幼子をじっと見つめていた。しばらくしてゆっくりと起き上がると、二頭に近づいて行った。ビビはモーリスの群れに加わることを決めたのだ。子供が死んだのはモーリスのせいでも、ビクターのせいでもない。全ては子供を守り切れなかった父エサウの責任だ。群れを守れない弱いリーダーは信頼を失い、メスは強い群れへと移っていく。それはゴリラが従うジャングルの掟(おきて)だ。

　やがてモーリスとビクターは、ビビを連れて元の場所へ戻って行った。彼らが見えなくなると、私たちは傷ついたエサウのもとに集まった。私たちが敬愛して止まない群れのリーダーは頭から血を流し、無様(ぶざま)に地面に尻(しり)をついていた。噛みちぎられて右耳を失い、全身至る所に大きな傷が見えた。倒れないでいるのが不思議なくらいだ、と私は思った。

　辺りには錆(さ)びた鉄のような血の匂いと、糞便(ふんべん)の酷い悪臭が立ち込めている。私たちは初めて見る父の敗北に動揺し、彼を取り囲みながら様子を確かめるようにブウブウと鼻を鳴らした。父はただ苦しそうに息を荒らげ、私たちの言葉のない問いかけには応えなかった。

四

私は傷ついた父の姿にショックを受け、研究所まで急いで向かった。サムたちに事情を伝えて、助けてもらおうと思ったのだ。だが、サムたちにできることは何もなかった。野生のシルバーバックに近づいて傷の手当などできる人間はいない。見守る以外には何もできないと、サムは残念そうに私に言った。

ビビに見捨てられたカリムの死骸(しがい)には誰も触れようとせず、ただ泥の中で放置されていた。他の仲間にとって、動かなくなったカリムは何の意味も持たない。生きていくために必要なものではないのだ。だが、私にはそのまま放っておくことなど、どうしてもできなかった。

私がカリムの亡骸(なきがら)を抱きかかえた時、母は怪訝(けげん)そうに私を見た。そんなものをどうするんだ、とでも言いたそうな母の表情は恐ろしいほどに冷たかった。私と他のゴリラの間に、大きな溝があるのを、この時ほど強く感じたことはなかった。近くにいるはずなのに決して交われない、お互いに理解することができないのだ。

左腕でカリムを持ち上げると、小さな両腕はだらりと垂れ下がった。不思議とその体は生きていた時よりも重く感じられ、私は小さく鼻を鳴らした。

サムは私がカリムを抱き上げたことに気が付くと、すぐに近寄ってきて私の肩に手を乗せた。

「かわいそうに。まだ小さかったのにな。戻ったら、一緒に埋めてあげようか」

私はその言葉に救われたような気がした。仲間のゴリラは誰も私のことを分かってくれなかった。だが、サムは私の気持ちを正確に理解してくれたのだ。私の心はゴリラよりも人間に近くなってしまったのかもしれない。私は群れを離れ、サムと一緒に研究所に向かった。

「モーリスの群れには成熟したメスが一頭もいなかったんだ」サムは研究所の裏で土を掘り起こしながらそう言った。日が激しく照りつける中、サムの背中は汗で濡れていた。
「もともといたメスが離れたのか、死んでしまったのかは分からない。君たちの群れを襲ったのはメスを奪うためだったんだろうな」
私はサムの後ろで腕に抱いたカリムの亡骸を見つめていた。小さな黒い体は壊れた人形のようだった。
「だが幼い子がいる母親はすぐには子供を産めない。ビビを連れていくにはカリムが邪魔だったんだ。マウンテンゴリラの嬰児(えいじ)殺しは、前例が報告されているが、まさかこんなことになるとは返った。


思わなかったな」サムはある程度の深さの穴を掘ると、シャベルを土に突き立ててこちらを振り返った。

「お別れは済んだかい？」

私は軽く頷き、サムが掘ったばかりの穴の中にカリムを優しく寝かせてあげた。チェルシーがその上に研究所の庭先で摘んだブーゲンビリアの花を添える。

私は顎に人差し指を置いて〈寂しい〉とチェルシーに伝えた。

「そうね。私も寂しい。可愛い、いい子だったのにね」

サムは胸の前で十字を切り、カリムの眠る穴に土を被せていった。カリムが土で隠れていく。小さな異母弟がどこか遠くに行ってしまうような気がした。昨日から一緒に遊べるようになったばかりだったのに。私の背中に乗って嬉しそうにしていたカリムを思い出して、私は胸が苦しくなった。

　モーリスの残酷な仕打ちで殺され、母であるビビはそのモーリスについて行った。ビビは動かなくなったカリムを暫く見つめると、すぐに諦めて見捨ててしまった。もちろん、何をしてもカリムが戻ることなどないのだが、それでも私にはビビが薄情に思えてしまう。死を悼む間も、悲しみに暮れる間もなく、群れを去っていったビビが憎かった。私はこんなにもカリムの死で心を痛めているというのに。

　だが、ビビが間違っていないことを私も理解していた。ゴリラは、というより野生の動物には、仲間の死をいつまでも悲しんでいるような余裕はない。自然は時に過酷で、死はいつでも身近にある。いつだって自分の身を守り、生き残ることを最優先に考えなければならない。ビビは生き残るために群れを移ったのだし、モーリスたちの群れに加わるには、あのタイミングが一番だった。

群れのゴリラたちは、父が深い傷を負ったことで動揺していた。群れのリーダーが重傷を負うことは、群れの存亡に関わる事態だ。幼いカリムの死を悲しむ心のゆとりなど、誰も持ちあわせていなかった。とは言え、心配する以外にエサウのために何かできるものなどいないのも事実だった。

カリムの小さい体は土に埋もれてすぐに見えなくなってしまった。カリムにもう会えないのだという実感が強く胸に迫り、無意識のうちに私の口から嘆息が漏れた。

「まずいことになったな」サムは研究所のドアを後ろ手に閉めるなり、独り言のように呟いた。
サムはモーリスたちを探していたが、足跡は雨で消されていたため探索は徒労に終わったようだった。最後まで粘っていたのだろう、既に日は落ちており、部屋は頼りない電灯で照らされていた。部屋の奥で机に向かっていたチェルシーは、同意するようにため息をついた。
「本当にそう。落ち込んでいるローズを見るのはつらいね。こんな攻撃的な接触は今までなかったのに。嬰児殺しの例があることは知ってたけど、まさかここでも起きるなんて……」

「いや、俺が言ってるのはエサウのことだ」

「そんなに酷い状態なの？」チェルシーは顔をしかめた。

「酷いなんてもんじゃない。あれじゃあ、いつ死んでもおかしくない」サムは雨に濡れたレインコートを脱ぎ、木製のコートラックにかけた。ピチャピチャと、袖から垂れる水滴が床を打つ音が静かな部屋に響く。チェルシーは両手で口を覆って絶句した。

「最悪の場合を想定しておいた方が良さそうだ」

「そうね、ヤウンデの医療チームに連絡して対応してもらうとか？」

「いや、エサウは密猟の被害にあったわけじゃない。自然の成り行きだ。傷ついた動物を全部救うわけにはいかないだろう」サムは入り口近くの棚からタオルを取り出し、濡れた髪を拭きながら言った。「それにエサウはもう四十代後半で、既に野生のゴリラの平均的な寿命を越えているんだ。治療したとして、少しの延命にしかならないだろうな」

サムは顔をサッと拭った後でタオルを壁に掛けると、チェルシーに向きなおった。

「俺が言ってるのは、俺たちにとっての最悪の場合のことだ」

サムの意図が読み取れないチェルシーは、無言で彼の話の続きを待った。

「俺たちにとって最悪なのはローズを失うことだ。エサウが死んだら、残された群れはしばらくはそのままの形で行動するかもしれない。だがリーダーを失ったゴリラたちは、いずれはそれぞれが別の群れに交じっていくことになるだろう」サムはチェルシーの近くの椅子にドスンと腰を落とした。

「俺たちがローズを観察できていたのはエサウの行動範囲が研究所から遠くに離れなかったからだ。もしローズが今後モーリスの群れや、別の遠くの群れに加わることになったら、今までみたいにあの子の研究はできなくなるんだぞ」

サムの鋭い視線にチェルシーは思わず身をすくめた。

「もうローズの研究をして十年近くになる。そろそろ発表しても良い頃なんじゃないか？　完璧な手話を話すゴリラがいるってのに、なんだって俺たちは他の研究グループと同じようにゴリラの糞を集めて、食性だの行動範囲だの、代わり映えのしない論文ばかり発表しなきゃならないんだ。ローズの存在が世界にどれだけの衝撃を与えるか、分かってないわけじゃないだろ。いつまで彼女のことを隠しておくつもりなんだ？　このままじゃ、今までの十年が無駄になっちまうかもしれないんだぞ？」

サムがこんなことを言うのは初めてではない。もう何年も議論を続けてきた問題だったが、今日のサムの口調には今までにない焦りと静かな怒りが込められていた。もちろん、チェルシーにしても彼の主張を理解できないわけではなかった。ローズの研究をどのようにして発表するかは、何年も葛藤（かっとう）し続けていたことなのだ。

だがチェルシーにとって最悪の場合というのは、ローズの研究を発表できなくなることではない。これまで準備してきたローズの研究を否定されることをチェルシーは何よりも恐れていた。無意識のうちに彼女の視線は机の上の、とあるファイルに引きつけられた。そこには『類人猿は文章を作れるか』と題された論文が収められていた。胸中一番の不安は言葉に出さずともサムには伝わってしまった。

「まだテラスのことを怖がってるのか？　ローズはニムじゃない。ローズは今まで研究されてきたどんな類人猿とも違うんだ。そんなことは君だって分かってるはずだろ？」

人間は遥か昔から動物とのコミュニケーションを夢見てきた。そして七〇年代は多くの学者が類人猿に言葉を教えようとした時代だった。ガードナー夫妻はチンパンジーのワショーに、フランシーヌ・ペニー・パターソンはゴリラのココに手話を教えた。その中でもハーバート・S・テラスは特に高名な学者で、動物の言語能力に関する第一人者だった。

当時、言語学上で大きな議論の的となっていたのは、言語能力は人間だけが生まれつき備えているものなのか、それとも学習によって覚えるものなのか、という問題であった。言語学者のノーム・チョムスキーは「人間の脳には言語を話す仕組みがあるのだ」と主張し、これに対して心理学者のスキナーは「言語は学習で習得するものだ」とした。スキナーの学生だったテラスは、ノーム・チョムスキーの主張を覆すために、彼の名をもじってニム・チンプスキーと名付けたチンパンジーに手話を教えるプロジェクトを進めた。テラスの下で学ぶ学生の熱意が功を奏して、ニムは手話を学習していたかのように見えた。しかし、動物の言語能力を信じていたはずのテラスは、『類人猿は文章を作れるか』という論文を発表して、あろうことかその能力を否定したのだ。

類人猿に文章は作れない。それがテラスが出した答えだった。

「私だってちゃんと分かってる。ローズは『賢いハンス』なんかじゃないって」

「賢いハンス」とは十九世紀末に有名になった馬である。ハンスは馬主の質問に、蹄を鳴らす回数で答えることができた。知能を持つ動物として一世を風靡したハンスであったが、その解答のメカニズムは解明されてしまえば単純なものだった。ハンスは馬主が無意識のうちに出す反応を読み取っていただけだったのだ。質問されたあとは馬主が反応するまで蹄を鳴らすだけの簡単な芸当に過ぎなかったのだ。

百以上の手話を覚えたと言われていたニムにしても、質問者が無意識に出すシグナルに反応して、正しいと思われる動作をしていただけで、そこに言語の理解はなく、「賢いハンス」となんら変わらないとテラスは主張したのだ。客観的なデータに裏打ちされたテラスの結論は強固で、反対派からの主張に揺らぐことはなかった。

それに対して動物の知能や言語能力を認める学者のデータは客観性に欠けるものが多く、結果的に動物に言語を教える研究はほとんど立ち消えたような状態にある。ローズの存在は奇跡と言って良いが、動物の言語能力という研究テーマ自体は何十年も不毛な分野であったことは間違いないのだ。

ローズの認知能力・言語能力をもってすれば、過去の研究結果など簡単に覆せるという確信がありながら、それを否定されてしまう可能性を考えると、どうしても二の足を踏んでしまうのだった。

「なにも、今すぐに発表をしようって話じゃないんだ。ローズの研究を続けられるように、環境を整えようって言いたいだけなんだよ」

チェルシーの内面を見透かしたように、サムは優しく言った。

「ローズを私たちのもとに置いておくってこと？　でもゴリラは群れで生きる動物だし、研究所で飼育するっていうのは彼女にとって良くないんじゃない？　もちろん、それで私たちの研究は続けられるけど、私たちの都合で彼女の暮らしを束縛しちゃうってのは良い気がしないわね」

「もちろん、そんなことは分かってるさ。いくら研究が大事だって言っても、彼女が生まれた時からもう十年近くローズのことを見てるんだ。俺にとってもかけがえのない子供みたいなもんさ。彼女にとっても悪くないはずだよ」

「彼女にとっても悪くない話？　このジャングルで誰の干渉も受けずに自由に暮らすこと以上の幸せが彼女にあるっていうの？　まさか研究所の近くの群れに入ってもらうように頼む、なんて言わないよね？」

チェルシーの問いに、サムは反論しようとして躊躇った。何かを考えこむように、チェルシーから目を逸らした。サムはゆっくり一息つくと、何かを決心したようにチェルシーに視線を戻した。

「ずっと考えてたんだ。ローズは手話を覚えた他の類人猿と違って、ほぼ完璧なアメリカ式手話を使えるだろ？　同じ手話を使える人とは対等に話すことができる。それだけじゃなく、相手の言ってることも理解できるんだ。だから……」

「だから？」チェルシーは一瞬言いよどんだサムに続きを促した。

「ローズをアメリカに連れていくべきだと思う」

「アメリカに連れていく？　何を言ってるの？　そんなことできるわけないじゃない。ローランドゴリラは絶滅危惧種なのよ？」

「ゴリラがワシントン条約で保護されてることなんか、もちろん分かってるさ。保護対象の動物でも繁殖目的・研究目的なら他国に連れ出すことができるってこともな」

「研究だって、ここで問題なくやってきたじゃない？　繁殖だって、ここ以上の場所なんてないよ」

「世界中の動物園で飼われてるゴリラはローランドゴリラだから、繁殖は海外でもできるさ。それにさっきも言ったように、遠くの群れに入ってしまったら研究はできなくなる」

「そうね。でもあなたが言った通り、アメリカにはもう既に多くのローランドゴリラがいるし、繁殖にも成功してる。パンダでもあるまいし、今さらゴリラを輸入なんて……」

「そうだろうね。普通のゴリラを輸入する理由なんてない。でもローズは普通のゴリラじゃない。それを正しい人に理解してもらえれば、絶対に協力してくれるはずだ。いいか、君は研究を否定されることが怖いんだろ？　否定する余地をなくしちまえば良いんだよ。先にローズのことを知ってもらうんだ。世界中が彼女のことを知ってしまえば、否定する奴なんて現れないに決まってる」

チェルシーは突然の提案をすぐには受け入れられなかった。

「大丈夫。僕に任せてくれれば、全部うまくいくよ」

五

父エサウはモーリスの襲撃を受けた三日後に死んだ。

地面に仰向けに倒れ、動かなくなった父を私たちは朝になってから見つけた。モーリスから受けた傷のせいで、父は木に登ることができなくなっていた。夜も地面に寝ていた父は、群れの中にいながら孤独に死んでしまったのだ。

父は全身の傷が膿んでしまい、腐臭を放っていた。瞼を閉じて、顔も穏やかな表情で、まるで眠ったままのように見えた。

私は研究所まで急ぎ、サムを呼んだ。サムが現場に着いた時には、群れのみながエサウの遺体の周りに集まり、彼の反応を引き出そうとして、ブウブウと問いかけるような声をかけていた。

「すごい……」

七頭のゴリラがリーダーの亡骸を囲んでうめき声をあげている状況が、何か神聖な儀式のように感じられたのか、サムは感嘆の声を漏らした。

サムの表情をうかがおうと見上げると、彼は眼前の光景に圧倒されたかのように口をぽっかりと開けていた。暫くすると彼は静かに写真を何枚か撮るとその場にしゃがみこんだ。ポケットから小型のレコーダーを取り出してマイクを口元に当てると、静かに状況を記録しだした。

「信じられない……、こんな光景は初めて見た。エサウが亡くなったとローズから知らされて、急いで群れに合流した。ローズはまだ隣にいるが、他の七頭は地面に横たわるエサウを取り囲んでいる。ニノンが右手の甲でエサウの顔を優しく撫でている。彼が既に死んでいることを嘆いているのか、それともただ単に起こそうとしているだけなのか。まだ小さいメスのナディンは遊んでもらおうとしてるのか、エサウの腹の上に座ってる。普段なら食事をしている時間のはずだが、食べ物を探そうとしているものはいない。成熟したゴリラがエサウを見る表情は悲しそうで、まるで葬儀を行っているようだ」

興奮してボソボソと記録を続けるサムをそのままに残し、私も父の亡骸の目の前まで近づいた。強く偉大だった父は、いつもよりずっと小さく見えた。ここ数日、しっかりと食事ができていなかった。だとしたら水分も足りてなかったはずだ。

父は私が生まれるずっと前からこの群れを守ってきたのだ。自分の育った群れを離れ、つい先日会ったアイザックのように、孤独にジャングルで過ごした時期もあったはずだ。私は父の全身に生々しく残っている傷跡を見ながら、アイザックの顔に刻まれた傷を思い出した。孤独な時代を経てからメスを他の群れから誘い出し、子供を増やしていく。ここまで立派な群れにするまでの父の苦労を考えると、私は泣きたくなった。きっと群れの他のみなも同じ思いなのだろう。だが、それを確かめる術はない。ゴリラは泣かないのだ。

私は胸が苦しくなり、思わずサムの方を振り向いた。サムと視線が合うと、私は両手の人差し指を目元に持っていき、指先で涙の筋を表すように頬をそっと撫でた。

サムは私の言葉を見つめると、深く、ゆっくりと頷いた。私にはサムが寄せてくれる同情心が心地よかった。今回の群れの行動が研究者であるサムにとって興味深いのは間違いない。だが何十年も見守っていた父の死に、彼も悲しみを感じてくれているのだ。サムにとって父はただの観察対象ではなかったはずだ。

私たちは父に守られて幸せに暮らしていた。どんなことがあっても父が動揺することはなかった。他の群れのゴリラと遭遇しても、今までは何の問題もなかったのだ。私たちが不安を感じることがあっても、父の逞しい銀の背中が近くに見えれば安全だと感じることができた。

私たちはなんと恵まれていたのだろう。もう動かない父の腕にそっと触れながら、私はため息を漏らした。だが、心の中にわだかまりがあることも否定できなかった。みなが父の死に大きな意味を感じていることは理解ができる。しかし、先日のカリムの死に寄せた無関心との落差に、私は違和感を覚えずにいられなかった。

三十分ほどすると、母のヨランダも含めて他のゴリラたちは食べ物の果実を求めて近くを散策し始めた。サムはその様子を遠くでじっと座りながら観察していたが、父と私だけが取り残されると、すぐそばまで寄ってきた。

「ローズ、本当に残念だった。このジャングルでゴリラの観察を始めて二十年になるが、君のお父さんほど勇敢で優しいシルバーバックはいなかったよ。ローランドゴリラを人に慣らすのは本当に難しいんだ。君のお父さんは僕が最初に仲良くなったゴリラでもあったから、僕にとっても本当に悲しいよ」

私は投げキスをするような動作をして、サムに〈ありがとう〉と伝えた。

「君にとってもつらいことだから、言いづらいんだけど……。できれば早いうちに、エサウの遺体をラボに運びたいんだ。検死とか、研究のためにね。君に理解してもらえると嬉しいんだけど……」

サムの頼みを私は断れなかった。断ったとしても意味がない、それで父が戻ってくるわけではないのだ。群れの他のゴリラにしても既に父の死を理解しているようだったので、私は頭の横に握りこぶしを持っていき、人差し指を伸ばした。

〈分かった〉という私の言葉を見るなりサムは頷き、研究所まで戻っていった。

父の遺体を運ぶのは、大人の男五人がかりの仕事だった。トラッカーと呼ばれているジャングルでゴリラを探す能力に長(た)けている三人に加えて、サムとテオでなんとか父の遺体を持ち上げた。私も何かを手伝えるわけでもないが、一緒に研究所まで向かった。研究所からはトラックの荷台に父を載せて、カメルーンの首都であるヤウンデの大学施設まで運ばれていった。

トラックが砂煙をあげながら遠ざかっていくのを見守っていると、チェルシーが後ろから近づいて来て、私の肩に手を置いた。

〈リーダーがいなくなったゴリラの群れはどうなる？〉

私は生まれて初めて、先の見えない不安に怯えていた。つい先日は群れを離れるべきかどうかなどと考えていたにもかかわらず、今は父を失って心細かった。

私の質問にチェルシーは一瞬考え込むと、口を開いた。

「通常は時間をかけて他の群れに吸収されていくの。この辺りの群れだと、モーリスの群れか、カボンゴの群れになるかな。アジャラもまだ未熟だし、子供世代だと単独で別の群れに移れるのはあなたぐらいかもね。ハマドゥも群れを率いるには幼すぎるし、メスだけど年齢的にも成熟しているニノンかクロチルドが当面は中心になるのかもしれない。もしかしたら別の群れに加わるんじゃなくて……」

チェルシーはそこまで話すとハッと何かに気が付いたかのように表情を変え、言葉を止めた。

「あなたはどう思う？　みんなはどうすると思う？」

〈分からない。お父さんの次にニノンが偉かったから、みんなはニノンに従うのかも。でも、お母さんはニノンもクロチルドもあんまり好きじゃないみたいだから、別行動をするかも。そうなったら私はお母さんと一緒に行動するかな〉

私はその後少し考えてから、人差し指と中指を交差させた。

〈もしくは……、私一人でアイザックのところに行くかも〉

そう私が伝えた途端に、チェルシーの表情が硬くなったのを私は見逃さなかった。手話は手の動きだけで意味を伝えるものではない。顔の表情は文脈を伝える重要なサインの一部なので、ちょっとした表情の変化でも私は読み取れるようになっていた。

「そのことで話したいことがあるんだけど、今後のことであなたに提案があるの。実はあなたをアメリカに連れていけるかもしれないの。アメリカで暮らすことに興味はある？」

〈アメリカ！〉

私はチェルシーの言葉が信じられず、右手と左手の指を組んでお腹の前でぐるりと回した。

〈アメリカ！　信じられない！　行ってみたい〉

チェルシーの思いがけない言葉にすっかり興奮して、私は彼女に抱きついた。

「まだ決まったわけじゃないの。こっちで調整してる段階なんだけどね。でもローズが喜んでくれて嬉しいわ」チェルシーも嬉しそうに言い、私の身体を撫で回してくれた。

アメリカは私にとって夢の国だった。テレビのドラマで、映画で見る都会は私が住むジャングルとは別世界だった。チェルシーとサムがゴリラに興味があるように、私は人間に興味があった。ジャングルでは会える人は限られている。いろんな人たちで溢れかえっているアメリカで暮らすのは、どんなに刺激的なことだろう。どんな人たちと会えるのだろうか。

私の頭はすぐにアメリカのことでいっぱいになってしまい、それに比べたらアイザックとジャングルで暮らすことなどつまらないことのように思えた。私はチェルシーから離れると、彼女の周りを飛び跳ねるようにグルグルと走り回った。思いっきり全身を動かさないと、幸せで身体が爆発してしまいそうだった。

「ちょっと待って。喜んでくれるのは嬉しいけど、まだ話を聞いて欲しいの」チェルシーは私が度を越して興奮していることに少し焦ったように話した。

「もちろん、アメリカで暮らすと言っても、どこかのアパートを借りて暮らすわけじゃないんだよ。あなたにはどこかの動物園に入ってもらうことになるの。お母さんのヨランダも連れていけると良いんだけど、まだちょっとどうなるか分からない。私はもちろん一緒だし、たぶんサムも行けることになると思う。それにあなたは特別なゴリラだから、他のゴリラよりも良い待遇をしてくれると思うけど。それでも良い？」

〈もちろん！　いつ行ける？〉

「サムが調整してくれてるけど、早くても来年にはなるって。だからゆっくり待ってて欲しいんだ」

〈私は早い方が良い〉

「そうね。できるだけ早く行けるように私たちも頑張るよ」チェルシーは笑いながら言った。

「ただ、一つだけ頼みたいことがあるのよ。アメリカに行くまでは遠くに行かないで欲しいの。できるだけこの研究所の近くにいて欲しい。アメリカに行くためには、何人かの協力が必要なの。その人たちに会ってもらうことになるから、いつでもあなたの場所を把握しておきたいの。分かってくれるよね？」

〈もちろん！　アメリカに行けるならなんでもする〉

私は浮かれていた。父が亡くなり明日を迎えるのも不安に思っていたはずなのに、チェルシーの話を聞いて、すっかり舞い上がっていた。

その後、残された群れは、私たちの予想どおりニノンに従うことになった。と言っても大人メスはニノンとクロチルドの二頭だけ、その下にまだ若いハマドゥとアジャラ、幼いナディンとラザル、六頭だけの不安定な群れだ。母はやはりニノンたちに従うのを嫌い、私と一緒に研究所の近くで過ごすことになった。私はニノンたちが気になったが、サムとチェルシーが言うには、うまくやっているようだった。モーリスの群れも既にニノンたちの行動範囲を大きく離れていたため、ぶつかり合いが起こる心配はないように思えた。もっとも、既にリーダーのエサウを失った群れは、他のゴリラの群れから攻撃を受けるような心配はないだろう。ニノンたちを脅威に思う群れなどないだろうし、もし他の群れとぶつかることがあれば、そのまま吸収される可能性も少なくない。

私と母は研究所の近くを離れないように、ジャングルの端を行動した。行動範囲は狭かったが、もともと人が近くにいるような場所まで来る動物が少ないので、食べる果実を探すのにはあまり苦労をしなかった。私たちは毎日研究所で長い時間を過ごしたが、サムもチェルシーも忙しいようで、私たちの訪問を一番喜んでくれたのはリディだった。

私は彼女が掃除や洗濯、料理をするのをずっと追いかけて眺めていた。リディは小さい体をせかせかと動かしながら働くが、その間もずっと私に話しかけたり、力強い声で伝統的な歌を歌ったりするので、一緒にいて退屈しなかった。そして仕事の合間に追いかけっこをしたり、くすぐりあったりと楽しい遊び相手にもなってくれた。

私は今まで以上に熱心にテレビを見るようになった。テレビ画面を通して見る世界は私とは関係のない別世界のはずだった。だが私もアメリカに行けるのだと考えると、これまでとは全く違って見える。私はドラマや映画の登場人物のように、都市で暮らすのだ。地面は土ではなくコンクリートで固められ、そこにジャングルのような樹木はない。木は公園や道路の脇に生えているだけで、しかも果実がなるようなものではない。都市にはゴリラはもちろん、野生の動物はいない。人に飼われている犬や、鳥が僅かにいるだけだ。その代わりに何万、何十万もの人々が暮らしている。

私と同じようなローランドゴリラが多数いる動物園に行くことになるのだと分かっていても、少し気後れしてしまう。都会に暮らすゴリラは、ジャングルで暮らす私たちと違うのだろうか？　私は動物園でも暮らしていけるのだろうか？

私はアメリカのゴリラたちに一日でも早く会いたかった。

アメリカに行くことに期待と同時に不安を抱き、興奮が冷めやらない日々が続いたが、私とは対照的に母は冷静だった。実感が湧いていないのかもしれないし、そもそも都会に憧れがないのかもしれない。母は私と違って昔からテレビが好きではないようだったし、人間の文化に対しての興味も薄いようだった。チェルシーたちは母のそうした傾向を、映像での学習能力が欠けているのだ、と結論付けていた。基本的に動物は映像で学習したりしない。私の方が少数派なのだ。

私がテレビを見ている間、母はリディが仕事をするのを邪魔したり、研究所で飼われている犬のベティと遊んでいたり、研究所で昼寝をしたりしていた。夜になればジャングルに戻って、手近な木の上で眠った。

〈まだアメリカに行かないの？〉と私が繰り返し訊ねて、サムとチェルシーを苛立たせる日々が二週間ほど続いたある日、一人目のお客さんが来た。

前日にサムに言われた通り、朝から研究所で待っていたが、テッド・マッカーシーがベルトゥア類人猿研究所に着いたのは日が暮れそうな時間だった。トラックから降りる彼を研究所で出迎えたが、私は彼を一目で好きになった。というのも、彼はずんぐりと太った体型で、ゴリラのようにお腹がポッコリと出ていたから、妙な親近感を覚えたのだ。黒い髪の毛は薄く禿げかかっており、丸い眼鏡の下の表情は柔らかかった。彼は私を見つけるなり嬉しそうにはにかんで、こちらに向かってくると、大きく手を振った。その手には茶色の革のグローブがはめられていた。

〈初めまして。君がローズだね。僕はテッド、会えて嬉しいよ〉

驚いたことに、彼はアメリカ式手話で私に話しかけてきた。だが本当に驚くべきことは、その次に起きたことだった。

「初めまして。君がローズだね。僕はテッド、会えて嬉しいよ」

彼の声が一瞬遅れて聞こえてきたが、不思議なことに彼は口を動かさずにその声を発したのだった。その声は抑揚に乏しく、どこか不自然な感じがした。私はびっくりして、思わず後ろに退いてしまった。

〈ごめんね、びっくりした？　僕の声は機械音声なんだ。耳が生まれつき聞こえなくてね。喋れないんだよ〉

彼が手話を使うと、またしても同じ声が少し遅れて聞こえてきた。

「ごめんね、びっくりした？　僕の声は機械音声なんだ。耳が生まれつき聞こえなくてね。喋れないんだよ」

〈本当にびっくりした。私はローズ。あなたに会えて嬉しい〉私は困惑を隠しきれなかったが、礼儀正しく挨拶を返した。私の手話を見て、今度は彼が驚いたようだった。

〈本当に手話ができるんだね。思ったよりもずっと綺麗で分かりやすい手話だ〉彼が手話で伝えると、今度は機械音声が流れなかった。

〈ありがとう。あなたの手話も綺麗で分かりやすい〉私が同じ言葉で褒め返すと、彼は声を出さずに笑った。彼は私の瞳をじっと見つめると、すぐ近くまでゆっくりと歩み寄った。彼は両手にはめていたグローブを脱ぐと、私の目の前に差し出した。私はそれを指でそっと摘まんだ。

〈それは魔法のグローブなんだ。手話を使うと中の小さなコンピューターがそれを理解して、君の代わりにグローブが喋ってくれるんだよ。僕はその開発者なんだ〉

そう伝える彼の表情は自信と誇りに満ちていた。

〈すごい！　こんなものがあるなんて知らなかった〉

〈君にも特別に作ってあげるよ。それがあれば、君は誰とでも会話ができるからね〉

〈本当に？　嬉しい！　私、あなたのことが好き！〉私はそう伝えると、テッドを抱き寄せた。

突然のことにテッドは驚きの悲鳴をあげたが、私に敵意がないことを理解すると、彼も両腕を私の身体に回した。

私たちのグローブ作りは翌日から始まった。テッドは研究所の一室で私と母の両手の大きさや可動域を詳しく調べ、細かく採寸した。特殊なカメラで３Ｄデータも作製して、アメリカの本社と共有したらしい。テッドが言うには、二週間程度で私たちの両手にピッタリはまるサイズのグローブが送られてくる予定らしい。

〈まずは君の手話の癖を機械に覚えさせなきゃいけない。これからは単純な作業が続くけど、協力してくれないと、君のグローブができないからね〉

　私と母は部屋の中央に隣り合わせで座り、テッドは私の両手の指先や関節に、彼がマーカーと呼ぶ小さな球体を貼り付けていった。私の腕はテープだらけになって、なんだか遊んでいるみたいで楽しくなった。私は嬉しくなってその場で飛び跳ねた。まだ私に慣れていないテッドは驚いて、私の手を離して一歩退いた。

〈嫌だった？　大丈夫？〉テッドは不安そうな表情で私に訊ねた。

〈大丈夫。楽しい〉

〈良かった。じゃあ、始めるよ。僕が手話を見せるから、それと同じ動きをしてね。まずはアルファベット、それから数字、そのあとでいろんな単語を見せて欲しい〉

　テッドは私たちの正面に椅子と机を持って来て、作業を開始した。彼が見せる通りにAから順番にアルファベットを私たちも真似する。テッドは私と母の指が正しい形を示していることを見て取ると、机の上に開いたノートパソコンを覗き込み、キーを打ち込んでいく。テッドは真剣な表情をしていたが、JとZを示した際に微かに眉をひそめた。どちらも指の形だけでなく動きが生じる文字だ。

〈どうやら、二人とも指を動かす時に少しブレる癖があるみたいだね。でも大丈夫、機械がそれを覚えるからね。君たちは今後も同じように動かせば良いよ〉

それからは基本的な単語をいくつもいくつも確認していった。

悲しい、嬉しい、寂しい、人間、友達、家族、食べ物、もっと、少ない、時間、理解、求める、水、いつ、誰が、ありがとう、ごめんね、ゆっくり、助ける、家、もしも、生きる、いっぱい、男の子、女の子、覚える、名前、書く、学校、彼女、あなた、私、仕事、もう一度、走る……。

ランダムに、時間をかけていろいろな単語をテッドの示す通りに私たちもやってみせる。あまりにも単純な作業で退屈だったが、グローブがアメリカから届けば私も手話を使って話すことができるのだと思って我慢した。手話を使えるのは、ここではチェルシーとサムと母だけだ。アメリカに行けばもっといるはずだが、それでも普通に喋る人たちに比べれば、ずっと少数のはずだ。いろんな人たちとお喋りするのは、どんなに楽しいことだろう。

最初の数日間は簡単な単語のおさらいだけだったので、私はなんとか我慢できたが、母は途中で飽きると、両手に貼り付けられたマーカーを引きちぎり、部屋から出てジャングルに戻って行ってしまった。そんな母の態度に、テッドは困り果てていた。私はテッドのしょんぼりした顔を見るたびに、ついつい同情してしまうのだった。私ほどには外の世界に興味を持っていない母の代わりに、私はいつでもテッドの傍にいてあげた。

〈私は早く喋れるようになりたい。続けて〉

〈ありがとう。二人だけで続けよう〉テッドはため息をついてから、優しく微笑んだ。

それからも私たちはひたすら単語の入力を繰り返した。近いうちに来る私だけの魔法のグローブが、私の代わりにしっかりと喋ってくれるように、私の動きを機械に教えなきゃいけない。

許可する、受け入れる、ほとんど、孤独、動物、怒り、口論、態度、兄妹、本、教室、疑う、英語、例えば、起こる、重要な、命、負ける、牛乳、お金、数字、問題、すぐに、春、物語、願い、若い……。


機械学習は順調に進み、五日目には今までとは逆に、私の手話から言葉が出力できるか試すことになった。母は既に訓練に飽きてしまったようで、この日は研究所に来たのは私だけだった。

私はいつものように部屋の真ん中に座ると、テッドが示す通りにランダムに単語を身振りで表現した。

与える、紙、遊ぶ、閉める、反対する、空港、平均、基本、避ける、混乱する、遠く、含める、手紙、快適、病気、眠る、昨日、熱い、毎日、トイレ、座る、意味する……。

二十分ほど続けた時に、テッドが片手をあげて私を止めた。

〈もう良いよ。ここまでの正答率は九十五パーセントを超えてる。十分だ。次は君の声を選ぼう。どんな声が良い?〉

〈分からない。どんな声がいいと思う?〉

〈女性の声のサンプルは二百種類以上あるよ。発音もイギリス風、アメリカ風、オーストラリア風のもので選べる〉

〈アメリカに行くんだし、アメリカ風の発音がいい〉

〈分かった。アメリカ人のサンプルは八十以上ある。君は成熟した女性だってチェルシーから聞

いたから、二十代から五十代のサンプルを試してみよう〉

私はノートパソコンを操作するテッドをじっと見守った。これから、初めて自分が喋る声が聞けるのだ。一体、どんな声になるのだろう。普通の人なら、自分の声を選ぶなんてことはない。八十もの声から、どうやって自分の声を選んだら良いのだろうか？

〈よし、まずはサンプル、アリーの声だ。もう大丈夫。何か喋ってごらん〉

私はドキドキしながら、腕を振ってみた。何を喋ったらいいか分からなかったので、自己紹介をしたつもりだ。手話を使って一瞬、何も聞こえなくて私は不安になった。だが、次の瞬間、確かに声が聞こえた。

「こんにちは。私はローズ。カメルーン出身のゴリラです」

その声を聴いて私はその場で駆け回りたくなった。興奮で居てもたってもいられない気分だった。もし思いとどまらずに身体を動かしていたら、両腕に貼り付けているマーカーや、その先に繋(つな)がっているパソコンも壊してしまうところだった。

「成功だ。テッド。私が喋った。凄い。信じられない」私は思わずうなり声をあげた。この感動をどうしても伝えたかったが、サンプル音声はあくまで冷静に言葉を紡いでいった。私の胸中で今までにない達成感と、それでもニュアンスが伝えられないもどかしさが入り交じって、今にも感情が爆発してしまいそうだった。

〈どうだった？　アリーの声は気に入った？〉テッドが私の表情をうかがう。

アリーの声は繊細だ。女性的で素敵だが、私が思っていたよりも線が細く、高い声だった。私は少しの間だけ目を瞑って、アリーの姿を想像してみた。やせ型で小顔、きっと綺麗な金髪がストレートに肩まで落ちている。お淑やかなお嬢さんか、シャイな学生かもしれない。私が思う自分の姿とはかけ離れている気がした。もっと力強さが欲しい。

「別の声で試してみたい」

〈分かった。どんな声が良いか、注文はある？〉

「アリーは若すぎる気がする。もっと落ち着いていて力強い声が良い」

私の注文にテッドは少し考え込んでから、パソコンに向きなおった。

〈オッケー。次はナタリーの声だ。喋ってみて〉

私は先ほどと同じように自己紹介をした。聞こえてきた声は確かに力強かった。ナタリーの声は自分に自信を持っている女性の声だ。その点は好ましかったが、どこか気に入らない響きも混じっていた。

私の想像上のナタリーは大企業の役員クラスの女性だ。グレーの髪は短く、艶は若干失われているが、完璧に整えられている。彼女は部下に恐れられている。パワフルな女性だ。勝気な彼女を私は気に入ったが、もっとフレンドリーな、陽気な声が良い。

「もっと明るい声が良い」こちらの反応を待っているテッドに新たな要望を伝えた。テッドは静かに頷くと、キーボードをカタカタと鳴らした。

〈今度はエミリー。気に入ると良いけど〉

三度目の正直は期待外れに終わった。フレンドリーな声が良いと思ったが、エミリーはフレンドリーすぎる。エミリーは髪を派手な色に染めているに違いない。きっと肌は小麦色に焼けていて、肌を多く露出させた服でパーティーに出かけるような女の子だ。もしかしたらダンサーかもしれない。運動神経は抜群で、理想的なスタイルを保っているのだろう。だが少し舌っ足らずな喋り方は、ずっと聞いていたい声ではない。

「エミリーとはいい友達になれそうだけど。ちょっと違うかな」私がそう伝えると、テッドは笑った。

〈じゃあ次はシンシアにしよう。僕の同僚がみんな気に入ってる声だよ〉

シンシアの声は歯切れの良い、丁寧な発音の声だった。テッドの同僚のお気に入りというだけあって、とても理知的な喋り方に思えた。シンシアは研究者か、学校の先生のようだ。長い黒髪は艶やかで、眼鏡の奥で瞳が好奇心で輝いている。休みの日はクラシック音楽を聴いて、本を読むようなインドア派。素敵な女性なのは間違いないが、私はもっと活発な印象の声でありたい。

今度はただ、テッドに向かって首を横に振った。テッドはそれでもがっかりした様子は見せない。きっと、声を選ぶのは難しいのだろう。このグローブを使おうとする人は誰でも迷ってしまうのだろう。恐らく、テッドは今までに私のような状況に陥(おちい)ってしまった人を何度も見ているのだ。

声を選ぶ作業は思った以上に難航した。テッドは私が文句を言っても嫌な顔一つせずに、手伝ってくれた。最初は私が実際に手話を使って発話していたが、しばらくすると疲れてしまったので、自己紹介のサンプルの声を聴くだけにした。ベティは声が間延びする、ケイトは怒ってそうな声、ワンダの声は低すぎる、ゾーイの声は軽すぎる、アンジェラは真面目すぎた。オリビアはおばさんみたいな声だったし、クリスティは余裕がない、ナイーマは陽気すぎた。

〈声はいつでも変更できるんだよ。決めたら変えられないわけじゃない〉

いつのまにか夕方になり、部屋が暗くなり始めた時、テッドは電気をつけてから、私に伝えた。変えられないわけじゃないから、適当に決めろ、ということなのだろうか。もちろん、テッドがそう言いたくなる気持ちも分かるが、私としては妥協したくなかった。一度決めてしまったら、嫌でもそれを自分の声と認識するようになってしまう気がする。選択肢が限られていたとしても、一番納得できるものを探したい。

〈もちろん、君が納得するまで僕は付き合うよ〉

私が良い顔をしなかったからか、テッドはそう付け加えた。テッドの優しさは嬉しかった。いつまでも不満ばかり言ってはいられない。

〈次はシャンタルだ、どうぞ〉

私はサンプルを何十も聞いたが、どうもピンと来る声がなかった。本当に気に入る声なんてないのかもしれない。そう思うと、気が滅入った。

「こんにちは。私はローズ。カメルーン出身のゴリラです」

聞こえてきた声の美しさに私はハッと息を呑んだ。私の目の前にシャンタルの姿がハッキリと見えたような気がした。シャンタルは私の毛のように黒い肌をしており、髪の毛も夜の闇のように滑らかな黒だ。ゆるくカールした髪は彼女が歩くたびに微かに揺れ、その美しさは周囲の視線を集める。私はもっと彼女の声を聞きたかった。

私は腕を動かして、彼女の声を機械から引き出した。

「私はアメリカには初めて行きます。多くの人と話して、友達になって、もっと人間を知りたい」

シャンタルの声は、私の気持ちを他の誰よりも正確に伝えてくれるような気がした。程よく深みを感じる声は、長時間聞いても嫌にならない気がした。それどころか、いつまでもこの声を聞いていたい。彼女の声は誠実さを感じさせるが、同時に下らない冗談でも言えるようなユーモラスな響きを持ちあわせていた。優しく、そして自立した女性の逞しさも感じられた。

「テッド。私は自分の声を見つけた。とてもいい声。ありがとう」

テッドは私の言葉を見ると、ほっと胸を撫でおろした。その時、私はある事実に気が付いた。テッドにはどの声も聞こえていなかったのだ。私が自分の声にこだわる感覚というのは、彼には分からなかったはずだ。私は彼に申し訳ないと思うと同時に、彼がどうやって自分の声を選んだのか気になった。

「テッド、あなたはどうやって自分の声を選んだの?」私は新しく見つけたばかりの自分の声に、早くも馴染(なじ)んでいた。とても素直で、裏表がない声だ。

〈僕の声は、妻が選んでくれたんだ。僕のイメージにピッタリの声だってね。まぁ、僕は自分の声を聞くことはできないし、どんな声でも良いんだけどね〉

私とテッドの間では声が必要ではないし、サムもチェルシーも手話ができるので、この研究所にいる間は、テッドは音声を切っていた。だが、私はテッドと最初に会った時の声を覚えていた。

「奥さんの言う通り、とてもあなたに似合ってる声だった。私の声と同じくらい、素敵だと思う」

私の言葉にテッドは照れくさそうに笑った。テッドは私に自分の声を与えてくれた。間違いなく今までで最高の贈り物だ。それなのにテッドは自分の声も、私の声も聞くことができないのだ。私はテッドに申し訳ない気がした。

「テッド、私は自分の声にすごく満足した。これで誰とでも話せると思うと、本当に嬉しい。あなたは私にこんなに素晴らしいものをくれたのに、私はあなたに何もできない。何かできることがあったら言って欲しい。できることならなんでもする」

〈そのことなんだけど……〉テッドは私に何かを伝えかけて、少し躊躇った。私から目を逸らして、頭の後ろをボリボリと掻いた。

〈実はもうサムと話はついてるんだ。僕は君に僕の作ったグローブを使ってもらう。僕としてはそれだけで十分なんだ。君には、僕のもう一つの声になってもらうんだよ〉

「私がテッドの声になる？　どういうこと？」

〈僕たちのグローブはまだ試験段階でね。市場にはまだ出回ってないものなんだ。サムから連絡をもらって君のことを知って、僕は驚いたけど、同時に確信もしたんだ。もしゴリラが喋ったら、製品の広告としては最高だろうなって〉テッドは少し恥ずかしそうな表情をした。

「ありがとう。私にできることならなんでもする。テッドの役に立てるなら嬉しい。グローブの広告に出てもいい」

〈ありがとう。嬉しいよ。ここまで来た甲斐があるってもんだ〉テッドが嬉しそうな顔をしたので、私も嬉しくなった。

〈まだテストすることは幾つかあるけど、あとは明日にしよう。君にピッタリの声が見つかっただけでも、今日は良しとしよう。あとは君のお母さんがもう少し協力してくれるといいんだけどね〉

「お母さんには私がなんとか言っておくよ。この私の声を聞いたら、もっと真剣になるかもしれないし」

テッドが私の指に貼りついたマーカーを丁寧に一つずつ剝がしたあと、私たちはハグをした。テッドのお腹に自分の頭を擦りつけながら、私は自分の幸運を嚙み締めた。私はなんて恵まれているのだろう。母やサムたちに言葉を教えてもらい、テッドから声を与えてもらった。どちらも普通のゴリラには理解すらできないものだ。私の世界は言葉で広がり、これからは人との繫がりで深まっていくのだ。

私はテッドを長い抱擁から解放して、〈ありがとう。また明日〉と伝えた。マーカーを外してしまったので、もう声は聞こえず、それがなんだか寂しかった。だが、テッドは声がなくても、私に挨拶を返してくれた。

私の声が決まってから一週間後、私専用のグローブがアメリカから届いた。私は、これでやっとパソコンに繋がれていなくても、自由に声が出せるようになるのだ。その解放感を考えると、興奮して夜も眠れないほどだった。その時までには母の調整もなんとか済んでいた。

私が自分の声を得て、それを初めて母に見せた時、私は母がそれを自分と一緒に喜んでくれるものだと思っていた。実際には母の反応は薄く、母の訓練へのモチベーションが上がることもなかった。その後、母は私と一緒にテッドの訓練を受けることはなくなった。私が午前中に最終的なチェックを受け、その後で母が機械の調整を続ける日々が続いた。

なぜ母が私と一緒に訓練を受けることを避けるようになったのか、私には分からなかった。もしかしたら、母よりずっと上手に手話を扱える私に対しての劣等感や嫉妬があったのかもしれない。もちろん、訓練時以外の母の私への態度は全く変わらなかったので、本当の所は推測する他なかった。

母は私と違って、あっさりと自分の声を決めた。最初に試した声で納得してしまったようだ。それは私も最初に試したサンプルであるアリーの声で、私には若すぎるし、繊細すぎると感じた声だった。母にその声がどう聞こえているのか私には分からないが、少なくとも私には母にピッタリの声だとは到底思えなかった。母には人間の言葉は分かるが、声の調子が持っている繊細なニュアンスが分からないのかもしれない。そんなわけで母と私が二人で会話をすると、母の声の方が若く聞こえるという、少しちぐはぐな感じがするようになってしまった。

テッドが届いた段ボール箱を開封する時、自分の鼓動が今までになく高鳴っているのが聞こえた。箱の中に入っていたのは、テッドのものより一回りも二回りも大きいグローブだった。私はテッドがグローブを箱から出すほんの少しの間でさえじれったく感じ、早くしろ、とテッドの脇を後ろから軽く小突いた。既に私たちは仲良くなっていたので、興奮しきった私の振る舞いに、テッドは笑いながら〈少し待って。先に確かめることがあるから。良い子にしてないとあげないよ〉とたしなめた。

テッドは届いたばかりのグローブをパソコンに接続すると、今まで長い時間をかけて機械に教え込ませた、私の動きの癖を集めたデータを同期させた。その間、私は後ろで静かに座りながら、彼の姿を見ていた。グローブの出来を確かめようと集まったサムとチェルシーが、私の隣で静かに待っていた。だが、母だけはこの場にいなかった。私や他のみんなはこれほどまでにグローブの到着に心弾ませているのにもかかわらず、母は何も気にしていないようで、いつもと同じように外で働くリディの邪魔をしていた。

グローブの同期が終了し、初期設定を終わらせると、テッドはやっと私の方に向き直り、両手を差し出すようにジェスチャーで示した。私が差し向けた両手に、テッドがそっとグローブをはめてくれた。

〈もう使えるよ。試してみたら?〉

私は両手のグローブをまじまじと見つめた。私の毛と同じ色の黒いグローブはとても柔らかく、軽く、通気性も良さそうだった。装着感は心地よく、長時間でも使っていられそうだ。

「綺麗。とても気に入った。テッド、本当に今までありがとう。こんなに素敵なプレゼントは初めて」

その声の響きは、今まで聞いていたものとは違った。これまでは私の手の動きに合わせて、テッドのパソコンが音声を出していた。今は私の手元から声が出ている。もちろん、喉から声を発するのとは、厳密に言えば違うだろう。それでも自分が話したい言葉が、自分の身体から出ていく感覚は、今までのものとは全く別物だった。私は本当の意味で、自分の声を手に入れたのだ。その声が発せられるたびに、スピーカーが搭載されている手の甲が微かに振動する。その優しい揺れこそが、私の声の正体なのだ。

チェルシーは私の声を聞くと、両手で口を押さえて溢れる涙を押し留めようとしていた。サムはその隣でチェルシーの肩を抱きしめて、私のことを誇らしげに眺めている。

〈気に入ってもらえて嬉しいよ。僕も君が話すのを聞いてみたかったけど。でも、声が聞こえなくても、僕だって君と同じくらい興奮してるよ。僕が作った製品の可能性の大きさに、自分自身が圧倒されてるところさ〉

テッドの言葉が誇張でないことは、その表情を見ればすぐに分かった。彼のふくよかな頬がいつもより紅潮しているような気がした。それはアフリカの暑さのせいだけではないだろう。

「サムとチェルシーもありがとう。二人がいなかったら、お母さんも私もただの普通のゴリラだった。言葉も分からず、人間の文化も知らなかった」

チェルシーは声を聞くまでもなく、私の手話を見て取ると、すぐに近寄ってきて私を抱きしめた。両膝をついて私にもたれかかるようなチェルシーを私も抱きしめた。

「君もよく頑張ったよ。君がこんなに言葉を覚えて、正確な手話を扱えるようになるなんて、僕らも最初は全く思ってなかった。君の存在そのものが奇跡みたいだ」サムはそう言うと、テッドと視線を合わせた。

「きっと、これから世界中が驚くぞ。世界中の人が君と会うために集まってくる。君を一目見ようと、人だかりができるぞ。君は一躍、時の人だ。いや、時のゴリラか」サムは満足そうな顔でそう言ったが、私には理解ができなかった。

「どういうこと？　なんで人が集まる？」

「そういうもんさ。君と君のお母さんは人間と変わらないレベルで会話ができる唯一の動物なんだよ。君たちに興味を持つのは学者だけじゃない。一般人だって有名人だって、君たちが何を話すのか、知りたくて仕方なくなるはずだよ」

「そういうものかな」私にはサムの言うことがとても信じられなかった。

「まぁ、楽しみにしてなって。大丈夫、きっと全部うまくいくから」サムは自信満々の表情だった。

私はふと、まだ感謝の言葉を伝えなきゃいけない相手がいることを思い出した。本当だったら、この場にいて欲しかったのだが、母は外だ。

「ちょっと待ってて。お母さんにも見せてくる」私は三人にそう伝え、研究室を出ようとした。

少しだけ歩いてドアを開けようと手を伸ばした時、背後から今まで聞いたことのないような恐ろしい金切り声が響き、思わず振り返った。

声の主がテッドだったことは一目瞭然だった。彼は目を見開き、口をあんぐりと開けていた。

〈何？　どうした？〉私は親指と小指だけ伸ばした右手を顎の下に当てた。だが、期待した私の声は出なかった。

〈分かってたはずなのに。僕はなんて間抜けだったんだ〉テッドはそう伝えると、両手で頭を抱え、その場にしゃがみこんでしまった。

私は喋らなくなってしまったグローブを見つめた。黒いグローブはさっきから何も変わったようには見えなかった。

〈もしかして、もう壊れちゃった？〉私はテッドと目が合うと訊ねた。

〈本当にごめん。君がゴリラだってことを、本当の意味で忘れてたんだ。分かってたはずなのに〉さっきまでは興奮気味だったテッドは、すっかり意気消沈していた。

〈なんで壊れた？〉

〈君は拳を地面につけて歩くだろ？　グローブのセンサーは手の甲側に位置してるんだ。繊細なチップが君の全体重を支えられるわけがなかったんだ。今からグローブの構造を変えなきゃいけない〉

「構造を変える？　今からで間に合うのか？　ロイド上院議員が来るのは来週なんだぞ」テッドの言葉にまっ先に反応したのはサムだった。私にはロイド上院議員というのが誰のことなのかも分からなかった。サムは私には分からないことをいろいろと計画しているのだろう。

〈大丈夫。それまでにはなんとかする〉テッドはゆっくりと立ち上がるとサムに答えた。

グローブのお披露目会は一瞬にして終わってしまった。私はとても残念だったが、テッドに従う他なかった。グローブのセンサーを手の甲側に設置できないとなると、各指の側面にセンサーを取り付けるしかなかった。掌は物を掴む時や木に登る時に大きな圧力がかかるので論外だった。ただ、側面に取り付ければ大丈夫かと言われても、誰にも答えることはできなかった。私にしても、普段指にどんな風に力を入れているかなんて考えたこともなかった。

予備で同梱されていた二つ目のグローブの配線をテッドが変えてくれ、私はグローブをはめたままでも移動することができるようになった。だが当然と言えば当然だが、改造したグローブは私の手話に正しく反応してくれなかった。

〈また調整が必要だな。ごめんよ、ローズ〉テッドは申し訳なさそうに頭を下げた。

〈またやり直せるなら大丈夫。声が手に入るなら、私はなんでもする〉

〈ありがとう。でも、まずは新しい配線で問題がないか確認しないと。今日一日、そのグローブをつけたまま生活してくれるかい？　一日過ごして、センサーにダメージがなければ、調整するよ〉

私たちは新しいグローブがゴリラの生活に耐えうるのかを確かめるために、一緒に外に出かけ、ジャングルの中を進んだ。泥の中を駆け回り、果実を食し、木に登った。沼の中に浸かり、植物の根を食べ、満腹になると昼寝をした。夕方になると私は母と一緒に木の上にベッドを作り、来る夜に備えた。テッドたちと別れると、私はグローブのことが心配になった。柔らかく、自分の手にピッタリはまったグローブは普段の生活の邪魔にはならなかった。いつもよりも歩きやすいくらいだった。

だが、グローブが無事かどうかはテッドに確認してもらわないと分からない。もしグローブに損傷があれば、根本的な構造改変をしなければならず、当然ながら私が自分の声を手に入れる日も遠くなる。最悪の場合、これ以上の開発計画がストップしてしまう恐れもあるだろう。そう考えると、私は自然とグローブがガラスでできているかのように扱っていた。〈普段通りの行動をしてくれ〉とテッドに伝えられたにもかかわらず、木に登る時も果実の殻を破る時も、常に指と指の間を潰さないように気をつけてしまった。沼に入る前も、耐水性能があるか確認してしまった。もし、水がダメだと言われたら、絶対に水を避けていただろう。

一度手に入れたと思ったからこそ、声を失うことが恐ろしかった。多くの人と話ができるのだと夢見てしまったからこそ、自分が今までどおりジャングルで一生を過ごすだけのただのゴリラとして終わることが怖くなってしまった。私は木のベッドに横たわると、両手を腹の上に置いたまま、一睡もできなかった。もし寝返りを打ってグローブに衝撃を与えてしまったらと考えると、全く動けなくなってしまったのだ。

長い一夜が明け、研究所に戻ると、グローブの機能は問題なく生きていることが分かった。私はホッと胸を撫でおろし、機械学習を再開しようと準備しているテッドに断ってジャングルに戻った。昼寝をしないとすぐにでも倒れそうなほどに気を張っていたのだ。

私は研究所からジャングルに入ってすぐの低木の茂みの傍にドスンと腰を落とすと、そのまま午後まで深い眠りに落ちた。

六

二人目の客であるロイド上院議員がベルトゥア類人猿研究所を訪れたのはそれから一週間後のことで、今度はサムとチェルシーが二人でヤウンデのンシマレン国際空港まで迎えに行くことになった。

ロイド上院議員は私がアメリカに渡るためのキーマンだとサムに聞かされていた。私が人に噛みついたりしないことなど、百も承知のはずのサムでさえ彼には礼儀正しくするようにと言ってきたほどだ。

「アメリカに行きたけりゃ、彼に好かれなきゃダメだぞ」

「私は誰にでも好かれる。良いゴリラ」私はジープに乗り込むサムにそう返したが、内心不安でいっぱいだった。サムたちが戻ってくる三十分前には研究所の前で座りながら、ロイド上院議員をどう出迎えるか考えていた。

私が知っている人間はサムとチェルシー、テッドにテオとリディ。それにテオが連れてくる観光客ぐらいのものだ。サムたちは家族のようなものだし、観光客はそもそもゴリラを見にアフリ力まで来るような人々だ。振り返ってみれば、今まで私が誰にでも好かれていたのは当然のようなものだ。上院議員のような地位のある人と会うのは初めてだし、彼に好かれるかどうか、よく考えてみると分からない。政治家なんてニュースでしか見たことがない。フレンドリーに接した方が良いのか、適度に距離をとった方が良いのか。

研究所の外は強烈な日差しで、地面が熱くなっていた。ジャングルの上には厚い雲が出ており、いつ大雨が降り出すか分からない状況だった。上院議員が部屋に入るまでは良い天気でいて欲しいと私は思った。もし大雨でびしょ濡れになってしまったら、私の第一印象も悪くなってしまうかもしれない。

研究所のドアの前で待っていると、遠くから砂煙を巻き上げながらサムのジープが戻ってきた。ジープの黒い車体が研究所前の車止めに入ってきたので、私は拳で地面を突き、上体を起こして立った。

助手席から颯爽と降りた初老の男性は、スラリとした長身だった。短いグレーの髪をジェルで撫でつけており、皺のないシャツにカーゴパンツ。目元はサングラスで隠されていたが、研究所の前に私を見つけると、それを外してシャツの胸元にかけた。彼の眼は深い青色をしており、好奇心たっぷりの視線を私に浴びせた。

「これが例のゴリラか?」ロイド上院議員は私から目を逸らすと、サムに訊ねた。

「初めましてロイド上院議員。私はローランドゴリラのローズです。お目にかかれて光栄です」

私はサムに返事する間も与えずに話しかけた。

背後から投げかけられた私の声を聞くなり、ロイド上院議員は驚いて小さく飛び上がった。目を皿のように丸くして、私のことを凝視する上院議員に私は言葉を続けた。

「長旅お疲れさまでした。上院議員は以前アフリカで暮らしていたと聞きました。久しぶりのアフリカはどうですか?」

上院議員は自分が目にしているものが信じられないとでもいうように、サムに視線を移した。まるでサムが私を操っているのではないかと疑っているようだった。

「ロイド上院議員、紹介いたします。彼女がローズです。彼女と会って欲しいと思っていた理由が分かっていただけましたか?」サムは誇らしげな表情で言うと、ジープのドアをバタンと閉めた。

「すまんな。話には聞いていたが、君が本当に話せるとはとても信じられなくてな。失礼を許してくれ。こちらも君に会えて光栄だよ」

上院議員はようやく私を会話ができる相手として認めたようで、一歩進んで右手を差し出した。私はその右手を両手で優しく摑んで、握手をした。私が当たり前のように握手を返したことがおかしかったのか、彼は笑い出した。

「何か面白かったですか?」私は自分が間違ったことをしてしまったかと思い、困惑した。

「いや、なんでもないんだ。ただね、まるで夢でも見ているようで、君の存在に慣れるまで少々時間が掛かりそうだ。許してくれ、悪気はないんだ」

「分かりますよ。私もつい最近この声を得たばかりです。最初は自分でも驚いて、やっと慣れてきたところです。それよりも、お疲れでしょう。立ち話もなんですし、部屋の中に入りましょう」私はそう言うと、研究所のドアを開けて中に入った。

ロイド上院議員は私の立ち振る舞いに茫然とし、ドアの外で立ち尽くしていた。

「今は雨期です。いつまでも外にいると雨に降られちゃいますよ」私が振り返りそう伝えると、ロイド上院議員はまたしても笑い出した。彼は首を軽く横に動かして笑いを振り払うと、部屋の中に入ってきた。

私は部屋の中で一番きれいな椅子の背を引っ張って、上院議員の前に差し出した。

「研究所とはいえ、日差しと雨が防げるだけの小屋です。上院議員をお招きするような場所ではありませんが、どうぞおくつろぎください」

普段と違う私のへりくだった態度に、今度はチェルシーとサムが噴き出した。礼儀正しく接しろと言ったのはサムなのに。私はなんだか腹が立って、サムにいじわるをしたくなった。

「サム、お客様にコーヒーでも出したらどうなの?」

私がその場を仕切り出すとサムはバツが悪そうな顔をしながら、しぶしぶ私に従って部屋の奥へコーヒーを淹れに行った。

「君は手話ができるだけじゃなくて、客のもてなし方も知ってるんだね」上院議員は私が差し出した椅子に腰かけると私に話しかけた。「まだ君に出会ったばかりなのに、驚かされっぱなしだな。君のことを教えてくれないかい? なんで君は話ができるんだい?」上院議員の目は真剣で、その眼差しにはこちらが圧倒されるような力強さがあった。目元や顎には年相応に皺が刻まれていたが、その瞳は若々しかった。

「私のお母さんやチェルシー、サムが手話を教えてくれました」

「君のお母さんが？」上院議員は眉を顰めた。

「ローズの母親であるヨランダに手話を教えたのが始まりでした」私の隣に椅子を持ってきたチェルシーが話に割って入った。

「私は学生時代に勉強したので、アメリカ式手話が使えたんです。ヨランダは生まれた時から身体が弱く、すぐに肺炎を患って群れからはぐれてしまったんです。仕方なくこの研究所で暫く様子をみることにしました。手話を教えたのは単なる気まぐれでした。まさか、手話をちゃんと使えるようになるとは思いませんでしたから」

「なるほど、なんでローズが手話を使えるようになったかは分かった」上院議員は戻ってきたサムからコーヒーを受け取って、軽く頭を下げた。「分からないのは、なんで君たちの存在が未だに知られていないかだ。どこかの猫がおかしな動きをするだけの動画でも世界中に拡散されるような時代だ。会話ができるゴリラが二頭もいるなんて、大騒ぎになっていてもおかしくないはずだね。何か理由があるのかな？」

上院議員の言葉を聞くと、サムとチェルシーは気まずそうに目を合わせた。

「詳しく話すと長くなりますが」サムは咳ばらいをして話し出した。「動物とのコミュニケーションに関する従来の研究が壁になっていると言えます。七〇年代に動物とコミュニケーションを図ろうとした研究者は多くいましたが、懐疑派の学者に手酷く批判されました。この分野で成功している学者はほぼいないと言っていいでしょう。私たちが報告を躊躇っている理由はそこにあります。ですが、ローズたちのことを隠しているわけではありません。ジャー動物保護区にゴリラを見に来た観光客にはローズたちのことを話しています」

上院議員はサムの言葉を静かに聞いていた。

「うーん、そんなものか。過去の研究が邪魔になってしまうというのは皮肉なものだな。こんな奇跡のような存在がいるのに、私たちは何年も気づいていなかったということか」上院議員は、目の前で床に座っている私の肩をそっと撫でた。

「君はアメリカに行きたいんだってね。アメリカがどんな国か知ってるかい?」

「自由の国、勇敢な者の故郷」私がアメリカ国歌の一節を引用して即答すると、上院議員は嬉しそうに笑みを浮かべ、降参だと言わんばかりに両手を軽く上げた。

「君たちがどうやって教育したのか知らないが」上院議員はサムとチェルシーを交互に見つめた。「どうやらローズは私の孫よりも賢そうだな。全く信じられんよ、ゴリラにここまでの知性があるなんてな。実際にはどの程度の知能なのか、分かるかね?」

「ローズには様々なテストを受けさせていますが、平均的な高校生程度の知能があると言えます。ちなみに母のヨランダは五歳児程度です。生まれたばかりの時から母親からの教育があったからか、ローズの方が学習能力が高いようです」チェルシーの言葉に上院議員は大きく頷いた。

「なるほどな。君がアメリカに行きたいなら、忠誠の誓いも覚えなきゃな」上院議員が冗談っぽく言いながら、私の頭を掌でポンポンとした。子供のように扱われたことが少し気に入らず、私はいたずらを仕掛けたい気分になった。

「暗唱してみせましょうか？」

「なんだって！」上院議員は私の冗談を本気にしたようで、椅子から身を乗り出して声を荒らげた。

「すみません、ジョークですよ」チェルシーが横から割って入った。「彼女はいつでも冗談ばかり言うんです。さすがに覚えてませんよ」

「ははは、これは一杯食わされたな」上院議員は大声で笑ったが、少し安心したようにも見えた。私はいつかアメリカ人を驚かせるために、忠誠の誓いをちゃんと覚えておこうと心に決めた。

「しかし礼儀正しいだけじゃなく、知能もあって冗談好きとなれば、アメリカで人気が出るのは間違いないだろうな」上院議員は膝をポンと打った。「よし、決めたよ。君たちがアメリカに行けるように私が力になろう。必要なものはなんでも言ってくれ」

その言葉を聞くと、私の今までの緊張が解けた。同時に喜びのあまり思わず床から飛び上がり、上院議員に抱きついた。私の衝動的な行動に上院議員は驚き小さな声をあげたが、私を抱きしめると背中をわさわさと撫でてくれた。

「そうか、嬉しいか。私も君がそんなに喜んでくれて嬉しいよ」

「ありがとうございます。この御恩は一生忘れません、上院議員」

「今回はフランスでの休暇を切り上げてカメルーンまで来た甲斐があったよ。素晴らしい友達と知り合うことができた。だが残念ながらあんまり時間が残ってなくてね。今晩の便で戻らなくちゃならないんだ」上院議員の表情は誠実そのもので、私との別れを惜しんでいるようだった。

「もう帰っちゃうんですか？　いま来たばかりなのに」私はもっと上院議員と話がしたかった。

「大丈夫だよ。君がアメリカに来たら、またいつでも会えるからね。だけど、君をアメリカに送るのは簡単じゃないんだ。分かるね？　君はただの荷物じゃなくて絶滅危惧種の動物だからね。これからは国同士の交渉になるんだよ。もしかしたら、君たちを通してカメルーンとアメリカの新しい繋がりが生まれることになるかもな。君は親善大使みたいなもんだ。カメルーンからアメリカへの親善大使。ジャングルから人間社会への親善大使。君たちのこれからが楽しみだな」

「そんな風に考えていませんでした。そんな大役になるなんて。私はジャングルから出たこともないですし、カメルーンのことなんて何も知りません」上院議員の言葉に私は不安を感じた。やはり、彼に見えている世界は私のものとは違うのだ。突然、政治家の考え方に触れたような気がして、少し怖くなった。

「大丈夫、君は普段通りの君のままでいればいいだけさ。何も問題ないんだよ。残りの短い時間で、私はサムとチェルシーと今後のことを話さなければいけないから、君は外で遊んで来たらどうだい？　後で帰る前に挨拶はするよ」

私は部屋に残って、まだみんなと一緒にいたかった。だが上院議員の言葉には有無を言わせない圧力があった。きっと私がいてはできない話があるのだろう。私はしぶしぶその言葉に従って外に出た。

ジャングルに戻って母を探そうかと思ったが、やはり上院議員たちの話が気になってしまい、小屋の裏側まで回り込んだ。思った通り小屋の窓は開いていたので、三人の会話は外からでも聞くことができた。

「……しかし信じられんな。ゴリラがあんなに流暢に話せるとはな。君のメールを読んだ時には半信半疑だったが、本当に見てみないと分からないものだ。奇跡を見た気がするよ。彼女の経済効果は計り知れないな。だが、何度も聞いたが、本当に危険はないんだな？　さっきは突然、飛びついてきたから心臓が止まるかと思ったぞ」

「すみませんでした」チェルシーが私の代わりに謝ってくれた。「今度のことは彼女にとっては夢が叶ったようなものですから、いつになく興奮していたようです。普段はあんな行動はしません。もちろん、人に危害を加えたこともありません。問題はありませんが、今後は同じようなことがないように、私の方からも言っておきます」

私は小屋に背をつけて地面に座りながら話を聞いていたが、先ほどの自分の行動を反省した。

「まぁ、そういうことなら大丈夫だと信じるが、今後問題になったら困る。いくら知能があろうが、動物は動物だろう。人に危害を加えないことが大前提だ。悪意を持っていると思われるだけでも問題になるだろう。会話ができるくらいだ、悪態をついたり、口答えをしたりはするのか？」

「いいえ、彼女は優しい子で、冗談は好みますが悪態はつきません。従順で口答えすることもありません。ですが、ここでは彼女は守られている存在です。多くの人と接した時や、悪意のある相手を前にした時にどんな反応をするかは、正直なところ分かりません」

「なるほどな、確かにその通りだ。彼女に悪意がなくても、相手次第ということはあるだろう。アメリカでは常に誰かが傍にいてあげた方が良いかもな。ところで、ローズの母親も手話が使えると言っていたと思うが、彼女はどうしたんだ？」

「すみません。ヨランダはローズよりも気難しいというか、こちらの思うように動いてくれないことがあります。特にアメリカ行きに関してはローズよりも無関心なところがあり、今もジャングルにいます。恐らく近くにはいると思いますが……」

「分かった。まぁ、手話が使えるのであれば、母親もアメリカに呼んだ方が良いだろう。気になるのは、母親が彼女に言葉を教えたということだ。つまり、ローズや母親がまた子供を産んだ場合、その子も手話が使えるようになるということだろうか？」

「正直に申しますと、それは分かりません」今度はサムが答えた。「ローズが子供に手話を教えれば、学ぶ可能性はあります。ですが、どの程度まで学べるか、という点に関しては断言できません。というのも、ローズがなぜこれほどまでに高い知能・認識能力を獲得できたのか、比較対象になるようなゴリラがいないので仮説を立てることしか出来ません。母親から学ぶことが重要だったかもしれませんし、ジャングルでのゴリラ本来の生活が言語習得に不可欠だったかもしれません。私たちは、ローズの個性が重要な要因だったと考えています」

「個性というと？」上院議員が眉を吊り上げた。

「ゴリラを観察していると、一頭一頭がそれぞれ違う個性を持っていることが分かります。当然のことなのですが警戒心の強い個体もいれば、好奇心の強い個体もいます。ローズは特別に好奇心が高く、周りのものごとに対する興味や関心が他のゴリラとは全く違いました。言葉を覚えてからは、人間の子供と同じように、何でも知りたがりました。これに対して、母親のヨランダは何かを質問するということがありませんでした。それに、ローズは映像学習が可能なんです。ヨランダも含めて、他のゴリラは映像を見て何かを学ぶということはありません。この理由も分かりませんが、恐らくローズの個性というほかないでしょう」

「なるほどな。なぜローズがこれほど賢いのか、理由は分からない。ローズほど賢くなるかは分からないが、子供に教える機会があれば、手話を学ぶ可能性は少なくないということでいいかな？」

「仰る通りです」

「よし、よく分かった。この問題は特に重要なんだ。ローズたちをカメルーンから借りることになった場合、その子供がどこの国に属するのかは先に決めておかなければならない。子供も手話が使える可能性があるなら、子供もアメリカで育てられるように交渉する必要があるな」

子供だって！　私は上院議員の話に驚き、思わず唸り声をあげてしまうところだった。私はただアメリカに行けるだけで満足していたのに、周りの期待は私の想像を大きく超えていた。親善大使だの、経済効果だの、子供の帰属先だの、私のあずかり知らない場所でいろいろなことが決められている。テッドの時もそうだった。彼のグローブは私には必要だが、彼の会社の広告塔になることが事前に決められていた。

普段通りの私のままで良い。上院議員はそう言ったが、彼らがそれぞれ私に何かを期待している。私が広告塔になってもテッドの会社に迷惑をかけるかもしれない。アメリカに行っても誰にも相手にされないかもしれない。その時に私はどうすればいいのだろう。またジャングルに戻され、グローブも取り上げられてしまうのだろうか。

「それと、彼女が使っていたグローブの会社が広告で彼女の映像を使うと言っていたね？」

「はい、SLテックのテッド・マッカーシーが担当しております。先週までこちらにいましたが、今はカリフォルニアの本社に戻っています」

「彼女の映像を使った広告を出せば、間違いなく話題になってしまうだろう。話題が大きくなればなるほど、カメルーン政府との交渉が難しくなる。こちらの交渉が纏まるまでは彼女の映像を使って欲しくないな。逆に交渉後なら、話題作りにプラスに働く。連携して動けば、お互いに良い結果を出せるはずだ。SLテックのテッド・マッカーシーだね？　後で連絡先を教えてくれ。私の方から連絡しておこう」

「分かりました。テッドにも上院議員から連絡があることを伝えておきます」

「そうしてくれると助かる。あとはゴリラの基本的なことについてだが、寿命はどのくらいなんだ？　あと、ローズたちは今からでも動物園での暮らしに馴染むことはできると思うか？」

「野生でのゴリラの寿命は三十から四十歳ほどですが、動物園で飼育されたものの方が長く生きます。五十歳を超えて生きるものも少なくありません。通常のゴリラでしたら、ジャングルから動物園に移されたら困惑するでしょうが、ローズもヨランダも動物園で暮らすことに同意しております。渡米して初めて分かる問題もあるでしょうが、彼女たちは自分の考えを言うことができるので、生活の改善は可能でしょう。特にローズはアメリカ行きを楽しみにしておりますので、ある程度の困難は我慢してくれるでしょう」

「なるほど、随分長く生きられるものなんだな。レンタル期間をどの程度にするかは考えものだな。十年、十五年か。延長できる条件もつけておいた方が良いだろうな」

レンタル期間！　私はただアメリカに行くのではなく、カメルーンからアメリカに貸し出されるのだ。上院議員はついさっき私を友達だと言ってくれたのに。私は自分がただのおもちゃのように扱われているような気がして悔しくなった。私はアメリカに行っても、いつかはここに戻ってくる運命なのだ。それも自分の意思とは関係なく、アメリカが私を必要としなくなったら、延長してくれなかったら戻されるのだ。

しかも、もし私の子供がアメリカに帰属することになれば、私がカメルーンに戻されてしまえば、それ以降子供と会えなくなってしまうということだ。

チェルシーからアメリカに行けると聞いた時は、まるで夢のように感じられた。だが、いざそれが実現しようという段階になって、その裏側は私と関係のない思惑が絡み合ったものだと知ってしまった。

これは本当に私が望んだものなのだろうか？

もちろん、自分がすんなり納得できるものではないとしても、今の方法以外に私がアメリカに行く道がないのは分かっている。私は絶滅危惧種のゴリラなのだ。犬猫などのペットのように、簡単に国外に持ち出せる動物ではない。野生動物を守るためのワシントン条約だとは分かっているが、私にとっては自由を奪うだけの鎖のように感じられてならなかった。

裏で何が起こっているかをこれ以上知っても、つらくなるだけだ。私はそう思い、小屋の裏からジャングルに向かって歩き始めた。

今までの私には母が自分の人生に無関心なように思えた。だが、無関心な方が良いのかもしれない。期待しすぎると、どこかで裏切られたように思ってしまう。

上院議員はその後二時間ほど話した後、空港に戻っていった。サムの運転するジープは滝のような勢いで降りつける雨の中、すぐに見えなくなった。

七

ロイド上院議員がベルトゥア類人猿研究所を訪れてから半年ほど、私たちの生活には何の変化もなかった。テッドが用意してくれたグローブは二つ手元にあったが、私は結局それらを日常的に使うことはなかった。そもそもチェルシーもサムも手話が分かるので、声を聞く必要がなかったのだ。リディは手話が分からなかったが、私の機械が音声を発するまでの一、二秒を待つのが耐えられないようだった。彼女にとって会話とは意味のやり取りではなく、音楽的なものなのだ。少しでも会話のリズムを崩されるのが嫌だったようで、私のグローブが発話するまで待ってくれなかった。結局こちらは彼女が一人で喋っているのを聞くだけなので、グローブは必要とされなかった。

私はそれをチェルシーに預かってもらうことにした。彼女の引き出しにグローブはしまわれたが、私はグローブの存在が夢ではなかったことを確かめるために、ほぼ毎日彼女に頼んで引き出しの中を覗かせてもらった。毎朝そこにグローブがあることを確かめて、やっと私は一日を始められるのだった。面倒なことを頼んでいるのは分かっていたが、チェルシーは嫌な顔をせずに、毎回引き出しを開けて見せては「ほら、心配しなくても、ちゃんとあるわよ」と言ってくれるのだった。

ロイド上院議員との出会いは私に複雑な気持ちを抱かせたが、その後の半年間はアメリカ行きなど嘘みたいに退屈な時間が流れた。誰かが訪ねてくるわけでもないし、準備することもない。とにかく待つだけで、時間の流れはひどく緩慢だった。

今までのように群れで暮らしていれば、小さい子と遊ぶ時間がたっぷりあるので、それなりに充実した生活があった。ジャングルの中を歩き回り、毎日違う場所で違う果実を食べ、違う木の上で眠る。だが、私と母はチェルシーたちから言われた通りに、研究所のすぐ近くで生活していたので、毎日が同じことの繰り返しで耐え難かった。

ある日、残されたニノンたちの群れが近くにいたカボンゴの群れに吸収されたとサムから聞いた。研究所の壁に貼り付けられた地図を眺めてみると、カボンゴの群れが研究所の近くにいることに私は気が付いた。これなら朝早く出かければ、夜には研究所まで帰って来られる。私は退屈な生活に嫌気がさしていたし、久しぶりに昔の仲間の顔を見たくなった。既に半年以上経っているのだし、チビっ子だったラザルやナディンも大きくなっているかもしれない。

私は翌日、地図に記された位置を目指して小旅行に出かけることにした。よく知った場所で道に迷うことなどないし、どうせ研究所のそばを離れてもサムやチェルシーにばれることはないだろう。

少しずつジャングルの奥に向かうにつれ、周りの空気が重く濃厚になってくるのが感じられた。草や花の青い香りが漂い、拳を地面に突くたびに泥土が跳ねて独特の匂いが舞い上がる。そして、何よりもジャングルに住む動物たちの気配や鳴き声が、とても懐かしくて嬉しくなった。

ここにいられるのは短い間ではあるが、長く離れていた自分の家に戻ってきたのだ。

白い髭をたくわえたような見た目の猿であるグエノンの群れが、樹上から私を見下ろして声をあげた。別の木にはカメレオンが静かに潜み、虫が近寄るのをじっと待ち続けていた。小さなせせらぎの岩場ではオオトカゲが身体を休ませ、シダの茂みの陰でアマガエルたちが可愛らしい音楽を歌い交わしている。

アメリカに行ってしまえば、次にこうしてジャングルに戻るのはいつになるのだろう。私はふと、そんなことを思った。その考えは急に私の心を締め付け、私はその場に立ち止まらずにいられなかった。ジャングルの景色、音、空気、匂い、全てが今までになく愛おしく感じられた。

私はゆっくりと辺りを見回した。その全てを目に焼き付けておきたかった。深く息を吸い込んで、芳潤な匂いを記憶に刻み込んだ。

ここが私の生まれた場所。今まで育ってきた故郷だ。母に抱かれ、父に守られ、群れと行動を共にした。その群れの仲間たちに、これから会いに行くのだ。ちゃんと皆に挨拶をしておかなければ、きっと後悔が残るだろう。軽い気持ちで出かけたはずだったのに、今では旅立ち前の儀式のように思えた。

奥へ奥へ、ジャングルの緑と茶色の道を踏み分けていく。どこを眺めても馴染みの場所である。群れの仲間と遊んだ岩場、テオに抱きついて観光客と触れ合った窪地、父に食べられる果実を教えてもらった茂み。どの場所もいろんな記憶が染みついている。これまでの人生を振り返るような心地がした。一つ一つの記憶が、それぞれ私をここに引き留めようとしているかのように輝かしかった。幸せだった今までのジャングルの生活を離れて別の人生を歩もうとしているのだと思うと、名残惜しかった。

私はノスタルジーに囚われていたが、少し離れた茂みで大きな動物が動く気配がして現実に引き戻された。ガサガサと下草を揺らしながら、何かがこちらに近づいていた。

私は緊張してその場にしゃがみ込んだ。いつでも走って逃げられる態勢で、その動物が姿を現すのをじっと待った。

茂みを掻き分けて出てきたのは、一頭のゴリラだった。それも、ただのゴリラではない。それは私が半年前にどうしても見つけられなかったアイザックだった。久しぶりに見るアイザックは、以前より体格も良く、堂々としていた。おどおどした様子は既になく、自信に満ちた立ち姿は在りし日の父のように頼もしく見えた。

アイザックは私を見ると、ゆっくりと近づいてきた。木漏れ日が黒い毛を照らし、肩を揺らして歩くアイザックのがっしりした体格は薄暗いジャングルの中で神々しく見えた。背中の毛は黒から銀色に生え変わっている途中のようで、彼は前に一緒に遊んだ時とは別のゴリラのように逞しかった。

突然の再会に、私は戸惑ってしまった。アイザックと会えたことは嬉しかった。あれからアイザックに会えていなかったことは大きな心残りだった。だが、もし前と同じように誘われても私には応えることができないのだ。私はアメリカに行くのだし、それは既に私だけの問題ではなくなっていた。

アイザックは私の目の前まで近づくと、嬉しそうに低く唸り声をあげた。私はその機嫌良さそうな声の調子につられて、同じように歓喜の声で迎えた。半年前には痛々しかった額の傷もすっかり癒えており、貫禄が感じられた。こちらをうかがう視線は心地よく、私はなんだか照れくさいような気がした。

前と同じように一緒に山を駆け回ったり、食事したり、昼寝をしたい。そう思ったが、自分から誘い出すのは少し恥ずかしかった。アイザックには前のような子供っぽさがすっかりなくなっていた。遊びに誘うことはせず、私の周りをゆっくりと歩き回り、私をよく見ようとしているようだった。

私の周りをぐるりと歩き回った後、アイザックは短く鼻を鳴らして、さっき出てきたばかりの茂みに向かって戻っていった。茂みの陰に隠れる前に私を振り返るともう一度鼻を鳴らし、私についてくるように促した。アイザックが向かったのは私の行きたい方向ではないので私は少し躊躇ったが、後を追うことにした。少しの間アイザックと一緒に過ごして、カボンゴの群れに交ざったニノンたちを探すのはその後でも良いだろう。

五分ほどアイザックの後ろについて歩いていくと、広い沼地に突き当たった。アイザックがそのまま沼の中を進んでいくので、私も久しぶりに水の中に入った。ひんやりと冷たい沼の水は肌に心地よかった。動くたびに身体にまとわりつく体毛のうねりさえも懐かしい。腰まで沼に浸かると、アイザックは沼底に手を伸ばして、水草の根を引っ張り上げた。私も彼の真似をして、水草を齧る。最近は研究所の周りの植物と果実しか食べていなかったので、新鮮な水草のシャキシャキした食感が嬉しかった。しばらく食事をしていると、アイザックが満足そうにおおきなゲップをし、私もそれにあわせてゲップを返した。ゴリラらしい、野生の営みを取り戻したような気がして、この半年間ほど心のうちに溜まっていた緊張感がほぐれていくのが分かった。

自然の中であるがままに暮らすのは、なんと素晴らしいことか。こうしてアイザックと一緒にいると、ジャングルの中には私に必要なものが全て揃っているように思えた。ここはロイド上院議員の見ている世界とは正反対の世界だ。他人の心情や都合、経済や政治に煩わされることなく、気の向くままに時間を過ごすだけだ。もちろん、自然の世界にも厳しさはある。都市にはない危険があり、一歩間違えれば死に繋がることさえある。だが、優秀なリーダーと多くの仲間がいる群れで行動する限り、そうした危険は避けられる。

私がゴリラらしい、自然な暮らしに思いを馳せていると、さらに嬉しいことが起こった。私が気付かないうちに別のゴリラが一頭、沼に近づいていていたのだ。私はそのゴリラの、肩をしなやかに揺らす優雅な動きを見て、すぐに誰なのか分かった。それは群れの仲間の中でも私が一番仲の良かったアミナだった。私よりも少し年上だったアミナは、いつでも私と遊んでくれた面倒見の良いお姉さんだった。仲が良かっただけに、アミナが私たちの群れを離れて、ポポレの群れに移動してしまった時は悲しかった。ポポレの群れは普段はずっと遠く西側にいるので、それ以来会うのは初めてのことだった。

私はアミナの姿に驚いて、すぐに沼を出て彼女のもとに向かった。アミナも私に気が付くと嬉しそうに挨拶の声をあげた。私は昔のように彼女の腰から背中にかけて右手で優しく撫でた。彼女も腕を伸ばして私の頭頂部をポンポンと軽く叩いた。私たちは少しばかり互いの身体をくすぐり合った。その場にゴロンと寝転がり、ふざけ合った。

積もる話があった。彼女に伝えたいことは山ほどあった。彼女が群れを抜けた時にどれほど私が寂しかったか。一緒に遊んでいたヨアキムもヒトリゴリラになって独立したこと。ビビにカリムという可愛い子供が生まれたこと。モーリスたちの襲撃を受けて、カリムが殺されてしまったこと。私たちの共通の父であるエサウが亡くなったこと。そして私がこれからアメリカに行くこと。もちろん、言葉を知らない彼女には、そのどれも伝える手段がなかった。それと同時に、彼女が私たちの群れを抜けてからポポレの群れでどのように暮らしてきたのかも、私に知る術はなかった。私はゴリラに言葉がないことをもどかしく感じた。もちろん、アミナはそんなことを感じることはない。ただ単に久しぶりの再会を喜ぶだけだ。内心では私と同じようなもどかしさを感じているかもしれない。だが、それは決して共有できない感覚だった。

アミナの艶やかな毛を撫でているうちに、私はやっと不思議なことに思い至った。彼女がポポレの群れに属しているのなら、今この場所にいるのはおかしい。研究所の地図で見た時もポポレの群れはまだまだ西側にいたはずだ。ここまで一頭で来るとは考えられない。

もしかしたらアミナはポポレの群れからカボンゴの群れに移ったのかもしれない。ポポレの群れに移ってから二年も経っているのだ、別の群れに今いたとしてもおかしくはない。ということは、私はいつのまにかカボンゴの群れの近くまで来ていることになる。まだ道のりは遠いと思っていたが、ニノンたちにもすぐに会えるのかもしれない。

なぜアミナがここにいるのか、私はそんな想像を巡らせていた。しかし次のアミナの行動で、私は自分の考えが間違っていたことを知ることとなった。

アミナはしばらく私と遊んでいたが、やがて私から離れて沼に入っていった。そしてアイザックのすぐ横に身を寄せると、彼の肩に手を置いた。二頭の親密な距離感を遠くから見て、私は全てを悟った。アミナはポポレの群れを離れた。だがカボンゴの群れに移ったのではない。アイザックの伴侶（はんりょ）となったのだ。アイザックが以前よりも落ち着き、堂々としていられるのも、アミナが一緒にいるからだったのだ。

私は急に胸が苦しくなり、沼の二頭から目を背けた。だが、二頭が仲睦（むつ）まじく挨拶をしているのを聞いてしまい、私は二頭に裏切られたような気がした。悔しさがじわじわと込み上げ、居てもたってもいられず、その場を離れた。すぐにアイザックたちから離れたかった。今見たことを忘れてしまいたかった。

さっき来たばかりの道を駆け戻りながら、私は胸の中の悔しさが怒りに変わっていくのを感じた。私はアミナに怒っていた。仲の良かった私たちを突然置き去りにして群れを去ったこと、久しぶりに会ったと思ったら、私のアイザックを奪ったこと。私はアイザックに怒っていた。私に良い顔をしながらも、既にアミナと一緒に暮らしていたのだ。もちろん、アイザックと何かを約束していたわけではない。それどころか、彼の誘いを断ったのは自分の方だ。理不尽だと自分でも分かっていながら、二頭に対する怒りを抑えることはできなかった。

もしかしたらアミナは既にアイザックの子を身ごもっているかもしれない。私はどうしようもなく悔しく、悲しく、激しく怒っていた。自分の感情をコントロールできないからこそ、何も考えないようにして、ただジャングルを駆け抜けた。嫌な感情をその場に置き去りにして、走り去ることができたらどれほど良いだろう。だが、どれだけ先を急ごうが、負の感情は私に付きまとった。

ついさっきまではジャングルでの暮らしに夢を見ていた。野生の暮らしこそがゴリラとして身の丈に合った自然なものなのだと、そこにこそ幸せがあるのではないかと思った。だが、私は気づいてしまった。私は普通のゴリラとして暮らしていけないかもしれない。私にはアミナとアイザックが仲睦まじくしている姿を見ていられないのだ。どうしてもそれを許すことができない。嫉妬という言葉の意味を初めて知ったような気がした。

ゴリラなら一頭のオスに複数のメスがいるのが普通なのに。そうして初めて安全な群れが、家族ができるというのに。私にはそれが耐えられないのだ。アイザックに私以外のメスが寄り付くのが許せないのだ。

私にはなぜ自分がそんな単純なことに耐えられないのか、分からなかった。だが、今ならサムと別れたチェルシーの気持ちが分かる気がした。私は言葉を持ってしまったからか、それとも人間の文化に慣れすぎてしまったからなのか、いつのまにか人間と同じように感情的になってしまった。生存本能よりも、個体としての感情を優先するようになってしまったのかもしれない。

私は走り続けたが、やがて疲れ果てて地面に仰向けになった。遥か高く生えそろった木々の葉がさらさらと揺れ、木漏れ日が細い光の柱のように、薄暗いジャングルの闇を貫(つらぬ)いていた。私はその光の矢が揺れ動くさまをじっと見つめながら、息を整えた。

私は自分の感情を整理することができなかった。明確なことは、私はこれ以上ジャングルでは暮らせないということだ。一夫多妻制を我慢できなければ、群れで暮らせない。メスゴリラがたった一頭でジャングルを生き抜くことはできない。

私は野生のゴリラとして生きることができない。だが、人間として暮らすこともできない。アメリカに行っても、私は動物園の中で暮らすのだ。動物園の中には私の居場所があるのだろうか。動物園の中でも、ゴリラは群れで暮らすのだろう。私は新しい環境に我慢できるだろうか。いや、我慢する他ないのだ。少なくとも、アメリカに行くなら、私の感情を理解してくれる人がいるはずだ。今日のことをチェルシーに相談したら、きっと私のことを分かってくれるはずだ。

私はゴリラではない。私は人間でもない。ゴリラと人間の合間で彷徨う何かだ。

私は誰かに理解してもらいたかった。私の気持ちを。私の孤独を。

死んだように地面に横たわる私をバカにするように、樹上でモナモンキーたちが声をあげている。頬に金色の毛を蓄えた愛らしい猿だが、なわばりを主張する犬のようなウワ、ウワ、という間の抜けた鳴き声はまったく猿らしくない。たっぷりと果実を詰め込んでいるのか、頬が膨らんでいるものもいた。三十四ほどの大きな群れだった。長く黒い尻尾を蛇のようにくねらせて移動する彼らを眺めているうちに、私の心は少しずつ落ち着いていった。

私はゴリラでも人間でもない。それでいいじゃないか。

だからこそ私は特別なのだ。だからこそロイド上院議員が言っていたように、私に価値があるのだ。ジャングルが私の場所でなくても良い。私を必要とする人がいる、私を心待ちにする人がいる。それなら、その人たちが望むように私は生きよう。

人に望まれるように、期待に応えよう。きっとそこに私の場所があるはずだ。

私はジャングルやアイザックへの未練をすっぱりと断ち切り、研究所へ戻っていった。


アイザックと再会した一週間後、私たちのアメリカ行きの日程が決まった。サムが言うにはロイド上院議員が多くの知り合いに声をかけてやっと二国間の交渉がまとまったとのことだった。彼の働きかけもあって、私が最初に暮らす動物園はロイド上院議員の政治的基盤であるオハイオ州のクリフトン動物園に決定したらしい。クリフトン動物園はゴリラ飼育に力を入れている動物園で、開園以来五十頭以上の出産経験がある。みな、私が子供を産むことを期待しているのだ。その期待はプレッシャーでもあったが、私も子供を安全に産み、育てられる環境だと知って安心した。

私と母は別の動物園に離した方が、お互いに新しい群れに慣れやすいだろうということで、母はニューヨークのブロンクス動物園に移動することになった。こちらは成熟したオスのゴリラが多く、出産の可能性が高いだろうという目論見(もくろみ)から決まったようだった。ブロンクス動物園もクリフトン動物園と同様にゴリラの出産経験が多い。どちらの移動も万全を期して、サムとチェルシーが付きっ切りになる予定だった。そのため、母が移動するのは私の一年後と決まった。私がクリフトン動物園で暮らして一年経った後で、母がニューヨークに来ることになるのだ。その頃には私もクリフトン動物園に慣れているだろう。

正直なところ、私はオハイオ州よりもよっぽど都会のニューヨークに行くことになった母が羨ましかった。だが、それよりも何よりも、私はすぐにアメリカに行きたかった。私の移動は二週間も先の話だったが、既に半年も待っているので、今さら二週間なんてあっという間なのだろうと私は思った。

それに合わせてテッドの会社のCMがオンエアされることも決定した。テッドに頼まれて撮影に協力したのは半年も前だし、完成したCMをまだ見ていなかったので、私も実際に見るのを楽しみにしていた。スポーツ中継の合間にテレビで放映されると聞いていたが、私たちはその番組を見られなかったので、テッドの会社のホームページにアップされたものをみんなで見ることにした。

　ＣＭはテッドの会社、ＳＬテックのロゴのアップで始まった。ロゴが光を受けたように輝くと、テッドが画面に現れて、自身のグローブを使って製品の説明を始めた。聾唖者（ろうあしゃ）の声を世界に届けたい、一人一人の人生の可能性を広げたいのです、と語るテッドは誠実そうに見えた。彼はその後でグローブを実際に使って女の子と会話をして、製品のデモを行った。

　そしてその後しばらくすると、よく見知ったベルトゥア類人猿研究所に映像が切り替わった。ちょうど撮影をした現場でそのＣＭを見ていた私たちは歓声をあげた。

「私たちの製品は手話を使える人たち全てに声を届けます。そこに壁はありません。国境も、人種も、私たちの前では障害になりません。それだけでなく、私たちは種（しゅ）さえも超えるのです」テッドがそう伝えると、ついに私の姿が映像に映り、私は興奮して鼻を鳴らした。

「みなさん、こんにちは。私はゴリラのローズです。ＳＬテックのグローブは私にも声を与えてくれました。私はこれでみなさんとお話しすることができます。みなさんとお会いして、たくさん喋ることが私の夢です」

「ありがとう、ローズ。僕たちのグローブの調子はどうだい？」

「私が伝えたいことを正確に、すぐに声にしてくれるから、とても満足してる。感謝してるわ、テッド」

　私たちが抱き合っているシーンでＣＭは幕を閉じた。

〈今のだけで終わり？　私はもっといっぱい喋ったのに！〉私は自分の出番が少なかったことに

驚いた。たっぷり三十分以上も撮影していたはずなのに、私のセリフが少ししか使われなかったことに不満だった。

私の不満に気が付くとサムとチェルシーが苦笑いした。

「撮影っていうのは大抵そういうものよ。でも、あなたとっても可愛かったわ。女優顔負けの存在感だしね。きっとみんなあなたのことが気になるはずよ」

私には理解ができなかった。そもそもテッドが私と母専用のグローブを開発したのは、会社の宣伝のためだと言っていた。それなのに私がＣＭに出ていたのは二十秒ほどでしかなかった。その二十秒のために、わざわざ彼はカメルーンまで来てグローブを開発するのに二週間も滞在していたのだ。私には私の映像がそれほど価値のあるものには思えなかった。もっといっぱいグローブを褒めたのに、なぜ彼はこんなに短くしてしまったのだろう。きっとこれも私には分からない人間の考え方が裏側にあるのだろう。

翌日、ＣＭの反響についてテッドから報告があったが、やはり私の映像が短かったのには理由があったそうだ。

「ＣＭの影響は僕らの想像を遥かに超えてたよ」パソコンの画面越しでも、テッドの興奮した様子が伝わってきた。手話のジェスチャーの一つ一つが大きく、彼の驚きと感情の高ぶりが表情と身振りに見て取れた。

「信じられないよ。最初のオンエアがあってから僕らのオフィスの電話は鳴りっぱなし、メールは読み切れないよ。完全に業務がストップしちゃってる状態さ」

「テッドは困ってるの？」私はテッドの状態を心配した。パソコンのカメラで手話が見えないと困るので、私はグローブをつけて話した。

「もちろん、嬉しいよ。それだけみんなが注目してるってことだからね。製品の問い合わせもあったよ。でも、ほとんどは君に関することだよ。みんな、君が本当にいるゴリラなのかどうか、気になって仕方ないみたいだ」

「私が本当にいるか？　ちゃんと存在してるって、みんなに答えてくれてるんだよね？」

テッドは私の困惑を見て取って、嬉しそうに苦笑いした。

「僕らの回答は決められてるんだよ。『製品以外のお問い合わせには答えられません』ってね。ロイド上院議員にきつく言われてるんだ。君のことは何も話すなってね」

「なんで？　私には理解できない。私はちゃんとここにいるのに、そんなことも言えないの？上院議員は何を考えてるの？」私はテッドの言葉に腹が立ち、唸り声をあげた。

「まぁ、落ち着いて。上院議員が言うには今回のＣＭは映画の予告編みたいなものなんだってさ。みんなが君の存在が気になって仕方ない状態にして、期待をさせておきたいんだって。すぐに情報を流しちゃったら、その情報でみんな満足しちゃうだろ？　人はミステリアスな女性に惹かれるんだよ。秘密の部分を残しておかなきゃね」

私はテッドの言葉を全く信用しなかったが、その夜のテレビを見て、彼らの正しさを思い知らされることになった。ニュースやトークショーが私の話題で持ち切りだったのだ。

ニュースでは類人猿の専門家が出演して、間違いなく本物のゴリラだと主張していたが、同時に映像制作会社のトップは加工された映像に違いないと逆の主張をしていた。ネット上でも様々な議論がなされていた。ネットでは七割程度の人が良くできたCGだと思っており、二割がロボットだと考え、残りは特殊メイクだと主張しており、本物のゴリラが正確な手話を使えるなどと思っている者はほとんどいなかった。それぞれ意見を違えていたが、それでもおおむねテッドの広告は好印象を持たれていたようだ。なぜ偽物のゴリラを広告に使ったのかと誰もが不思議に思っていたが、製品の社会的な意義も理解されており、広告は成功だったと言えた。

「今の段階はこれでいいんだよ」ロイド上院議員も私たちに連絡をくれた。

「SLテックの注目度は上がりっぱなし。投資家も喜んでるそうだ。テッドの方は対応に追われるだろうが、君たちは何も心配することないさ。ローズの正体も、君たちの居場所もばれることはない。あの映像の中に研究所の場所を特定する情報が入ってないことはちゃんと確認しておいたから、君たちに迷惑がかかることはない。あとは渡米の準備をゆっくりしていてくれ」

ロボットだのCGだのと言われている私は楽しくなかったが、周りのみながこれで良いと言うのだから、私はそれに従う他なかった。

不満はあったが、その日は落ち着いて眠ることができた。

全ての状況が大きく変わることになるまでに、時間はそれほどかからなかった。

翌日、朝早くに上院議員から連絡があった。アメリカはまだ深夜の三時であるにもかかわらず上院議員が連絡してきたことに、私たちは驚かされた。

「まずいことになった。ローズの情報が漏れた。ベルトゥア類人猿研究所のことも既にニュースになっている。そっちに記者が押し寄せることになるかもしれない。カメルーン政府に連絡して、警備をすぐに要請することにする。すぐにそっちにも電話やメールが殺到することになるだろうな。何を聞かれてもノーコメントで通してくれ。責任は私がとる。分かっていると思うが、みんな気を付けてくれ。今日は何があってもおかしくないからな」

上院議員は詳しく語らなかったが、ニュースを見れば状況は一目瞭然だった。観光客の一人が撮影した私の動画が公開されていたのだ。

「手話を解析して音声に変換するウェアラブル・デバイスを開発したベンチャー企業、SLテックが公開したCMが話題になっております」綺麗なブルーのスーツを着たニュースキャスターが話している後ろに、大きく私の画像が表示されていた。私は未だに、こんなに反響が大きいことが信じられずにいた。

「CMに登場するゴリラが本物なのかどうか、議論が白熱しましたが、その答えが明らかになりました。まずは視聴者から提供された動画をご覧ください」

映像には慣れ親しんだジャー動物保護区のジャングルが映されていた。

「ほら、あれが今話していたローズです。手話が使えるゴリラです」聞き慣れた声が聞こえ、私は驚いた。映像にはテオが一瞬映り、それからカメラがサッと動くとそこにはゆっくりと近づく私が見えた。私の肩の上に、懐かしいナディンの可愛い顔も見えた。ナディンは小さな体で必死に私にしがみついている。私はその時のことをはっきりと思い出した。あれはアイザックと初めて会った日のことだ。

私はテオに向かって手話で話しかける。が、テオは手話が分からないので、勝手に解釈するのだ。

「凄い！　本当に手話ができるのね！　今、何て言ったの？」撮影者らしい女性がテオに訊ねた。

「ジャングルにようこそ、って言ってるんですよ」とテオが適当にでっちあげる。私は次に自分がテオに向けて語ったジェスチャーの映像を見ながら、とんでもないことになってしまったのだと悟った。

「今のは？　今度は何て言ったの？」女性は再び訊ねた。私は続きを見るのが怖くなった。その先をはっきり覚えているからだ。

「私の家族の調子を聞いてきたんです。妻のジュメルは先月から調子が悪くて〜」テオの言葉に私はテオを馬鹿にする言葉を返した。よりによってこんな場面が撮影されているなんて、最悪だとしか思えなかった。

ジャングルの映像はそこで途切れて、スタジオの映像に戻った。

「今、みなさんにお見せしたのは、半年以上前に撮影された動画です。それでは専門家の方に意見を伺ってみましょう。スタジオには市内で手話教室を運営しているマーク・キャシディ氏と、長年にわたりゴリラの調査をしてきたスタン・クリーガー博士をお招きしています」

「あのクソ野郎！」キャスターが研究者を紹介するとサムが大声で罵倒(ばとう)した。

「サム！」チェルシーは私の前で悪態をついたサムを戒めるように名前を呼んだ。

「知ってるの?」私が聞くと、サムとチェルシーが同時に頷いた。

「コンゴのヴィルンガ火山群でマウンテン・ゴリラを研究してる、いけ好かない野郎だよ。まずいぞ、あいつだったらこの研究所のことも俺たちのことも知ってるぞ。絶対に言うなよ! もし、ここの事を一言でも喋ったら、次の学会でケツ蹴りあげてやるからな!」サムの口調はいつになく苛立ったもので、私も不安になってしまった。

ニュースキャスターはこちらの状況など知らずに、番組を続けた。

「まずはクリーガー博士、映像の中でガイドがゴリラの名前をローズだと言っていましたが、Sテックの動画のゴリラと同じゴリラでしょうか?」

「私たち研究者がゴリラの個体を把握する時、目印にするのは鼻の形です。鼻の形は鼻紋と呼ばれ、私たち人間の指紋が一人一人違うように、それぞれの個体で違います」研究者がそう言うと、ジャングルの映像とCMの両方から私の鼻のズーム映像が切り取られて、左右に並べられた。私は自分の鼻がテレビ画面いっぱいに映されているのがなんだか恥ずかしくて、無性に鼻がムズムズした。

「この両方の映像を比べると、双方とも綺麗なハの字形をしております。鼻の穴もその周りの形も同じなので、これだけを見ても同じ個体である可能性が高いです。さらに頭頂部を見てみますと、オレンジ色に近い明るい色をした毛が生えております。時折こうした個体もいますが、こちらもあわせて考えれば、まず間違いなく同じ個体であると言えます」映像の中のゴリラ研究者は嬉々として語った。何を偉そうに、と私は悔しくなった。

「それでは次に、キャシディさんに伺います。このゴリラの手話が正確なものなのか、そしてこのゴリラが何を語っているのか、教えていただけますか？」

「二つの映像を見る限り、このゴリラは正確なアメリカ式手話を使っております。アメリカ式手話が使える人でしたら、この映像を見ればはっきりとこのゴリラの伝えたいことが分かると思います。まず、最初に拳を打ってから鉤爪でもう一度打ちました。このゴリラはガイドの男性に『仕事熱心だ』と伝えています」

「仕事熱心、ですか。ガイドの男性によれば、ジャングルにようこそ、と言っているとの話でしたが？」

「ええ、この男性が手話を知らないことは明らかですね。適当なことを言って観光客を騙しているだけだと思います。もちろん、このゴリラもそのことを知っているようで、その次には『そろそろ手話を覚えなさい。その方が収入が増えますよ』と伝えています」

「ゴリラに商売のアドバイスをされているってことですか？」キャスターがテオを馬鹿にするように、大袈裟な言い方をすると、スタジオで笑う声が聞こえた。

「その通りです。この男性は家族の調子を聞かれたのだと答えていますが、全くの間違いです。彼は妻の調子が悪いとか、子供は元気だと言っていますが、この後のゴリラの返事は笑っちゃいますよ。『嘘をつくな。テオは独身。私は知っている』と続けています」彼のその言葉で、キャスターが噴き出した。

「ハハハ、それは良いですね。まさかガイドもゴリラに馬鹿にされているとは思っていないでしょうね。ところで、動画の投稿者によると撮影現場はカメルーンのジャー動物保護区だそうですが、なぜカメルーンのゴリラがアメリカ式手話を使えるようになったのでしょうか？　クリーガー博士、何か考えられることはありますか？」

「そうですね。ジャー動物保護区での撮影ということですが、その近くですとベルトゥア類人猿研究所という施設があります。そこではサミュエル・ウィーラーとチェルシー・ジョーンズという二人が長年研究を続けています。もしかしたら彼らが教えたのかもしれませんね」

「そのお二人はゴリラに手話を教える研究をしているのですか？」

「いえ、私が知る限り二人は目立つような研究をしていません。研究者としての功績もとくにありません」クリーガー博士は何気ない口調で話した。

「あのクソ野郎！」今度はチェルシーがテレビに向かって罵声を浴びせた。

「チェルシー！」先ほどと打って変わって今度はサムがチェルシーをたしなめた。私はチェルシーが悪態をつくのを初めて見たので、思わずサムと視線を合わせてしまった。

「これはマズイな。上院議員の言う通り、今日は大変なことになるかもな」サムはそう言うとテレビの電源を切った。

次の瞬間に研究所の電話が鳴った。こんな早朝に研究所の電話が鳴ることは珍しく、全員が視線を合わせて、悪い予感を共有した。

「はい、ベルトゥア類人猿研究所です。はい、そうですが、どなたでしょうか？」サムが電話に出たが、表情は緊張していた。

「いえ、それには答えられません。すみませんが、取材は受け付けておりません」サムは強引に電話を切った。

「取材の申し込みだと。今日は無駄な電話が多くなるかもな」そう言った瞬間に、またしても呼び鈴が鳴り出した。

「はい、ベルトゥア類人猿研究所です。いえ、そんなゴリラは知りません。何かの間違いじゃないでしょうか？」サムはまたしても電話を即座に切って、今度は電話線を抜いてしまった。サムはこちらに聞こえないように小声で悪態をつき、困ったように右手で後頭部を掻きむしった。

「上院議員はこっちに警備を送ってくれるって言ってたよな？　今日は警備が来るまで動かない方が良いかもしれないな。ヨランダもこっちに呼んできて、訳を説明しておこう」


　サムと私は二人で母を探しにジャングルの入り口まで向かった。木立の間で寝転がっている母をすぐに見つけ、研究所まで一緒に戻ると、既に警備の車両が一台こちらに向かってきているのが見えた。グレーのジープは研究所の前で止まると、迷彩柄の揃いのユニフォームを着た大柄な男が二人降りてきた。

「私はヤウンデ・セキュリティのシリル・アバカルと申します。ウィーラー博士ですね？」ジープと同じ色のベレー帽を被った男に無愛想（ぶあいそう）に訊ねられ、サムは強張（こわば）った表情で頷いた。

「大統領から許可を得て、私の部下が二名、この道の先で道路を通行止めにしました。許可のない者は施設へ入れません。当面、ジャー動物保護区も一般観光客の立ち入りを禁止にします。私たち二人でこの施設を警備する予定です。何か必要なことがあれば私までお申し付けください」

男はそう言うと名刺をサムに手渡した。

「ありがとうございます。早く来てくれて助かりました。でも……」サムは二人の男の肩から下げられた銃をまじまじと見つめた。「そこまでする必要がありますか？」

「その判断をするのは私たちではありません。大統領からの命令で私たちは動きました。必要ないと大統領に伝えますか？」男は威圧するようにサムを見下ろして言った。

「いいえ、折角なのでお願いします」私たちは二人の男に見守られ、研究所に入っていった。

最初は大袈裟に感じられた警備態勢だったが、その後一時間もすると必要な措置だったことが明らかになった。各メディアの特派員が大挙して研究所を目指して来たのである。どれだけ粘っても許可を得られないと分かった記者の中には、大人しく帰った者もいた。だがジャー動物保護区も全域を柵で囲っているわけではない。独自に現地の人間を雇って、封鎖されていない場所から保護区に侵入した記者も少なくなかった。

「ジャー動物保護区は立ち入り禁止だって言ったんですよ。それに加えてローズはもうジャングルにいないってことも、ちゃんと言ったんですよ。行っても会えないって」テオが興奮気味に話した。「それでもあの記者たちは現場の写真が必要らしいですね。別のゴリラの写真でも撮れれば満足なんでしょうか？　もちろん私は断りましたがね。村の人間にとってはめったにない金儲(かねもう)けのチャンスですからね。残念ですが、引き受けてる者も少なくないです。そういうのに限って、ゴリラの後を追ったこともないような奴らですがね」

テオは心配して研究所まで来てくれたが、私はテレビで放映されてしまったことが気になって
テオに顔向けできなかった。

「私のようにガイドをしてる人間なら、ジャングルに慣れてますから安心なんですけどね。普段ジャングルに入らないようなバントゥー族が小金欲しさに案内してるんだから、心配にもなりますよ。記者も危険だし、ゴリラや野生動物を脅かすようなことがないか、不安ですよ」

テオの心配は妥当なものだ。優秀なガイドが付けば、観光客もゴリラに接近した際にどのような行動をとれば良いかを伝えられる。だが、ゴリラやジャングルのルールを知らない人間に連れられた者は、野生動物との距離感を摑めない時がある。特にゴリラのように神経質で力もある動物を驚かしてしまった場合、大きな被害を受けてしまう可能性もある。

「そんなわけですから、ローズはジャングルに出ない方が良いですよ。お二人もよくローズに言い聞かせてください。あんな連中に見つかったら何をされるか分からないですよ。警備に守られてますから、ここにいれば安全でしょう」テオは私の肩を優しく撫でながら、そう言った。

「テオ、ごめんなさい」私はグローブを装着してからテオに向かい合い、謝罪した。

「ん？　なんでローズが謝るんだい？」テオは不思議そうな顔をした。

「テレビのこと。テオは大事な友達なのに、手話が分からないから馬鹿にした。ごめんなさい」

「ああ、あれのことか。あの映像のお陰で私は一躍有名人だよ。どこに行ってもテレビで見たって言われるのは良い気分だよ。謝る必要なんかないよ。むしろこっちがお礼を言いたいくらいだ」

私はテオの底抜けに明るい笑みに救われた気がした。私にとっては私を巡る騒動なんてどうでも良かった。記者が押し寄せようが、武装した警備員が来ようが、私にはなんでもなかった。テオを馬鹿にした動画がテレビに流れたことが一番の問題だった。テオがあれを見て私を嫌いになってしまうかもしれない。もしかしたら、大事な友達を失ってしまうかもしれないと思っていた。それ以上に深刻な問題なんてなかった。

「まぁ、今度テレビに映るような時にはできれば私の宣伝をしてくれると嬉しいな。ジャー動物保護区で一番のガイドはテオだって言ってくれると助かるよ」

「分かった。約束する。今度はあなたの名誉を挽回（ばんかい）するよ」私はテオにそう言ってから、彼に飛びついた。テオは私を抱きしめると、いつものように背中をポンポンと軽く叩いて笑った。

午後になってアメリカが朝を迎えた頃に、サムは状況をロイド上院議員に報告した。立ち入り禁止のはずのジャングルに記者が何人も侵入している事態を重くみてくれたのか、上院議員はすぐに対応すると約束してくれた。

上院議員の対応は素早かった。各種ＳＮＳの上院議員公式アカウント上に私と一緒にいる動画をアップしたのだ。彼の投稿は即座に大きな注目を浴び、さらに夕方に記者会見を行うと発表した。

上院議員は記者会見で私と母に関して知っていることを全て話し、さらに二週間後に私がクリフトン動物園を訪れることも報告した。カメルーン政府との交渉の末、十年間アメリカに貸し出されることになった。さらに私や母が出産した場合は、生まれた子供はアメリカに留まることも決まった。私にとっては初めて聞く話だったが、それは私が渡米の裏側の条件を知りたくなかったから、誰にも訊ねなかっただけだった。

　記者会見にはクリフトン動物園の園長であるホプキンス氏も同席していた。動物園のゴリラ飼育ゾーンであるゴリラパークの説明や、クリフトン動物園はゴリラの出産・子育ての経験が豊富であることなどを語った。私が来ることを動物園職員全員が楽しみにしている、ジャングル育ちの私が動物園内でも困らないように一層の施設の充実を予定していると、ホプキンス園長は緊張気味に話した。私は誠実そうな園長の言葉に、思わず嬉しくなった。私のアメリカ行きを楽しみにしてくれている人が、確かにそこにはいるのだ。

　私は動物園でどのように「展示」されるのか、と記者から質問があり、ホプキンス園長はまだ決めかねていると言った。来園者と会話ができるような場を設けたいが、何よりも私の意向を確認してから決めたいと答える彼の態度を見て、私は園長に好意を持った。

　次の記者の質問は鋭いものだった。

「ローズの渡米はロイド上院議員が中心となって企画したとの話ですが、これは再来月に迫った選挙に有利に働くことになると思いますか？」

　この質問にロイド上院議員は余裕の笑みを見せて答えた。今までもオハイオ州民のために身を粉にして働いてきた、この件がなかったとしても再選を疑ったことはないとのことだった。

　だが私は今の状況が全て上院議員の指示通り進めた結果であることを知っていた。テッドのSLテックのCMに出ても、彼の会社は私のことを何も説明できなかった。それは上院議員の指示だった。人の興味を刺激して、話題を作り、結果として騒動を引き起こした。私の動画が流出して、ジャー動物保護区とベルトゥア類人猿研究所に私がいることがばれてしまうことも、上院議員はどこかで想定していたのではないだろうか。

こちらは騒動になったが、上院議員の対応のお陰で被害はなかった。事態はすぐに収拾され、上院議員が全ての注目を一身に集める結果で終わった。

私がアメリカに行けることになったのは上院議員がいたからであることは間違いない。だが、それと同時に私は彼に利用されたのだ。

私は人間が好きだし、人間のことをもっとよく知りたい。だが、たまに人間が恐ろしく思えることもある。

ジャングルでは恐ろしいものは敵だ。だが、人間の世界では恐ろしいのは敵だけではない。

八

私は我慢の限界だった。待ちに待ったアメリカ行きのはずだった。アメリカに着いてからも、まだ待たされるなんて聞いていなかった。

私たちは夕方に研究所を出て、ヤウンデ・ンシマレン国際空港までトラックで向かった。野生動物の輸送には必要な措置だからと、無機質な檻に詰め込まれた。クレート、などとお洒落な言葉で言い換えようが、鉄の柵で囲まれていればそれは檻に違いなかった。生まれてこのかたジャングル育ちの私にとっては、囚人になったような気分だった。エールフランス航空でヤウンデを夜に出て、フランスのシャルル・ド・ゴール国際空港に着いたのが朝早く。ゆっくり落ち着く時間もないままデルタ航空に乗り継いでシンシナティ・ノーザンケンタッキー国際空港に着いたのは午後一時だ。

「空の旅はどうだった？」とサムは久しぶりのアメリカで浮かれている様子だった。

「空の旅なんてしてない。ずーっとガタガタ揺れる、うるさい部屋に閉じ込められてただけ。寝られなかったし、頭も痛い」

「そうか、それは残念だったな。でも、今はもう念願のアメリカに着いたんだよ。どうだい？今の気分は？」

私はサムの言葉を聞いて、自分がアメリカに着いたことにやっと気づいた。私は辺りを見回してみたが、どうもアメリカという感じはしなかった。ヤウンデの空港よりも豪華で広い気がする。土や木の香りがせず、今まで嗅いだことのない匂いが空気に漂っていた。

「分からない。アメリカに来た実感はない。とにかく疲れた」

私はそのままトラックに乗せられ、クリフトン動物園まで州間高速道路を三十分ドライブした。動物園に着いた時にはクタクタで、ほとんど何も覚えていない。はっきりとわかっているのは多くの人に出迎えられ、すぐに寝る部屋を用意されたことだけだ。白いコンクリートがむき出しの殺風景な部屋だった。が、静かで涼しく、揺れないだけでも贅沢なような気がした。藁が敷き詰められた床に私は昼寝をする時のように、ごろりと寝そべった。部屋はやがて照明が消され、私はぐっすりといつまでも眠った。

どれだけ眠ったか分からない。それまでの旅で神経を削られた分、しっかりと身体を休ませ、起きた時にはすっかり機嫌が良くなっていた。私は早くアメリカ生まれのゴリラたちに会いたかった。これからどんな場所で暮らすことになるのか、どんな仲間と生活するのか、楽しみで仕方なかった。

それなのに、である。私が起きたことに気が付いたサムとチェルシーが部屋に入ってきて、驚きの一言を告げたのである。

私はこの殺風景な狭い部屋で、一ヵ月も過ごさなければならないというのだ。

「ごめんなさいね。最後に野生のゴリラがアメリカに来たのなんて、五十年以上も前のことだしね。ジャングルにいたあなたがこの動物園の他の動物たちにとって悪い菌を感染させてしまうかもしれないから、一ヵ月の隔離が必要なの。嫌なのは分かるけど、私たちは毎日一緒にいるから我慢してね」チェルシーは申し訳なさそうな顔でそう言ったが、私の気持ちはそれだけでは収まらなかった。

待ちに待ったアメリカに来て、更に一ヵ月も何もしないで待たなければならないなんて！　私は我慢の限界だった。

「もう動物園まで来てるのに、なんでこんな狭い部屋で一ヵ月も。私は他のゴリラに会いたいのに。私は怒ってる」私は精一杯、身振りを大きくして自分の怒りを伝えたかったが、機械音声はあくまで冷静な声だった。私はどうしても怒りを伝えたくて、普段は絶対にしないことをした。右手の人差し指と小指を伸ばして牛の角の形で「牛」を表し、左手を右肘につけてパッパッと指を閉じて開いて牛が脱糞するジェスチャーをした。

「こんなのって、……」私はとっておきの悪態をついたのだが、テッドのグローブはそれを翻訳しなかった。万が一のことを考えて、悪い言葉は翻訳しない機能をつけられているのだ。

サムは私の身振りに思いっきり笑いだしたが、チェルシーは厳しい表情だった。

「頼むから、絶対に人前でそんなことしないで。絶対よ」

私はそれだけでは飽き足らず、もう一つお気に入りの身振りを披露した。両手の中指を立てて、それを思いっきり振り回した。このジェスチャーを理解するのに手話の知識は全く必要ない。もちろん、グローブは言葉にしなかった。

「もういい。この部屋で反省しなさい。そんなことしてたら、いつまでも外に出さないからね！」

私は最後に左手を丸めて、その中に右手の中指を突き立てた。チェルシーはそれを見て、怒りで肩を震わせ、勢いよく部屋を出ていった。サムはチェルシーの後を追いかけながら「神に誓って言うけど、俺が教えたんじゃないからな」と半ば面白がって呟いていた。

私はチェルシーを怒らせて満足したのだが、部屋に用意された果物を食べながら、これからの一ヵ月のことを考えると不安になった。ジャングルでアメリカ行きを楽しみにしていた時よりも、長くつらい時間になりそうだ。

翌日にはホプキンス園長が挨拶に来た。先日、記者会見で見た時に感じた誠実そうな人柄はカメラのために取り繕っていたわけではなさそうで、人の良さそうな笑みはあの時のままだった。頭頂部の髪の毛はあまり残っておらず、お腹は樽のように出っ張っていた。

丸いフレームの眼鏡の奥から、黒い瞳がこちらを見つめていた。人間の目はゴリラの目と違う。白目の部分が大きく、視線がゴリラよりも多くを主張する。ジャングルに来る観光客から浴びせられるのは好奇心と不安の混じった視線だ。彼はそういった一般人とは違ってゴリラに慣れている。その視線は慈愛と尊敬に満ちていた。彼の瞳をじっくりと覗けば、彼の心のうちが落ち着いていて、穏やかであることがすぐに分かる。

ホプキンス園長のゆっくりした動きと、こちらに歩み寄るような態度から、会話するまでもなく信頼できる人物だと判断できた。私が彼の存在に慣れるまで待ってくれていたのだろう、部屋の中に入ってからしばらくは私に近づかなかった。動物の心をなだめる術を知っている人間だ。

私は彼に出会えたことを嬉しく思った。アメリカ人の全てがホプキンス園長のような人ではないだろう。彼のような人は少ないはずだ。それでもアメリカに来て初めて出会う人が彼で良かった。私が彼に好意を持ったことを察したようで、園長は一歩ずつ近づいてきた。こちらに対して敵意がないことを全身で表現しているような、滑らかな動きだった。彼は私の目の前まで来ると、しゃがみ込んで目線の高さを私に合わせた。

「ローズだね。ようこそ、クリフトン動物園へ。と言っても、こんな隔離部屋でつまらない思いをさせてしまって、本当に心苦しいよ。早く君を私たちのゴリラパークの仲間たちと会わせてあげたいんだけどね」

「初めまして。ローズです。あなたに会えて嬉しいです。アメリカに来られて幸せです。ですが、できれば早くここを出たいです」私は昨日のチェルシーへの態度を反省して、丁寧に接した。ホプキンス園長の真摯(しんし)な態度を前にすると、私の気分も自然と落ち着いた。

「そうだろうね。ここは狭いし、寂しいだろう。でも申し訳ないが、どうしても必要なことなんだ。今のゴリラパークには十頭のゴリラがいるんだが、もうずっとこの動物園で暮らしている子たちばかりでね。私にとっては家族みたいなものなんだ。もし彼らが病気にでもなってしまったら、私は困ってしまう。分かるね？　私にとってはここにいる動物たちが全てなんだ。彼らを守るために、どうか我慢して欲しい」

不思議なことにホプキンス園長の言葉を聞いているうちに、私の中の怒りも不安もどこかに消えてしまった。彼が私の心の中に入りこんで、汚い部屋を掃除でもするように、すっかり綺麗にしてしまったように感じられた。私は隔離期間をしっかりと受け入れて、動物園のルールに従おうという気持ちになっていた。

「分かりました。みんなのために我慢します。ジャングルではゴリラは生き残るために群れを作ります。今は生き残るために離れてなきゃいけないってことですね。私は群れのみんなのために隔離を我慢します」

私の言葉を聞いたホプキンス園長の目が驚きで丸くなるのを見て、私は少しだけ満足感を覚えた。

「これは……。言葉にならないな。僕は今までの人生を動物に捧げてきたと思っている。理由は単純で、動物が好きなんだ、小さな子供の頃からね。毎日、周りの動物の気持ちを考えて、少しでも良い環境を与えようと努力してきた。動物は自分たちの気持ちを伝えられないからね。行動で察するしかないんだよ、動物の気持ちはね。園内の動物に変わったことがないか見て回るのが私の日課だ」

園長は言葉を切った。私の瞳をじっと見つめる。その視線はさっきまでの優しいだけのものとは全く違った。

「でも君は話すことができる。それがどれだけ素晴らしいことか。君の今の言葉を聞いて、私がどれほど感激したか分かるかね？　きっと分からないだろうね」

ホプキンス園長は眼鏡を外し、話しながら溢れ出してきた涙を手で拭った。園長がこんなにも感情的になったことに、今度は私が驚いてしまった。

「君には信じられないかもしれないけど、人間の中には動物には心がないと思っている人もいるんだ。動物は人間よりも劣っていると考える人だって少なくない。だが私は違う。今までもずっと動物にも心があるし、コミュニケーションができないだけだと思っていた」

しゃがんだままで足が疲れたのか、彼は膝をついて下を向いた。

「君の言葉から、君には人間にも劣らない知性があることが分かる。他者を思いやる優しさや、ルールを守る道徳心だって感じ取れた。それがどんなに嬉しいかって……、まるで私の今までの人生が肯定されたみたいに感じるよ。自分は正しかったんだってね」

彼は私に微笑んだ。その頬に伝う涙は美しく、私の胸を強く打った。

「あなたは正しいです。私たちには心があります。違うルールの下で、違う環境の中で、違う見た目で生きています。でも同じ心を持っています」

私は彼の身体を抱きしめた。私の腕の中で、彼は震えていた。そして嬉しそうに笑っていた。

「まいったな。私が泣いたことはみんなには内緒だよ」

彼は涙を拭いながら言うと、両腕で膝を支えながら立ち上がった。

「あなたを見ていると私の父を思い出します。家族思いで、勇敢なリーダーでした。私の父は群れのために戦って、惜しくも亡くなりました。あなたはこの動物園の動物全てのリーダーなんですね。私は優しいリーダーがいる動物園に来られて幸せです」

「そうだ。君もこれからこの動物園の一員だからね。何かあったらすぐに言ってくれよ。君なら私たちの動物園に馴染めると疑わないけど、可能な限り心地よい日々を過ごせるように、こちらも努力するからね」

園長はそう言うと、来た時と同じようにゆっくりした動作で部屋を出ていった。

ホプキンス園長との出会いは私にとってかけがえのない時間となった。バタバタと移動したためにアメリカに着いた実感もほとんどなく、疲れと不安が気付かないうちに私を蝕(むしば)んでいた。あろうことか、私の一番の親友であるチェルシーに向かって、使うべきでない言葉を投げかけてしまった。園長との短い会話のうちに、私は自分が新天地で求められている存在なのだと、誰かの心を動かすことができるのだと知ることができた。ネガティブな気分でいる場合じゃない。私は気持ちを切り替えて、新しい環境に慣れようと決心した。

気持ちを強く持とうと決めたところで、現実は厳しかった。部屋は相変わらず狭く、ジャングルとは全く違う匂いには馴染めそうになかった。用意された果物も故郷のものとは全く味が違う。

最初の一週間でストレスが溜まってしまい、お腹の調子を崩した。私が退屈しないように、いろんな玩具(がんぐ)が与えられたが、私にとって一番の時間つぶしになったのはテレビだった。昔のドラマを一気に見たり、映画を見たり。

特に心に残った映画は、サムに「絶対に見ておいた方が良い。これからいろんな人からコメントを求められるだろうから」とお勧めされた『キングコング』と『猿の惑星』だ。シリーズはいろいろ出ているし、リメイクもされているが、「オリジナルだけ見ておけば問題ない。他は蛇足だ」とのサムの助言を頼りに、最初のものだけを見た。二本ともなかなか面白い映画だった。

他にサムからお勧めされた映画は酷いものばかりだった。『コンゴ』は私と同じように手話を使うという設定のゴリラが出てくるのは嬉しかったが、殺人ゴリラと戦うなんて酷い話だった。『愛は霧のかなたに』は今までに見た中で最悪の映画だった。特に映画のラストは悲惨で、こんな映画を見ろと言ったサムが憎らしくなった。

私にとって隔離の時間は生まれてから初めて経験する苦行だった。待つだけの時間は長く、永遠に感じられた。だが、それは私だけの話ではなかった。世間も私のことを知りたがっていたのである。既に私がクリフトン動物園に来ていることは報道されていた。記者会見を求める声も多かったが、それらを断っていたのはホプキンス園長だった。私がストレスに晒されていることを彼はよく知っており、そんな私をメディアの前に出すのは良くないと考えてくれたのだった。もちろん、動物園の宣伝としてはすぐにでも私を公開したかっただろうが、私の健康を気遣ってくれていたのである。

私が退屈しているだけでなく、人との触れ合いを求めていることも彼は知っていたので、隔離生活が二週目に入ると、有名人が訪れるようになった。オハイオ州知事を始め、共和党・民主党の地元の政治家が来て、その後に大統領とその家族が訪れた。政治家はみんな不思議なほどにロイド上院議員に似ていた。着ている服も、話し方も身のこなしも、そっくりだった。大統領が来るというので、私も期待したが、どうも心の底から仲良くなれそうな気がしなかった。人間にとっては優秀なリーダーなのだろうが、私にとってはホプキンス園長の方がよっぽど信用できるリーダーのように感じられた。

政治家の次に訪れたのは企業のトップや俳優、アーティスト、ミュージシャン、アスリート、作家など、様々な分野の有名人たちだった。彼らと話すのは政治家と話すよりもよっぽど楽しかった。みんな同じように私の可能性に期待していた。アーティストたちは私が世界をどう認識しているのか興味があるようだったし、アスリートは私の肉体の限界を知りたがった。

君は絵を描くべきだ、君なら映画の主役になれる、スポーツをするべきだ、一緒に演奏しよう。それぞれが私に別々のものを要求するのは面白かったが、私には自分が何をするべきかなんて考えている余裕はなかった。私はただ単純にゴリラとして、早く新しい仲間と仲良く過ごしたかった。

私にとっては有名人と会うよりもテッドと再会できた時の方がよっぽど嬉しかった。彼は新しい機能が追加されたグローブを私にプレゼントしてくれた。

〈アメリカはジャングルと違うからね。君の存在が一般にも公開されたらどんなことがあるか、誰にも想像ができない。だから、いつでも信頼できる人に連絡できるようにしておきたいだろ？〉

新しいグローブは今までのものよりも少し大きく、携帯端末が入れられるポケットが付いていた。

〈携帯はチェルシーからのプレゼントだよ。小さくても頑丈で、機能もシンプルで電話とテキストが送れるだけだ。使い方は簡単だ。電話したい時は『携帯・電話・電話したい相手の名前』を続けて手話で入力すれば良いだけだ。登録してない番号には、名前じゃなくて番号を示せば電話できるよ。もうサムとチェルシー、僕とホプキンス園長の番号が登録してある。試しに僕に電話してみて〉

私は自分の携帯電話が持てるなんて、信じられなかった。いつでも好きな時に、好きな相手と話せるなんて、今まで考えたこともなかった。私は早速、人差し指だけ伸ばした右手を頬に当てて、次に両手の人差し指を鉤爪にして、右手を左手の上に滑らせた。その後でテッドのスペルを指で形作った。

「携帯、電話、テッド」私の声がそう言うと、その後で別の女性の声で「テッドに電話しますか？」という質問が聞こえた。

〈はい、って答えて〉テッドが示す通りに、私は頷きながら右手の拳でノックするような身振りをした。

「テッドに電話します」先ほどの女性の声がそう言った次の瞬間、テッドは自分のズボンのポケットから携帯を出した。テッドは携帯のボタンを押して、答えた。

「ハイ、ローズ。これでいつでも僕に電話できるね。グローブに何かあったら電話してくれるかい？」

テッドが手話を使うと、私のグローブのポケットに収められた携帯からテッドの声が聞こえた。私はたまらなく嬉しくなり、その場を駆け回った。

「テッド、ありがとう！　あなたは会うたびに信じられないプレゼントを贈ってくれるのね。あなたの奥さんは本当に幸せね」

「そうだといいけど。ちなみに電話を切る時は、『携帯・切る』で、機械音声の質問に『はい』と答えればいい。簡単だね」

私はテッドに言われた通りに電話を切った。

〈次にメッセージを送る場合は『携帯・テキスト・送りたい相手』で送りたい内容を示した後で『送る』で送れる。簡単だろ？　猿でもできるように作ったんだ〉

「猿には無理ね。ゴリラならできるけど」私がそう言い、私たちは一緒に笑った。

私は試しに部屋の端まで行って、壁に向かって立つと、テッドからは手話が見えないようにしてテキストを送ってみた。

「テッド、本当にありがとう。あなたのお陰で私の人生は大きく変わった」私は送信してから、テッドの下に戻った。テッドは携帯を見て、ニヤリと笑った。

〈君の人生が良い方向に変わったのなら、僕は嬉しいよ。でもね、君は気づいてないかもしれないけど、君も僕の人生を大きく変えてくれたんだよ。君のCMが放送される前の僕は、成功を夢見るだけのエンジニアだった。手話用のウェアラブル・デバイスを開発してるグループなんて、世界中に大勢いるんだよ。僕らはたまたま、あの時に一歩先を進んでただけなんだ。技術なんてすぐに追い抜かれちゃうからね。戦々恐々の毎日さ。だけどあの広告のお陰で、『手話用のウェアラブルと言えばSLテック』って言われるようになったし、投資家が僕の前に列を作るようになったんだ〉

テッドは興奮気味に自分のことを語り始めた。テッドがこんなに話し続けるのを初めて見たような気がした。

「良かった。私もあなたにお返しできたと分かって嬉しい」

〈僕らの会社はあの日から全く別物になったんだよ。それまではいつライバル企業に出し抜かれるかと心配だったけど、今はもうそんな不安はないよ。同じような技術を持つライバルたちとは注目度が違うんだ。脅威になりそうな会社はいずれM&Aで吸収するつもりだ。今は世界中から問い合わせが来てるよ。もうアメリカでは製品を販売してるし、世界中の言語学者と協力して、どの地域の手話にも対応できるようにするよ。手話用のデバイスはもともとニッチな市場だけど、世界中のマーケットを取れたらでかいし、技術を別の分野に転用できたら、もっと大きくなるかもな。もしかしたら、近いうちに僕らもユニコーンになるかもしれないよ〉

「え、どういうこと？　話が分からない。もうライバルはいないの？　それにユニコーンって架空の動物でしょ？」私は自分の頭にユニコーンの角を描くような動作をして、笑いそうになった。テッドは冗談を言っているのだろうか？

〈ごめんね。ユニコーン企業ってのは、一気に急成長して、みんながびっくりするような大きな会社になるってことさ。ライバルはそのうちいなくなるよ。そうだな……、僕らはジャングルにいる小さな群れの一つだったんだけど突然強くなって、他の群れを全部自分の群れに吸収できるくらい大きくなったってことさ〉

「あなたもジャングルに住んでたなんて知らなかった。世界は狭いわね」私は嬉しくなってグーグーと鼻を鳴らした。

〈そうさ、僕らはみんなジャングルの住人だよ。それで今の僕はジャングルの帝王さ。君はジャングルを離れたと思ってるかもしれないけど、もしかしたら別のジャングルに来ただけかもよ。君が知らない別の掟があって、思いもよらない危険が隠されてるジャングルだよ。だからこそ君にも携帯電話があった方が良い。困った時に誰か信頼できる相手に相談できるようにね〉

私たちはハグを交わし、テッドは最後にもう一度〈いつでも連絡していいからね〉と示すと、部屋を出ていった。

歩み去るテッドの背中を見送りながら、私の胸の中に何とも言えないわだかまりが残った。私にとってテッドはとても大事な人だ。私に声を与えてくれ、そして今度は離れている相手と繋がる手段をもらった。いつでも穏やかな笑みを浮かべ、私を尊重してくれた。私は最初に会った時からテッドを好きだった。だが、私が知っているテッドは、彼という人物の一部分に過ぎないのだ。

ジャングルのライバルを全て自分の群れに吸収できると聞いて、私は驚いた。そんなに強いゴリラは世界中探してもいないだろう。彼がその話をした時に、私はモーリスのことを思い出した。モーリスは自分の息子であるビクターと共に私たちの群れを襲撃し、メスを奪っていった。モーリスたちですらジャングルの全てを自分の群れにすることなんてできない。もしかしたら私が知らないだけで、あの心優しいテッドはモーリス以上の獰猛さを隠しているのかもしれない。彼は聾唖者のためのデバイスを作った。それは社会的な意義がある製品だし、彼の会社は世界をより良い場所にするのだろう。だが、そのために彼はライバルの可能性を奪い、恐らくその過程で多くの敵を作るのだろう。私にはテッドの本当の姿が分からなくなってしまった。

私たちは言葉で繋がっているはずだった。人とゴリラの隔(へだ)たりを繋ぎ合わせていた、堅牢(けんろう)な橋であったはずの言葉が崩れていくように感じた。

もしかしたら、人と動物の間には言葉以外に、もっと大きな隔たりがあるのかもしれない。

「それ、ヤバいね。めっちゃワイルドって感じ」リリー・チョウは手にしたスマホからやっと目をあげて、私に話しかけてきた。私はまだその日の午前中にテッドが言っていたことが気になって放心状態だったので、彼女が何のことを言っているのか分からなかった。

「何のこと？」

「あなたの我慢しないところさ。普通しないじゃん、人の前だと。でも、したい時にするのって自然だし、自由でいいよ」

彼女がそこまで言って、私は自分が人前でも何も考えずに脱糞をしていたことに初めて気が付いた。サムやチェルシーにとってはそれが自然だったし、それを咎める人は今まで誰もいなかった。咎めるどころか、今までに私の下を訪れた人たちは何も言わなかった。もしかしたら、見て見ぬふりをしていたのかもしれない。

「ごめんなさい。今まで気づかなかったし、気にもしなかった。もしかしたら大統領の前でもしちゃったかもしれない」

なんで今まで気が付かなかったのだろう。私は突然不安になったが、私の一言でリリーは両手を派手に打って大爆笑した。

「あなた最高！　それって今まで聞いた中で最高にクレイジー！　いっそのことウンコを投げつけてやれば良かったのに！　私、アイツ大っ嫌いだよ」リリーは何かを投げつけるような動作をして言った。

「なんで嫌いなの？」

「あんなスカした男を気に入ってる奴なんていないよ。ピックアップトラックに乗ってカントリーソングを聞く白人のおじいちゃんくらいだよ。特に私みたいな人たちはみんな嫌いだよ」

リリー・チョウは韓国系の若いラッパーで、若い世代には人気があると聞いていた。彼女は私の部屋に入って一緒に写真を撮ると、すぐにスマホを弄りだして、私とほとんど話すこともなかった。ずっと壁にもたれて床に座っているだけで、私に興味がないのかと思ったのだが、大統領の前で脱糞したことがそんなに面白かったのか急に話に熱が籠もってきた。

「あなたみたいな人って？」

「私は韓国系だし、要は移民とか、色のある人だよ」

「色のある人？　色がない人もいるの？」

「そうだよ、見れば分かるじゃん。肌が黒かったり、茶色だったり、私みたいに黄色だったり」

私はすぐ近くに置いてあったバナナを手に持って、彼女と見比べた。

「あなたはそんなに黄色くないと思うけど」私がそう言うと、「まぁ、バナナ程は黄色くないけどね。アジア系は黄色って言うんだよ」とリリーは眉を顰めた。

「ごめんなさい。ずっとジャングルにいたから、あんまり違いは分からない」私は彼女に謝ったが、リリーは私の目をじっと見つめた。

「それってめっちゃいいじゃん。偏見なんてない方がいいよ。あなたみたいな純粋な目で世界を見たら、何が見えるんだろう。気になるな」

「私は世界なんて見てない。アメリカに来てから、ずっとこの部屋に閉じ込められてるから」

「かわいそうに。でもそのうち出られるんでしょ。もう少ししたら他のゴリラと一緒に暮らすんだって聞いたよ」

「そう、来週にはここのゴリラたちと一緒に暮らすことになる」

「不安じゃない？　今までのジャングルとは違う環境だし、他のゴリラと仲良くできるかって」

「不安だけど、そのためにここまで来た。アメリカに住んでるゴリラを見てみたい。でも私の場合はそれよりも、いろんな人間に会いたかった」

「大統領にも韓国系のラッパーにも会ったんだから、もういろんな人に会ったね。どうアメリカの人間は？」

「分からないけど、大統領よりもラッパーの方が話してて楽しいかな」

私が何気なく答えると、リリーは私の言葉の途中で突然目を輝かせた。

「何それ！　今のこれは手話でどういう意味？」彼女は両手の人差し指と小指を伸ばして胸の前で前後に動かした。

私も同じ動作をすると「ラップ」と私の声が答えを告げた。

「マジで？　これがラップなの？　誰が考えたのか知らないけど最高じゃん。本当にラップっぽいよ、楽しんでる感じがしてて良いね！」

彼女は余程その手話が気に入ったらしく、何度もその動作を繰り返した。

「手話って面白いね。ねぇ、ちょっと手話を教えてよ」

「良いよ。何が知りたい？」

「もちろん悪口、悪態、下品な言葉とか」彼女の眼は好奇心で輝いていた。

「教えられるけど、声は出ないよ。汚い言葉は機械が翻訳しないようになってるんだ」

「何それ！　まるで検閲じゃない。そんなの間違ってるよ。あなたには自分が言いたいことを言う自由があるはずだよ」

「でもしょうがないよ。手話が使えるゴリラは私とお母さんだけだから、ゴリラを代表してるみたいなもんだよ。もしかしたら、ゴリラだけじゃなくて野生動物の代表だと思われるかも。少なくともホプキンス園長と会った時にはそんな風に扱われたよ。ロイド上院議員からもジャングルから人間社会への親善大使だって言われた。私には大きな期待と責任があるみたい。礼儀正しくして、それに応えないと」

「うげぇ、そんな重圧、私なら耐えられないな。私だってアメリカじゃあ少数派だからね。昔とは比べられないだろうけど、今でも変な目で見られたりするよ。学校とかでアジア系の子たちとだけ接してたらFOBって呼ばれるんだよ。なんだか分かる？　フレッシュ・オフ・ザ・ボート、ボートを降りたばかりでその国に馴染めてないって意味だよ。でも逆に白人みたいに振る舞おうとすると、ホワイト・ウォッシュ、白人かぶれって言われる。じゃあどうしろっていうのよ、っていう感じ。アメリカにいると韓国系・アジア系としか見られないのに、韓国に行ったら私はアメリカ人って言われるしね。私はもう、他人が私のことをどう思おうと気にしないことにしたよ」リリーは眉根に皺を寄せて、機嫌悪そうに言った。何か過去にあった嫌なことを思い出しているのかもしれない。

「私は少し有名になったから、アジア系としての意見を求められたり、韓国系を代表してるように思われたりする。それだけでも十分な重荷なのに、あなたは野生動物全体の代表なんてね。でも、あんまり気にしちゃダメだよ。自分らしく生きないと、どこかで心が折れちゃうから。

きっとあなたは有名になるだろうから、先に教えておいてあげる。どんなにあなたが頑張っても、あなたを無意味に嫌う人は絶対にある程度いるものなの。あなたがゴリラらしくしてたらバカにするだろうし、人間っぽいことをしたらそれはそれで批判する奴らがいるに決まってる。そんな奴らの言うことなんて気にしちゃダメだからね」

「ありがとう。リリーは優しいね」

「そうよ、今さら分かったの？　私は優しくて上品な女の子なの。じゃあ、今度は最高に下品な悪口を教えてよ。ファックって言いたい時はどうするの？」

私が中指を立ててリリーの目の前に差し出すと、リリーは膝を叩いて思いっきり笑った。

「知ってた！　それは私が唯一知ってる手話だわ！」

「じゃあ次ね、クソッタレは？」

私は先日、チェルシーを怒らせた動作をした。右手で牛の角を作って、左手で脱糞を示すもので、これにもリリーは大笑いして目に涙を浮かべた。

「ケツの穴野郎は？」

私は左手の親指と人差し指を丸くして、右手の人差し指でその穴をなぞるようにした。リリーは床の上を笑い転げた。

「じゃあ、アバズレは？」

私は右手の甲をリリーに見せるように開いて、左手は親指と薬指・小指を閉じた。そして左手の親指と薬指で作った丸を右手の親指に突きさし、次に人差し指、中指と五本の指に順々に突き刺していった。

その動作は今までの単純なジェスチャーに比べると複雑で、これにはリリーも首を傾げた。

「何それ？　どういう意味？」

「右手の五本の指は五人の男の部分。左手は女の人で、次から次に男を乗り換えるってこと」

私の解説にリリーは目を丸くして驚いた。そして何かを褒め称（たた）えるかのように優雅な拍手をした。

「それってマジで凄い。考えた人は天才だね。勲章ものだよ。だって、私は身振りだけでそんなに人を侮辱できるなんて知らなかったよ。私もラッパーの端くれだからね、悪口を言うのが仕事みたいなもんだから、品のない喋り方には自信があったんだけどね。これは私にとって啓蒙（けいもう）みたいなもんだね、まだまだ悪態には可能性がいっぱい残ってるんだって思った。面白いから手話を覚えてみようかな？」

「手話は大変だけど、きっとリリーならすぐ覚えられるよ。あなたは頭が良さそうだから」

「それにしても、ローズは汚い言葉を禁止されてるんでしょ？　どうやって覚えたの？　あの頭の固そうな研究者の女の人が教えたとは思えないけど」

「私には手話を教えてくれた先生が二人いるの。良い先生と、悪い先生ね」

「悪い先生って最高の先生だよ。それにしても今日はいっぱい笑わせてもらったよ。ありがとうね、すごく楽しかった」

リリーは床から立ち上がって、両手でズボンのお尻の部分を叩いて汚れを落とした。もう帰るつもりなのだろうが、私はリリーにまだ帰って欲しくなかった。彼女と一緒にいると、他の人と話している時とは違う楽しさがあった。

「あなたの服……」私はリリーが別れを告げる前に言葉を発した。リリーはこちらを見て、続きを待っている。

「とても素敵ね。カラフルであなたに似合ってる」

「ありがとう。じつはコレ、私の友達が作ってるんだ。まだブランドを立ち上げたばかりで、私は彼女の広告塔って感じ。私も気に入ってるから、彼女が送ってくれる服はライブとかビデオの撮影の時にも着るようにしてるんだ」

「さっきのこと、考えてたんだ。私が人前でうんちしちゃうこと。これから人前に出る機会が多くなるから、できれば隠したい。私たちゴリラはストレスに弱くて、お腹を下すことも多い。でも、オムツだけしてたらかっこ悪いでしょ。あなたみたいな綺麗な服が着てみたい。オムツも隠せるだろうし」

リリーは顎に手をおいて、少しの間考えていた。

「この服が気に入ったなら、頼んであげようか？　あなた用のサイズのものを作ってもらえるかどうか、聞いてあげるよ。ローズが着てたら、私が着るよりもずっと注目されるだろうからね」

リリーはそう言うと、すぐ誰かに電話をかけた。

「ねぇ、私、今どこにいると思う？　違うよ、シンシナティだよ。知らなかったの？　シンシナティは今世界の中心なんだよ。今、ローズと一緒にいるの。そう、そのローズ。でね、そのローズがあんたの服を気に入ったんだって。そう、この前送ってくれたジャンパーとバギーパンツ着てたら、ローズも同じものが欲しいって。あんた、ゴリラサイズも作れる？　ダメダメ、即答でOKしなきゃ。予定なんてキャンセルして、すぐにこっち来なさいよ。お店？　あんたのちっさい店なんて、アボジに任せなさいよ。どうせダラダラしてんでしょ。こっち着いたら連絡して。じゃあね」

リリーの話し方は一方的で、声は聞こえなかったが相手が突然の話に困っている姿は想像できた。

「決まり。あんたの服も作ってくれるって。まだ分からないけど、二、三日もすればこっちに来られるでしょ」

リリーはそう言ったが、私には相手が返事する前に電話を切ったような気がしてならなかった。

「今度はその子と一緒に来るから、楽しみに待っててね。あなたに連絡したい時は、誰に話せばいいの？　チェルシーって人？」

「私も携帯電話を持ってるから、私に直接電話してくれればいいよ。グローブが読み上げてくれるから、メッセージでも大丈夫」私は自信たっぷりに答えた。午前中にテッドがくれたばかりの携帯電話だが、すぐに役立つことになった。やはり人間と関係を保つには必要なものなのだ。

「あなた、携帯も持ってるの？　凄い！　じゃあ、私の番号登録してくれる？」

「登録の仕方は分からない。今日もらったばかり」私はさっきまでの自信をすぐに失った。まだ知らなければならないことは山ほどあるのだ。

「それじゃあ、私の番号を教えるから電話してくれる？　電話の仕方は分かる？」

私は頷いて、電話を掛ける準備を始めた。「携帯・電話」それからリリーの番号を聞いて入力した。リリーのスマホが鳴り、彼女は番号を確認すると電話を受けずに切った。

「これがローズの番号ね。登録しておくわ。あなたも後で登録しておいてね。じゃあ、また来るから」

リリーはそう言うと、軽く手を振って出口の方に向かって行った。私はリリーが帰ってしまうのが寂しかった。もっと一緒にいたかったが、また来てくれるし、それにいつでも電話できるのだ。リリーが帰ってしまっても、それで終わりじゃない。そう思うと、心の中がじわじわと温かくなった。

「それとね」リリーは扉に手をかけてから、こちらを振り返った。「私にとってあなたはただの話せるゴリラじゃないし、野生動物の代表でもないよ。私にとってあなたは友達のローズ。それだけだから。私と話す時はなんの責任も感じなくていいからね」

彼女はそう言うと、すぐに部屋の外に出てしまった。彼女はいつもそうなのだろう。一方的で、自分勝手で、私はそんな彼女を大好きになった。

「ありがとう。あなたに会えて本当に良かった」私の声は一瞬遅れて、私しかいない部屋に空(むな)しく響いた。

リリーはアメリカでできた初めての友達だった。

「ねえ、本当に大丈夫なの？　近づいても安全？」

リリーがユナという友達を連れてきたのは三日後だった。私はユナに丁寧に挨拶をしたが、彼女は今までに会った人の中で、一番私に怯えていた。なんの理由もなく私を恐れる彼女の態度は、あんまり気持ちいいものではなかった。

「ビッチ！　あんた、私の友達のことが信用できないって言うの？　ローズはすごく良い子だよ。ほら、さっさとそのメジャーで測っちゃいなよ、そのために来たんだろ？」リリーは私の気持ちを汲んでくれたのか、勢いよく啖呵(たんか)をきった。

「ごめんなさいね。あんたが紹介してくれたブラインド・デートの一件以来、あんたの友達は信用してないんでね」

リリーは彼女の言葉を聞くと、大袈裟に両手を広げて天を仰いだ。

「もう百回は謝ったでしょ！　ごめんね、アイツはクソ野郎だったよ。あんまり知らずに紹介しちゃって、悪かったよ。神に誓ってローズはあんたのケツに変なもの突っ込まないから、大丈夫だよ。ほら、ローズも、ユナがあんたのサイズを測るからこうやって腕を少し上げて」

私はリリーの真似をして両腕を身体の横に伸ばした。ユナは恐る恐る近づいて来て、私の腕にメジャーを当てた。彼女はリディほどではないが小柄で、ストレートの黒い髪は肩より長く、艶々と輝いて見えた。派手な服装とはちぐはぐに、彼女はシャイで内向的に見えた。もちろん、単に私のことが怖いだけかもしれない。

「凄い……」ユナは私の腕の長さを測ると、そのまま軽く一撫でした。「こんなに綺麗だなんて……」私のすぐそばのユナの瞳にはもう恐怖の色はなかった。私の毛並みに見とれているようで、うっとりした表情を浮かべていた。

「こんな綺麗なのに、本当に服を着ちゃうの？　なんか勿体ない気がする」ユナは私の腕をいつまでもさすりながら、ぼそぼそと独り言のように漏らした。

「ローズにも事情があるんだよ。人前でウンコしちゃうのが嫌なんだとさ。オムツだけしてるのはカッコ悪いから、それを隠すような服が欲しいんだって」リリーは初めてこの部屋に入ってきた時のように、壁にもたれて床に胡坐をかきながらスマホをいじっていた。

「どんな服でもいいわけじゃない。リリーみたいにかっこいい服が欲しい」

「だとさ、良かったじゃん。さっさと作ってあげなよ。ちょっとでかいのを作ってやるだけじゃない」リリーは私の方をチラッと見て笑った。

「私はプラスサイズだけど、あんたはスーパープラスサイズだね」

「スーパープラスサイズじゃない。普通のゴリラサイズだよ」

ユナは私から少し距離をとるように離れると、私の周りをぐるりと一周した。

「簡単なことじゃないよ。大きく作ればいいだけじゃない。オムツを隠したいなら、ゆったりしたボトムにしないといけないけど、少しでも大きすぎるとゴリラの歩き方だと引っかかっちゃうかもしれない。身体の構造も動き方も人と違うから、動きづらい部分とか余っちゃう部分も出てくるだろうね。それに素材もどんなものがいいのか。ゴリラのことは何も分からないから、素材によっては体温が上がりすぎちゃったりしないか心配だな。あとはどうせなら自分で着脱できるものにしたいね。う〜ん、難しいね。何度も作り直さなきゃいけないかも」

「いいじゃん、どうせローズも暇してるんだし。試作品をいくつか作ってきなよ。楽しそうじゃん。次回は私たちだけでローズのファッションショーだな」

九

アメリカに来てから一ヵ月が経ち、私の隔離期間は終わった。それまでに私の健康状態のチェックもあったが、私が誰の言葉にも素直に従うのが動物園のスタッフには驚きだったようだ。もちろん、どのゴリラも健康診断が順調にできるような簡単なしつけはしてあるが、言葉が通じるということがどれだけ楽なことなのか、スタッフの間でも語り草になっていた。

私はホプキンス園長につれられて、あまりにも長い隔離期間を過ごした小部屋を後にした。

「前にも言ったけど、私たちの動物園のゴリラパークの、君がこれから入るセクションには六頭のゴリラがいる。群れのリーダー、シルバーバックのオマリは五年半前にテキサスのブラウンズヴィル動物園から引っ越してきたばかりだが、とてもいい奴だよ。オマリにはカビディとカニンガという二頭のメスがいる。二頭ともウェンドの娘で、成熟した段階でウェンドたちの群れから離した。ウェンドはここで生まれたゴリラでね、もう四十七歳になる。ウェンドの群れは君の入るセクションとは別だから、あまり気にしなくてもいいよ。カビディにはマシニという男の子とライッサというメスの赤ちゃんが、カニンガにはサレンゲという男の子がいる。

オマリが積極的に子育てする姿がとても愛らしくてね、うちでも人気のゴリラなんだ。君ならきっとみんなと仲良くなれると思うが、焦らなくていいからな。君が群れに馴染むまではゴリラパークは封鎖してあるから、来園者の目を気にしなくていい。君が慣れてきたら、少しずつ来園者と触れ合えるようにしていきたいが、今は何も心配しなくていい。ただ単に、新しい友達と仲良くできるようにね」

「私は焦ってない。焦ってるのはあなたでしょ？」私は前に会った時よりも緊張気味な園長を笑わせようと、冗談を言った。

「ハハ、まいったな。君はなんでもお見通しだな。本当のことを言えばかなり焦ってるよ。私は君がこの動物園に馴染めるように、できるだけ静かにことを進めたいんだがね。マスコミは一日でも早く君の映像を撮りたくて仕方ないみたいだ。毎日、何件も取材を断ってるんだよ。とにかく君が安心して暮らせるようになんでもするから。何かあったら、気兼ねなく言ってくれよ」

私たちはゴリラパークの職員用通路を一緒に歩いていたが、何もない壁の手前でホプキンス園長は足を止めた。

「ここから先は君一人だよ。心の準備はできてる?」

園長が何を言っているのか理解しようとしたが、状況がつかめなかった。ここから先といっても、扉はなかった。

「準備はできてる。でも、扉がない。他のゴリラはどこにいるの?」私の言葉を聞くや否や、園長は自分の額を手で打った。

「こりゃ、済まなかった。扉はないよ。この下の穴から外に出るんだよ。この外にオマリたちがいるよ」

それは想像していたものとは全く違う入り口だった。人間が通るような通常のドアではなく、ゴリラ用の入り口だったのだ。そんなものは初めて見たので、びっくりした。だが、狭い穴を通った先に別の世界が広がっているのだと思うと、不思議とワクワクした。

「行ってくる。幸運を祈ってて」私は園長にそう言い残して、穴の中に身体を入れた。だが、その前に大事なことを忘れているのに気が付いた。

「グローブはもういらない。預かっててくれる?」穴からひょっこりと戻ってそう伝えると、園長は笑って頷いた。私はグローブを両腕から外し、園長の方に差し出した。園長はそれを受け取ると、私に手を振って見送った。

ゴリラパークに通じる穴は深くなかった。それどころか穴の中を進もうと思ったら、すぐに壁をすり抜けて外側に出ていた。さっきも園長と一緒に外を歩いていたはずなのに、差し込む光は一層眩（まぶ）しく感じられた。

そこはまさに別世界だった。だが見知らぬ土地のようには思えなかった。私にとってそこには馴染み深いジャングルの息吹が感じられた。アメリカに来てから一ヵ月間、すっかり忘れていた故郷の空気がそこにはあった。土の香り、木の葉の囁（ささや）き、流れ続ける水の轟音（ごうおん）。そして、間違えようのないゴリラの匂いがした。

私の身体はそこにジャングルを感じ取った。目の前に鬱蒼と茂る木々が見えるようだった。

しかし、目の前にジャングルはなかった。ジャングルに似ているが、ジャングルではなかった。岩場もある、土も草も沼も、川や滝のように流れる水もある。広場の中央には巨木があった。しかし、天を覆う樹幹がなかった。日差しを遮り、私たちの住みかとなる木々は少なかった。木は至る所に生えていたが、ジャングルにあるような高いものではなく低木だった。

私は数歩進んでから、ぐるりと辺りを見回した。目の前は下り坂になっていて、下は水が溜まっている。その奥には十メートル以上のコンクリートの壁が聳（そび）え立っており、こちらからは登れないようになっている。壁の上は本来であれば、来園者が私たちを見る展望台のようになっているのだろうが、今は濃いグレーの幕で覆われていた。園長が言っていたように、私が群れに馴染むまで来園者からは見えないようにしてくれているのだろう。だが、その幕と滝の轟音に防がれてはいるものの、その奥からは賑やかな人々の話し声が微かに聞こえた。姿は見えないし、声もほとんど聞こえないが、確かにそこに人がいるのだ。私は微かな緊張を覚えた。

突然、目の前を黒い影が駆け抜け、私は驚いて座り込んでしまった。その何かは私に気が付くと立ち止まり、こちらをじっと見つめた。それはまだ幼いゴリラだった。五歳程度のオス、事前に写真を見ていたので、それがマシニだと分かった。

マシニの黒い毛は艶やかで、大きな瞳でこちらを不思議そうに眺めていた。知らぬ間に現れたよそ者に、好奇心を抱いているようだった。私は怪しまれないように低いうなり声で機嫌良く挨拶をした。だが、マシニはそれには応えてくれなかった。ただこちらをじっと見つめ、動かなかった。彼が何を考えているのか、私にはさっぱり分からなかった。そして、群れの他のゴリラにどう接していいのかも、私にはやはり分からなかった。

すぐに馴れ馴れしくして良いものだろうか？　だが近づいて行って危険だと判断されたら、その第一印象を変えるのは難しい。かといって、マシニを無視していいものだろうか？　ジャングルで暮らしていた時に、他の群れと接触したことは何度もある。だがその時には父や他の大人に従えば良かった。たった一頭で他の群れに入っていくなんてことは、私にとっても初めての経験なのだ。

一ヵ月間も待ちわびていた、他のゴリラと会う機会だったが、いざその時になってみるとどうしていいか困ってしまった。膠着した場面で、先に動いたのはマシニだった。私が固まったまま動かなかったので、マシニは興味を失ったようで、エリアの中央の方に走って行った。

私は茫然とその姿を目で追うと、その先には群れの残りのメンバーがいた。中央にある大木の真下にはシルバーバックのオマリが、その横にはメスのカビディが座っていた。カビディの腕の中で、まだ幼いライッサが小さい体を動かしている。少し離れた場所に別のメスであるカニンガが昼寝をしており、カニンガの息子のサレンゲはエリアの下の水たまりで水浴びをしていた。

それはこれから私の家族になるはずの、今はまだこちらのことを何も知らないゴリラたちだった。私はどうしていいものか、困り果てた。言葉があれば、状況を説明できる。私がカメルーンのジャングルから来た事を伝えて、新しい家族になりたいと言えばいい。だが、彼らに言葉は通じない。彼らの目には私はただのよそ者にしか見えないだろう。どうやったらゴリラの群れに馴染めるのか、私は何も知らない。

いや、何も知らないわけではない。私は突然、あることを思い出した。昔、サムからゴリラの群れ群れに警戒されないように近づくテクニックを聞いたことがあったのだ。「ゴリラの群れにうまにうまく入りこむために必要なことはだな……」サムの声を頭の中で思い出した。

「こちらに敵意がないことを示さなきゃいけない。それから、自分も同じゴリラの仲間なんだと思わせるんだ。ちょっと変わった奴だけど、問題ないだろうと思ってもらえるようにね」

そう、サムは「変わった奴」だった。ゴリラに近づいては、無関心を装うために、そこらへんに生えてる草を食べている振りをしていた。泥だらけのジャングルに何時間でも座り続け、ゴリラと直接のアイコンタクトは避け、横目で観察していた。私にはそんなサムがおかしかったが、確かに群れの仲間もサムをいつのまにか、なんとなく受け入れていた。ただ近くで草を食べているだけで、無害な動物だと判断されていたのだろう。父エサウは時折サムと遊ぶように近づいていったこともある。

私が同じゴリラの群れに馴染むために、人間であるサムのテクニックを使うというのは変な感じもしたが、それ以外にどうしていいか分からなかった。

私はマシニの後を追うように、ゆっくりと進んだ。グローブなしで歩くのも、土の上を歩くのも久しぶりで、手の甲を地面に直接押し付ける感触が懐かしかった。

少しずつ群れに近づいていくと、オマリたちもこちらに気が付いて視線を投げかけてきた。私は彼らがこちらを振り向いた瞬間に歩みを止めて、そっぽを向いた。近くに生えている草を毟(むし)って、口の中に入れた。私がそのままじっとしていると、やがて彼らも興味をなくして視線を逸らす。誰も私を見ていない時に、私はまたゆっくりと近づいていく。そうして徐々に距離を詰め、平然となんでもないように地面に寝転がってみた。敵意がないことを示すのは意外と大変だ。

すると、またしてもマシニが私に近づいてきた。マシニは私のことをよく見ようとするかのように、周りをグルグルと走り回った。私はマシニの興奮を間近で感じて嬉しくなった。昔の群れで小さい子たちと遊んだ時のことを思い出した。マシニも退屈しているのだろう、きっと私と遊びたいのだ。

私がマシニに手を伸ばすと、離れた場所から甲高い叫び声が聞こえた。昼寝していたカニンガが、こちらに向かって駆けて来ている。だが、カニンガが私と遊びたがっているのではないことは明らかだった。カニンガはよそ者を、私を追い払おうとしているのだ。カニンガの勢いに怯えた私は、彼女に背を向けると逃げ出した。

私は岩場を駆け下りて、一番下の水場まで逃げたが、カニンガはどこまでも追ってきた。カニンガは水場の端っこに私を追い詰めた。私は逃げ場を失い、彼女にひどく叩かれた。なんでこんな目にあわなきゃならないのか、私は悔しく思った。彼女の脇の間を潜り抜けて、岩場を登って逃げ回った。カニンガは激しく叫びながら、まだ追ってくるようだった。

私は岩場を登り切って、広場の中央に向かった。とにかくカニンガから逃げることだけを考えていたが、気づけばシルバーバックのオマリがすぐ目の前にいた。群れのリーダーに対して最悪の第一印象だと、私は逃げながら思った。

次の瞬間、オマリが立ち上がり、私の方に走って来た。オマリは二百キロ以上もある巨大なシルバーバックだ。私はシルバーバックの圧倒的な存在感に恐れをなして動けなくなってしまった。

オマリは立ち止まった私のすぐ近くまで来ると、私をじっと見つめた。私を追ってきたカニンガはオマリの横を回り込んで、私に追撃を加えようとした。だが、オマリはそれを咎めるかのようにカニンガの肩を叩いて、唸り声をあげた。カニンガはオマリに不満を告げるようにブーブーと鼻を鳴らしたが、暫くすると諦めてどこかに歩み去っていった。

オマリの仲裁のお陰で私は助かり、ほっと胸を撫でおろした。私は彼に挨拶をした。オマリは嬉しそうに返事をした。そして、オマリは私を値踏みするようにじっと見つめた。どこからともなく突然現れたメスの存在に興味をひかれているのだろう。私の周りをゆっくりと歩いてじろじろと見つめる様子は、遠い思い出の中のアイザックの姿と重なった。だが、オマリはアイザックとは全然違うゴリラだった。体格はアイザックよりも大きく、年齢も上だが、オマリは綺麗すぎた。身体に大きな傷が一つもないのだ。

オマリは悠然と動き、自信に満ちた表情は美しかった。だが、そんなオマリを前にしていながら、私は深い傷を負い、孤独に打ちひしがれたアイザックのことを考えていた。アイザックも動物園で飼われていたら、あんなに苦しむことはなかったはずだ。逆にオマリもジャングルで育っていたら、こんなに健やかではいられなかっただろう。

オマリは私の存在を認めたようで、上機嫌に鼻を鳴らすと木のもとに戻っていった。私はリーダーに、群れに交ざることを許されたのだ。

私がオマリたちと暮らし始めて一週間後に、ゴリラパークを仕切っていた幕が取り払われることになった。私は既にオマリたちと問題なく馴染めていた。カニンガとカビディは最初のうちこそ警戒していたようだが、オマリが私を認めているので、あからさまな攻撃をしなくなった。二頭の子供であるマシニとサレンゲと仲良く遊んでいるうちに、カニンガとカビディも私を受け入れる気になったようだった。

除幕式に合わせて記者会見が行われることになり、ホプキンス園長と共に私も出席することになった。園内にひな壇が設けられ、私たちが記者たちの前に移動すると、大量のフラッシュが焚かれて部屋が明るくなった。私は今までになく緊張したが、それでも自信を失うことなく堂々と振る舞えたのは、ユナがオーダーメイドで作ってくれた服を着ていたからだ。それは最初にリリーと会った時に彼女が着ていたものと同じ、赤いジャケットとバギーパンツだった。人前でも恥ずかしくない格好をしているのだ、と思えた。ユナが頑張ってくれたお陰で、記者会見までに私にぴったりの服が間に合った。

オムツもゴリラに合うサイズを作る必要があるのかと思ったが、これはリリーがスーパーで買ってきてくれた。私は自分に合う大きさのものが普通に売っていることに驚いたが、リリーは「もっと大きいのも売ってたよ」と教えてくれた。

最初に話し始めたのはホプキンス園長だった。記者会見を開くことができて嬉しい、ローズを迎えられたのはとても光栄なことだ、関係者に感謝の気持ちを示したい、早くお披露目したかったがローズに負担をかけたくなかったので時間をかけて動物園に慣れてもらった、などと話をした。彼は普段通りの丁寧で紳士的な態度だったが、ふくよかな頬が紅潮しており、興奮を隠せないでいた。

次に園長から私の名前が呼ばれ、私は自己紹介する段取りになっていた。

「アメリカの皆さん、初めまして。私はローランドゴリラのローズです」

私が話し始めると、記者席からどよめきが起こった。

「私はカメルーンのジャー動物保護区で生まれ育ちました。私は動物保護区内にあるベルトゥア類人猿研究所のチェルシー・ジョーンズ博士と母から手話を教わりました。母も私と同じようにジョーンズ博士に手話を教わったのです。私は昨年までジャングルで暮らしていましたが、父の死をきっかけに、アメリカに来ることになりました。私が手話を通じて皆さんに話しかけられるのは、SLテックのグローブがあるお陰です。様々な方の協力なしには、今の私はありません。この機会に皆さんに感謝します。一ヵ月の隔離期間を経て、今はこのクリフトン動物園のゴリラパークで、オマリの群れと一緒に生活しています。オマリはとても優しいリーダーで、毎日穏やかな暮らしが送れています。クリフトン動物園に来られて、私はとても幸せです。アメリカの皆さんとお会いできる日を楽しみにしています。是非、私に会いに来てください。ありがとうございます」

私の挨拶が終わると、記者から質問を受けることになった。正面に座っている記者の一団がそれぞれ手を挙げ、園長が一人ずつ質問を受けていく。

「本当に手話ができるんですね。手話を学ぶのは大変でしたか？」

「私は生まれた時から言葉とともにありました。ジョーンズ博士だけでなく母が時に厳しく、時に優しく教えてくれたので、私にとっては手話を学ぶことは普通のことでした。新しい言葉を覚えるたびに世界が広がっていくのが楽しかったので、大変だという認識はありませんでした」私は最初の質問に答えた。

「服を着ている姿を初めて見たので、驚きました。普段から服を着ているのですか？　それは動物園側のアイデアですか、それともあなたが服を着たかったのですか？」

「私の友達であるリリー・チョウが最初に訪ねて来てくれた時に、彼女と同じような服を着たいと思いました。とても素敵な服だと思ったので、リリーと同じブランドにお揃いの服を作ってもらうように頼みました。ボレアリスはリリーの友達であるユナ・カンが立ち上げたブランドで、これからも彼女に服を作ってもらおうと思っています。もちろん、オマリたちの前では服は着ません。人前に出る時だけ着るつもりです。動物園側のアイデアではありません」

二人目の記者の質問で、リリーとユナの名前を出せたことが私は嬉しかった。彼女たちに少しだけ恩返しができたような気がした。

「ゴリラパークで過ごして一週間だそうですが、施設は気に入りましたか？　他のゴリラのことはどう思っていますか？」

「ゴリラパークは最初に入った時から気に入りました。私の故郷に雰囲気が似ています。オマリは優しく、グループ内で喧嘩があってもしっかり仲裁してくれます。頼りになるリーダーです。カビディはまだ小さいライイッサの世話をよくみてますし、カニンガも良いお母さんです。マシニとサレンゲは男の子らしく元気で、いつも一緒に遊んでいます。良い群れに入れたと思っています。私は幸せです」

「アメリカの印象はどうですか？　故郷のジャングルが恋しくなったりしますか？」

「アメリカに来たと言っても、私はまだこの動物園しか知りません。ですが、今までに出会った人はみな素晴らしい人でした。ゴリラパークはゴリラの暮らしに必要なものが揃っていますが、ジャングルではありません。ジャングルが恋しくなる時はあります。そういう時に私がどうするか、分かりますか？　私は園内を散歩して、ジャングル・トレイルのエリアまで行きます。コロブスやオランウータン、ボノボなどが暮らしている他、色とりどりの綺麗な鳥が住んでいます。あそこに行くと私はジャングルに戻った気がします。お子さんたちが遊べる場所もあるので、おすすめのエリアですよ。本日お越しいただいたみなさんも、ぜひ他の動物も見て帰ってください。貴重な動物、可愛い動物がいっぱいいますよ」

「オマリと仲良くしているようですが、子供は期待できそうですか?」

私は記者の質問に驚き、呆れた。この記者は私に何を聞いているのか、分かっているのだろうか。失礼な相手に仕返しをしてやろうと思った。

「もしあなたが他の記者の前で、あなたのセックスライフを語ってくれるのであれば、その後で質問に答えます」私の言葉が響くと、会場が笑い声で満たされた。

「すみません。質問を撤回します」先ほどの記者は悔しそうな顔をして黙り込んだ。

「オマリは立派な父親ですし、私も子供を望んでいます。ですが、それ以上のことは今は言えません」

「何かアメリカの人々に伝えたいことはありますか?」

「クリフトン動物園はとてもいい動物園です。是非、みなさん来てください。あと、私の故郷は動物のために保護されている場所ですが、世界中で森林が減っており、動物の住みかがなくなっています。私は皆さんに、世界中の動物に目を向けて欲しいと思ってます。実際にジャングルに行くことで分かることもあります。私の故郷のジャー動物保護区も素晴らしい場所です。現地ガイドのテオに任せておけば、野生のゴリラの姿が見られますよ」

私はテオとの約束を守って、彼の宣伝ができたことに満足した。多くの人がジャングルを訪れて、野生動物の姿を見てくれたら、どんなに素晴らしいことだろう。多くの人々が、もう少しだけ動物の命に関心をもってくれたら、世界はもっといい場所になるだろう。

私の後にサムとチェルシーからローズ・ゴリラ研究基金の設立について報告があった。基金の目的は私を含むゴリラの研究を持続すること、と説明されたが、要するにサムとチェルシーが生活に困らないようにするためのものだ。寄付の金額に応じて、返礼もあるとのことだった。お金を出せば私と会話ができる、というものらしい。

つまり、これから私は出資者と仲良くしなければいけないのだ。他の動物たちと違って、責任のある働きが求められている。とは言え、うまくやっていける自信はあるので問題はない。

最後にホプキンス園長が感謝の言葉を再度述べて、記者会見は無事終了した。園長は私の受け答えが見事だったと褒めてくれ、私は誇らしく感じた。

動物園での暮らしは楽しかった。私はゴリラパークでオマリたちと生活を共にしながら、毎日数組の来園者と会って会話を楽しんだ。動物園のスタッフも来園者も良い人たちばかりで、私はシンシナティでの暮らしに満足していた。万が一のためにサムとチェルシーが動物園に待機してくれていたが、私は彼らを必要としなかった。何か必要なものがあれば動物園のスタッフに頼むし、友達と話したい時にはリリーに電話していた。

記者会見の二週間後、動物園に特別なニュースがあった。園内で生まれたカバの赤ちゃんの名前が決まったのだ。名前を公募したところ、世界中から投稿があったそうだ。

動物園は来園者に楽しんでもらうためにいろんなことをしている。私は少しカバの赤ちゃんが羨ましかった。

私が園長にそんな話をしたところ、私の名字も公募しようということになった。私と園長がライブ配信を行って名字を募集したところ、コメント欄は一気にパンクしてしまった。私に会いたくても動物園まで来られない人が世界中にいるのだ、とその時に初めて知った。こんなにも多くの人が私のことを見てくれる。私の名前を考えてくれる。私は胸がいっぱいになった。

投稿された名前を全部見ることはできなかったが、ふと目にした名字を一瞬で気にいった。ナックルウォーカー。ピンときた。ユニークで、かっこいい。この名字だけでゴリラだと、私のことだと分かる。その日から、私はローズ・ナックルウォーカーと名乗ることにした。

私が想像以上に早く動物園に馴染んだことで、母のアメリカ渡航が半年ほど早まることになった。サムたちはアメリカを離れてカメルーンに戻ることになった。その後、母はブロンクス動物園に移動し、一年間はサムたちが密着する予定だった。つまりサムたちとは一年半も離れることになる。だが私に不安はなかった。私は完璧にクリフトン動物園の一員になっていた。

クリフトン動物園は来園者を楽しませながら、動物が退屈しないように工夫するのがうまかった。真夏の暑い日には、バケツ一杯に凍らせた果実を幾つも置いてくれた。私は凍らせた果実なんて食べたのは初めてだったので、夢中で氷にかぶりついた。なかなか溶けない氷と格闘しながら、冷たい果実を掘り出すのはとても楽しかった。来園者は崖の上の展望台から私たちを眺め、楽しそうに歓声をあげていた。

十月になると、今度はハロウィーンの飾りつけが園内になされ、私たちには骸骨のようにくり抜いたカボチャが与えられた。カボチャの中には私たちが好きな果物が詰まっていて、私たちがカボチャに手を伸ばすと、人々は喜んだ。

だが人々が私たちゴリラを見て一番楽しそうにするのは、私たちそれぞれの関係性が見えるような瞬間だった。たとえばサレンゲ、マシニの二頭のいたずら小僧が、末っ子のライッサと遊ぶ時に乱暴に扱って、その後で父親のオマリに怒られるような瞬間に、人は特別な歓声をあげる。兄妹喧嘩をして親に怒られるなんて、人間とさほど変わらないと思うらしい。またはカビディやオマリがライッサを大事に抱きかかえているのに、ライッサがその腕から逃げようとしている時なども、子育ての大変さが共感を呼ぶようだった。人々は我々の姿に、自分たちと共通の何かを見出して喜んでいた。父親の威厳、子供の腕白さ、母親の愛情。そうしたものが人々の胸を打つようだった。

そして私も彼らと日常を共に暮らしながら、昔の自分が生まれ育った群れと変わらないと感じて安心感を覚えていた。オマリの逞しさに私は惹かれていった。彼は優しく、私を大事にしてくれた。私も彼を大事にした。彼だけでなく、オマリの群れを新しい自分の家族だと感じられるようになっていた。

あと必要なのは、私たちの子供だけだった。そして、私は男の気を引けないような初心な女でもなかった。

十

「久しぶり。最近どうよ、面白いことあった？」リリーは一ヵ月ぶりに私に会いに来ると、軽くハグをした。彼女の喋り方は単刀直入で素っ気ないが、私は久しぶりに友達の声が聞けるだけで嬉しかった。私たちは他の来園者に邪魔されないように、昔の隔離部屋で会った。

「そういえば、この前、変なことがあった。アフリカ系の人にNワードで話しかけられた」

「ハハハ、それは良いね。で、どうしたの？」

「私はそんな言葉使えないし、その男の人にNワードは使っちゃダメだって言った」

「本当にいい子ちゃんだね。あんたらしいよ。それで、何て言われた？」

「その人にはアフリカ系の仲間同士で使うのは全然大丈夫だよって言われた。私は自分がアフリカ系だなんて思ってなかったからびっくりした。もちろん私はアフリカから来たし、言ってみればゴリラは全てアフリカ系なんだけどさ……。私はNじゃないって言ったんだけど。そしたら、その男の人は『君は黒いだろ？　それにアフリカから連れてこられただろ？　間違いなく俺たちは同じNだぜ』って」

「ハハ、それは光栄なことだと思いなよ。仲間だと思われたんだよ。面白いね。その人にとってはアンタがゴリラだって事実よりも、黒いって事実の方が大事だったんだね」

「よく分からないけど、アフリカ系の人は特に親し気に接してくれる気がするんだけど、そのせいなのかな。あと、気のせいかもしれないけど、アジア系の人からも受けがいいと思う」

「ああ、それはなんか分かる気がするよ。あんた、ユナの服ばっかり着てるし、私とも仲が良いからさ。アジア系の人があんたを受け入れやすいってのはあるかもね」

「じゃあ、アフリカ系の人からは私はアフリカ系だって思われてて、アジア系からはアジア系だと思われてるってこと？　私はゴリラなのに、毛の色とか服で勝手に『人種』を想像されてるの？　仲間だと思われるのは嬉しいけど、何か違うような気がするんだけど……」

「そうね。まぁ、人間って勝手だよ。どうやって『自分たち』を定義してるかを他人にも当てはめるものだからねぇ。まぁ、気にしてもしょうがないよ、仲間の振りして愛想振りまいておけばいいだけじゃん」

「別に問題はないんだけどね。ゴリラを見に来るのに、私の中に人間を見てるんだよね。みんな私を見に来ているみたいで、実は違う。それぞれが見たいと思ってるものを見に来てる」

「そんなもんだよ。ガッカリした？」

「いや、人間って本当に面白い。一人一人に想像力があるからこそ、見えてるものが違う。ゴリラとは違う」

「あんたは大人だねぇ。で、他のゴリラとは仲良くしてる？」

「うん、もうみんなと仲いいよ。子供たちとはよく遊ぶし、オマリとも距離が縮まった気がする」

「そうなの。オマリと何かあったの？」

「交尾した」

「ちょっと！　本当に！　大変じゃん。みんな知ってるの？」リリーは目を皿のように丸くして騒ぎ出した。

「まだ誰にも言ってないけど、動物園のスタッフは気が付いてると思う。でも大ごとにされるのは園長も嫌がるだろうから、きっと妊娠がちゃんと分かるまでプレスリリースはしないと思う」

「そうか、それは良かったね。で、どうやったの？　オマリから誘ってきたの？　ちゃんと聞かせなさいよ」リリーはニヤニヤと笑いながら嬉しそうに言った。

「エリアの誰にも見られないところにいる時に、私がオマリを誘った」

私がそう言うと、リリーは一瞬ポカンと口を開けて驚いた表情をしたが、その後で両手をパチパチと叩いて喜んだ。

「さすが、あんたは私が見込んだ女だよ。やったね！」そう言って、彼女は右手を高く掲げた。私はその手に自分の手を合わせた。

「私は強い女。でも、ゴリラはみんなそうだよ。普通は女が主導権を握ってる」

「本当に？　ゴリラって私が思ってたよりもずっとカッコいい生き物だね。オスが力強そうだから、メスはオスに従ってばかりかと思ってた」

「ゴリラのメスはすごく自由だよ。群れのリーダーには従うけど、もしリーダーが頼りなかったり気に入らなかったら、いつでも別の群れに移動できる」

「へぇ、いいねぇ、自由なのが一番だよ。で、オマリと交尾したってことは、もうアイザックのことは吹っ切れたの？」

私はリリーにはアイザックのことを話していた。アメリカに来なければ、きっとアイザックと一緒に過ごしていただろうと。とても魅力的なゴリラだったと話していた。

「アイザックはカメルーンにいて会えないし、私はオマリの群れで幸せになるって決めたんだ。オマリは私を大事にしてくれるし、優しい。リーダーとしても頼れるから、私は別のオスを探す必要はない。私はこの動物園に来られて、本当に幸せだ」

「ねぇ、ママ。ゴリラがいるよ。水浴びしてる」
ニッキーは四歳になったばかりで、初めて来た動物園に興奮していた。既に夕方で園内の人は減ってきていたが、ゴリラパークの周りにはまだ人だかりができていた。みなエリア内にローズがいるか探していて、不在に気が付くと落胆した。それでも人々はオマリたちの姿をゆっくりと眺めて喜んでいた。
「そうね、ゴリラ、大きいわね」アンジーはニッキーの方を振り返らずに答えた。アンドリューがグズって歩かないので抱きあげており、ニッキーの相手をしている余裕はなかった。子供二人の相手をしながら動物園を巡るのは骨が折れた。もう疲れも限界に達しており、ゴリラを見る気にもなれない。ニッキーが楽しそうに駆け回るのを追いかけているだけで、精一杯だった。

「ねぇ、ママ。僕もゴリラと一緒にプールに入りたい！　中に入って良い？」ニッキーの腕白っぷりにはいつも圧倒されるが、いろいろな動物を見て幸福の絶頂にいる彼は手に負えなかった。

「ダメに決まってるでしょ。柵の中に入っちゃダメよ」腕の中のアンドリューから目が離せず、ニッキーの様子を確認するのも億劫（おっくう）だった。

「僕、中に入るよ」

「ダメって言ってるでしょ！」アンジーは声を荒らげた。

「ゴリラと遊ぶんだ」ニッキーはわがままを言うのを止めなかった。

「いつまでもそんなこと言ってないで！　ほら、もう帰るわよ！」アンジーはニッキーの方を振り返った。その手を無理やりにでも引っ張って帰るつもりだった。

だが、さっきまでニッキーがいたはずの所には誰もいなかった。

「ニッキー？　どこに行ったの？」アンジーがそう口にした途端、周りで騒動が始まった。

「なんてことだ！　男の子が落ちたぞ！」近くにいた男が叫び声をあげると、その場が騒然となった。

「ニッキー！　ニッキー！」アンジーがゴリラの柵に乗り出し下を覗き込むと、十メートル以上はある崖の下に、見覚えのある青いシャツが見えた。それはニッキーに間違いなかった。ニッキーは顔を下にして水たまりに浮かんでいた。

あまりに現実離れしたことが起きてしまい、アンジーの全身から血の気が引いた。ニッキーが死んでしまった。自分が少しばかり目を離していた瞬間に、ニッキーは柵を登って、崖から落ちてしまったのだ。身体から力が抜けて、その場に座り込んでしまった。

「生きてるぞ！　まだ男の子は生きてる。水の上に落ちたから助かったんだ！」さっきの男がまた叫び声をあげた。

まだ生きている？　アンジーは気を持ち直して、また柵の上から身を乗り出してニッキーの姿を探した。確かにニッキーは生きていた。その場に立ち上がり、泣き出した。

「ニッキー！　ママはここよ！」アンジーは声を張り上げて叫んだ。下で泣いているニッキーに聞こえるように、叫び続けた。だが、それが間違いだった。

人々の叫び声がゴリラたちの神経を逆撫でし、その興奮はオマリたちに伝わってしまった。オマリは騒ぎの中心になっているのが崖の下の少年だと気が付き、近づいて行った。

「マズイ！　ゴリラが！」

「誰か、動物園のスタッフに伝えてくれ！　ゴリラの柵から男の子が落ちたぞ！　しかもゴリラが近づいてる！」

オマリが少年に近づくと、上の人々の喧騒（けんそう）は最高潮に達した。オマリは人々の煩さに驚いて、少年の腕を掴むと、水たまりの中を引っ張り回して反対側まで逃げた。少年の小さな体はなすべもなく、水の中を引きずられ、途中で剥き出しのコンクリートに頭をぶつけた。

アンジーは混乱していた。もしアンドリューが腕の中にいなければ、自身も柵を乗り越えて、ニッキーのもとへ飛び降りただろう。だがアンジーはあまりの恐怖に動揺し、何もできずにいた。

「ニッキー、ママは愛してるわよ！　ここにいるわよ！」アンジーはただニッキーに叫び続けることしかできなかった。


ホプキンス園長が事件を知ったのは四時を少し過ぎた頃、子供が柵から落ちて二分後のことだった。子供が落下したこと、混乱したオマリが男の子を引きずり回していることを聞き、自分がすべきことを直感的に悟った。彼は秘書に射撃チームを呼ぶように言いつけた。

「射撃チームにはトランキライザーを持つように言いますか？」秘書は事務所の奥の園長に確認をとった。

「いや、実弾も……。トランキライザーだけじゃなく実弾も用意しろと伝えてくれ」


ホプキンス園長と射撃チームがゴリラパークにたどり着いた時、事件が起きてから十分が経とうとしていた。オマリは未だに男の子を摑んだまま離さず、興奮した状態だった。園のスタッフが別のゴリラを全てエリアの外に隔離していた。また現場近くの人々も遠ざけられており、騒いでオマリを刺激することがないように対処されていた。

オマリは混乱していた。オマリに少年を傷つける意図がないのは明らかだった。しかし少しでも強く少年を摑めば腕は折れてしまうだろうし、そのまま振り回しでもすれば少年の命など簡単に奪われてしまう。ホプキンス園長の判断に時間の猶予はなかった。

「実弾だ。頼むぞ」園長は許可を待っていた射撃チームに伝えた。その一撃を任された男はライフルの照準をオマリに合わせた。男はこの日のような惨事を想定して、訓練を重ねていたプロフェッショナルだった。

「神よ、許したまえ……」

園長の祈りに応えたのは神ではなく、一発の銃弾だった。恐ろしいまでに鋭い銃声が園内に轟き、全ての騒ぎが収まった。


「で、ローズ。子供の名前はもう考えてるの?」リリーは面白がって私を困らせようとしているようだった。

「まだ考えてないよ。リリーはせっかちすぎ。まだ妊娠してないよ」

「そんなこと言っても、また交尾するんだったら、子供なんてきっとそのうちできるよ。女の子だったら私の名前をあげてもいいよ!」

「親友と子供の名前が一緒だったら混乱しちゃうよ。別の名前にしなきゃ」私は子供の名前なんてまだ考えてなかった。まだまだ早いと思っていた。

「女の子と男の子だったら、どっちが良い?」リリーは次々に質問を浴びせてきた。

「まだ分からないよ、自分の子供だったらどっちでも嬉しいかな」リリーと話をしていると、自分が子供を持つことになるのだという自覚がやっとできてきた。子供が欲しいとはずっと前から、カメルーンにいた時から思っていたが、いざとなると不思議な感じがした。

「子供ができるなんて変な感じがする。まだ私も子供のような気がしているのに……」

私は話の途中だったが、突然聞こえた大きな音に驚かされた。

音のした方角に顔を向けた。私は言葉を失ってしまった。

「今のなんだろう？　銃声みたいに聞こえたよ」

リリーがそう言ったが、私は本物の銃声を聞いたことがなかったので、何とも言えなかった。

しかし嫌な予感がした。

とんでもなく嫌な予感で、胸が苦しくなった。

「もしかしたら誰かが動物園で発砲したのかも。外に出たら危ないから、まだここにいた方が良いよ」リリーの言葉に私は頷いた。

暫くしてホプキンス園長から私の携帯に電話がかかってきた。すぐに私は先ほどの銃声について園長に訊ねたが、何も教えてくれなかった。ただ、重要な話があるということだった。もう安全だからゴリラパークまで来て欲しいと言われた。私は突然の園長からの呼び出しに不安を感じ、リリーにもついてきてもらうことにした。

ゴリラパークの前は異様な緊張感を漂わせていた。まだ閉園時間でもないのに来園者が一人もおらず、不穏な静けさが私を余計に不安にさせた。私はリリーに外で待っててもらうように言い、飼育員用の通路を通り、エリア内に入った。

不思議なことにゴリラパークにはゴリラが一頭もおらず、ホプキンス園長が崖の下辺りにいるほか、何人かの職員がエリア内にいるだけだった。

ホプキンス園長は私を見つけると近寄って、何も言わずに私を抱きしめた。私は訳が分からずに混乱したが、黙って園長の言葉を待った。

「ローズ、君がいない間に大変なことが起きてしまったんだ。すまない。こんなこと、起こるはずがなかったのに。このゴリラパークができてから三十八年、こんな事故は起きていなかったんだ」

いつも冷静なホプキンス園長が、慌てている。全く要領を得ない喋り方をする園長に私は苛立ちを隠せなかった。

「一体、何があったんですか？　教えてください」

「男の子が柵を乗り越えてしまって、この崖から落ちてしまったんだ」

「この高さから？　大丈夫だったんですか？」私は驚いた。小さな子供なら命を落としかねないのは、私でも分かった。

「男の子は大丈夫だった。その代わり、オマリがその男の子を捕まえてしまったんだ。上の人たちが騒いで混乱したんだろう、オマリは男の子を引きずり回したんだ」

私は唖然(あぜん)として、言葉を失った。

「それで、男の子の命を救うために、私たちはオマリを銃で撃った。撃つしかなかったんだ」ホプキンス園長は私から目を背けて言った。その声は消え入りそうなほどに細かった。

「オマリはどうなったんですか？　もう麻酔は切れて動けるようになったんですか？　それとも

まだ動けない状態ですか？」私はオマリのことが心配でならなかった。

「違うんだ。トランキライザーはあの状態では使えなかった。実弾を使ったんだ。すまない……」ホプキンス園長はそう言うと、視線をエリアの端に移した。その視線の先には、青いビニールシートが敷いてあった。シートは妙な形に膨らんでおり、その下に何かが隠されていることが遠くからでも分かった。

私はビニールシートまで歩み寄った。シートの端を捲って、その下に隠されているものを見た。

そこには想像通りのものがあった。私が愛したゴリラの遺体が横たわっていた。血に塗れてはいたが、眠っているように安らかな表情をしていた。私は何も考えられず、何分もそのままの姿勢でオマリの亡骸を見つめ続けた。しばらくすると、ホプキンス園長が私の横に来て、肩に手を置いた。

「本当に済まない。どうしても私としては子供の命を優先する他なかったんだ。この動物園の全ての動物を守るために仕方なかったんだ。分かってくれとは言わない。今は、ただオマリのために祈ろう」

私は園長に何も言えなかった。だが今することが祈ることだとは思えなかった。私にはすべきことがある。だが、それが何か分からなかった。あまりにも突然のことに思考が停止してしまって、何も考えられなかった。

私の愛したオマリが殺されてしまった。私は何かをしなければ。私は自分が何を考えているのか分からなかった。だが、無意識のうちに私の腕は動いていた。

「携帯・電話……」私は電話をかけようとしていた。だが、誰に？　サムやチェルシーはカメルーンだ。リリーに電話してもしょうがない。

私は、答えを出していた。

「携帯・電話・警察」私の腕の動きに反応してグローブから別の女性の声がした。「警察に電話しますか？」私は警察に電話をかけた。それが正しいはずだ。私は夫を殺された。警察を呼ばなければいけない。

「ちょっと待ってくれ！　そんな必要はない。もう警察にはこちらから連絡してある」ホプキンス園長が抗議の声をあげたが、私には聞こえていなかった。

「こちらシンシナティ警察署。どうしましたか？」電話のオペレーターが冷静な声で話しかけてきた。

「私の夫が射殺されました。すぐに警官を派遣してください。はい、現場はもう落ち着いています。私も安全です。場所はクリフトン動物園、ゴリラパーク内です」

事件は大きな反響を呼んだ。アメリカのみならず、世界中の報道番組でクリフトン動物園での悲劇が派手に扱われた。様々な専門家やコメンテーターがそれぞれに発言し、事件の責任が誰にあるのか追及し始めた。

最初に糾弾されたのは動物園だった。ゴリラパークには九十センチほどの、子供でも簡単に乗り越えられてしまうような柵しか用意がなかった。安全対策が万全ではなかったのだと、誰もが口を揃えて言った。

また、絶滅の危機にある動物を殺してしまう選択をした園長を責める意見もあった。オマリの行動は男の子を傷つけようとしたわけではなく、崖の上で叫ぶ人々から遠ざけようとしただけであって、逆に男の子を守ろうとしていたのだ、という意見もネットで多く見られた。

クリフトン動物園は早急に記者会見を開いた。男の子は病院で治療を受け、大きな怪我がなかったことをホプキンス園長が報告し、それが一番大事なことだと述べた。柵の問題に関しては全米の動物園が従っている基準に沿ったものであることを告げた。ゴリラの施設が作られてから三十八年間、同じような事件が起きたことは一度もなかったことを強調した。家や車のカギをかけても、入ろうと思う者がいれば入られてしまうのと同様、防ぎようがない状況だったのだ、そう説明するホプキンス園長の言葉は説得力のあるものだった。

そして実弾を使うことになった経緯も分かりやすく述べた。確かにオマリに男の子を傷つけようとする意図はなかったかもしれない。しかしオマリは極度に混乱しており、何をするか分からない状況だった。成熟したシルバーバックの力強さは想像を遥かに超えるものであり、たとえゴリラが人を殺そうと思わなくても少し間違ってしまうだけで、人の命など一瞬のうちに奪われてしまうのだと、園長はいつも通り冷静な口調で伝えた。トランキライザーを使った場合、オマリが昏睡(こんすい)に陥るまでの短い時間でも男の子の命は危うかった、特に撃たれた衝撃に激しく反応する可能性は高かった。そう伝える園長はいつもと違う、硬い表情をしていた。誠実であろうとするその表情に、苦悶(くもん)の色が見て取れた。

オマリがどれだけスタッフに愛されていたかを話す園長を見れば、オマリを実弾で撃つという選択がどれだけ彼にとって重いものだったかは明らかだった。

クリフトン動物園の記者会見が世間の同情を集めると、次に激しい追及にあったのは男の子の母親であるアンジーだった。ニッキーが柵を越えるのを止められなかったのは親の監督不行き届きだと言うのだ。実際に彼女がニッキーから目を離していたことや、口答えするニッキーを止められなかったことが、当時近くにいた人の証言で明らかになっていた。彼女への悪意はネットで過熱し、当時現場にいなかった彼女の夫の、この件とは全く無関係の過去の犯罪行為が暴露されたり、彼女と同姓同名の別人にまで脅迫状が送られたりと、事態は混乱を極めた。

さらにアンジーの刑事責任を追及することを求める署名は大きな話題となり、三十万人以上の署名が集まり、警察も動かざるを得なくなってしまった。曰(いわ)く、子供を暑い日に車の中に放置することが児童虐待として裁かれるのなら、ゴリラの柵から落ちるのを止められなかったのも同じような罪である、という暴論だった。アンジーは警察の捜査を受けることになったが、もちろんその罪が認められることはなかった。

あの日、私は警察に電話し、現場に駆け付けた警官に事態を説明しようとした。だが、警官は私がゴリラであることを見て取ると、私ではなく隣にいたホプキンス園長から話を聞いた。私が抱えた悲しみや怒りは、はけ口を失ってしまった。負の感情は私の心を内側から食いつぶすようだった。

世界中の報道は私の想いとは別にあった。もちろん、多くのメディアが私に取材を申し込んできたようだが、今までどおりホプキンス園長がそれを全て断っていた。私のためだ、と彼は言った。私をさらし者にするつもりはない、必ず君も守る、彼はそう言った。彼の真意を疑っているわけではないが、私は守られる必要を感じていなかった。私は、私自身の言葉を伝えなければいけないと思った。私は自分に何ができるのか分からなかったが、オマリを失った悲しみを人々と共有することはできると思った。

事件が起きてから、クリフトン動物園の外ではオマリを追悼する集会が開かれていた。数十人の人だかりの中に私はサムと一緒に出掛けていき、オマリを悼む人々一人一人と抱き合い、オマリの思い出を語り合った。そして私はアンジーに怒りを向けるのは間違っていると人々に伝えた。育児は大変であり、子供の思いがけない行動を止めるのが如何に難しいか、私にも分からないわけではない。

「じゃあ、誰のせいでオマリは死んでしまったんだ。ローズ、彼は何も悪いことをしてないじゃないか。一体、誰が悪いんだ?」集会の参加者が、涙ながらに私に詰め寄った。「親は悪くない、子供は悪くない。じゃあ、なんでオマリは死ななきゃならなかったんだ? 一体、誰のせいなんだ?」

誰のせいでもない、私はそう言おうとした。だが、その一言はどうしても出てこなかった。私も同じ疑問を胸の中で抱え続けていたのだ。

なんで私の夫は死ななければならなかったのだろう?

私はオマリの子供を産んで、ここで幸せに暮らすはずだったのに。

その後の動物園の検査で、私は妊娠していないことが分かった。

つい先日、リリーと子供の話をしていたばかりなのに、その夢も奪われてしまったのだ。

そして、私は動物園と戦う決心をした。

ロイド上院議員に相談し、ユージーンを紹介してもらうこととなった。

彼に任せておけば大丈夫だ、と上院議員は私に言ってくれた。

しかしユージーンは頼りにならず、裁判は敗訴となってしまった。

裁判所に群がっていたメディアから逃げるように、私たちは動物園に移動した。

誰も私を理解してくれない。

私は途方に暮れていた。

十一

「ローズ、大丈夫？　もうずいぶん経ったけど……？」

チェルシーがバンの扉を開け、放心状態の私を見ると、悲しそうに目を潤ませた。思いもしなかった敗訴に私の心は潰れかけていたが、チェルシーに向かって「もう大丈夫」と伝えられるだけの落ち着きは取り戻していた。私はバンを降りて、チェルシーの隣に立った。慣れ親しんだ動物園の駐車場だが、できるだけ早くこの場を去りたかった。

「どこか、別の動物園は見つかった？」私はすぐ近くにいたサムの表情をうかがったが、彼は苦しげな顔をしていた。

「まだだ。少し難しくなりそうだ。というのも、君の『正義は人間に支配されている』発言は既にネットで大きな話題になっちゃってるからね。君は自分を受け入れてくれていた動物園を訴えたんだし、そのうえで司法制度に文句をつけたんだよ。実際問題、世間的なイメージはかなり悪くなってるだろうな。他に受け入れてくれる動物園があるかどうか……。今すぐ入れる所となると、かなり小さな、環境の悪い場所になる可能性もあるからな。覚悟しておいてくれよ」

「なんでこんなことになったのか、分からない。私の何がいけなかった？」私は助けを求めるようにチェルシーに視線を移した。

「あなたは何も悪くない！」チェルシーはそう言うと、地面に膝をついて私を強く抱きしめた。

「あなたは何も悪くない。誰かが悪いわけじゃないの。悲劇が起きちゃっただけ。でも、私たちがなんとかする。何があっても、私たち二人はいつでもあなたの味方だから」

チェルシーの言葉は嬉しかったが、頼りにならなかった。ため息をつくより仕方がない。サムの言うように、どんなにひどい環境でも受け入れる覚悟を決めるしかない。

その瞬間、サムはズボンのポケットから携帯端末を取り出して、顔に近づけた。

「はい。はい、そうですが……。本当ですか？　これは悪い冗談じゃないですよね？　いつですか？　はい……」電話に出たサムは相手の声に驚き、疑い、笑った。サムは話しながら私たちから離れていったので、それ以上何を言っているのか分からなかった。私は何が起きたのかと、チェルシーと顔を見合わせた。

「驚いた。良いニュースだ。いや、良いニュースなのか？　とにかく、君を受け入れたいって団体が見つかった」サムは眉を顰め、困惑した顔で言った。

「良いニュースに決まってるじゃない！　受け入れてくれる動物園があるなら、それ以上に良いニュースなんてないよ！」チェルシーが目に浮かんだ涙を拭った。

「いや、それがだな」サムは言い淀んだ。

「動物園じゃないんだ。ＷＷＤなんだ」

「ＷＷＤ？　ＷＷＦ（世界自然保護基金）みたいな団体なの？」

「いや、ＷＷＤは……」サムは躊躇うように後頭部を掻きむしった。

それから先の言葉を続けるのが不安なようだった。

「ＷＷＤはワールド・レスリング・ドミネーション、アメリカで一番のプロレス興行団体だ」

「プロレス？　あなたプロレスって言ったの？　どうかしてるわよ。冗談でしょ？」チェルシーは呆れたように大声で言った。

「それが、どうやら冗談じゃないらしい。俺も最初はびっくりしたけど、あのギャビン・グラハムが直接電話してきたんだぜ。信じられないよ。『あのゴリラをうちの団体に欲しい。俺があのゴリラをスーパースターにしてやるぞ！』って息巻いてた」

サムは自分の興奮をチェルシーや私に共感して欲しかったようだが、私たちにはサムが何を言っているのか一言も理解できなかった。

「ギャビン・グラハムだよ。知ってるだろ？　ジミー・ザ・ジャイアントとか、ダークプリーチャー、ケビン・エンジェルリーパー、プロレス界の大物は全員彼が育ててきたんだ。知らない？」

「ごめんなさいね、どの名前も聞いたことない」チェルシーは首を横に振った。

「まぁ、とにかくギャビンが目をつけてスターにすると言った選手は、全員が超有名人になってるんだ。そのやり手のマネージャーがローズに興味を持ったらしい」

「でもローズはプロレスラーになるためにアメリカに来たわけじゃないんだよ。私たちだって、研究を続けるためにローズと一緒にいるの。プロレスラーの付き人になるためじゃない」チェルシーは腕を胸の前で組み、サムへの怒りを露にした。

「そんなこと言っても、残念ながら他の選択肢はないんだよ。それに、決めるのは俺たちじゃない。ローズだ。そうだろ？　で、どう思う？」

私は興奮気味のサムと、苛立っているチェルシーの板挟みになったように感じた。二人の視線は痛いほど突き刺さってきた。だが、私は最初にサムがプロレスと言った時から、胸の中でうずうずするような、ワクワクするような、不思議な感覚を覚えていた。

「私は興味ある。相手の話を聞いてみたい。なんで私を気に入ってくれたのか知りたい。その人がどんなつもりで電話してきたのか、聞いてみたい」私はチェルシーには悪いと思いつつも、正直に答えた。

「そうだろ！　そうこなくちゃ。ギャビンはすぐにでも君とビデオ通話をしたいってさ。きっと他の動物園に行くよりも楽しいぞ」サムは子供っぽい喜びを隠そうともしなかった。チェルシーは私の決断を支えるつもりはあるが、サムが嬉しそうなのが気に食わない、というような表情で黙って立っていた。

私たちはバンの後部座席に乗り込み、サムのノートパソコンからギャビンに連絡をとった。

「よお、俺のお気に入りのゴリラはそこにいるかい？　サム、連絡をくれてありがとう。君ならすぐに返事をくれると信じてたよ」画面に映った男の髪は金色で薄く、大きなサングラスが顔の半分を隠していた。金ぴかの髪の毛とは対照的に、あごひげは綿あめのように真っ白でふわふわしていた。自分のオフィスにいるのだろうに、なぜこんなに大きなサングラスをしているのだろうか、私は不思議に思った。口元に浮かぶ緩んだ笑みは上品とは言えなかったし、首にぶら下がった金ぴかのネックレスからはセンスの悪い金持ちという印象を受けた。

「ミスター・グラハム、今回はお電話いただきありがとうございました。今、ローズをカメラに映します」サムは丁寧にそう言うと、ノートパソコンを私に向けた。

「ギャビンと呼んでくれよ。堅苦しいのは嫌いでね。おお、君がローズか！　見えるよ、ゴージャスな身体つきじゃないか。うん、素晴らしい。初めまして、俺がギャビンだ。俺はプロレス界じゃあちょっとは有名な人間なんだが、君の動画を見てピンと来たんでね。君はスターになる素質があるぞ。どうだ、スーパースターになる気はないか？」

「初めまして、ギャビン。あなたが有名な人だって、さっき聞いたばかり。でも私はジミー・ザ・ジャイアントが誰か知ってる」

「なんだって？」サムとチェルシーは私の言葉に驚いて話に割り込んできた。

「昔、サムがプロレスの動画を見せてくれた。彼は私が知ってる中で一番大きな人。凄く強かった」

「ジミーは俺が見た中で一番だったよ。未だに彼を超える逸材はいない。でも、もしかしたら君はジミー以上の存在になれるかもしれないと、俺は思ってるんだよ」

「私はただのゴリラ。なんであなたは私をそんな風に思ってるの？」

「ローズ、俺が何を信じているか分かるかい？　金だ。俺は金を崇拝しているし、人々が大金を払ってでも見たいと思うものが何なのか、よく知っている。異常なもの、異形（いぎょう）のもの、フリークだ。自分たちがどう接したらいいか分からないもの、どう感じたら良いのかさえ分からないものに、俺は分かりやすいキャラクターを与えて、人々を楽しませるのが得意なんだ」

　私はこの男を信用して良いものかどうか、戸惑った。この男は初対面の私に向かって「フリーク」だと言ってのけたのだ。

「『正義は人間が支配している』と君が言っているのを見たよ。あれは素晴らしいパフォーマンスだった。なぜその言葉が俺の胸を打ったか分かるかい？　それは君が真実を語ったからさ。正義は常に人が支配してるもんさ。一部の人間がな。プロレスの世界だってそうさ。正義の味方がいて、ヒールと呼ばれる悪役がいて、勧善懲悪の物語を演じている。正義が不公平だなんて本当のことを言っちまったら、みんなどう反応していいか分かんなくなっちまうもんさ。ほとんどの人間は真実を受け入れられるほどに強くないからな。だがな、プロレスの世界なら、俺が描く物語の世界なら、君の主張は人々の支持を得られるだろう。俺が保証するが、君は世界最高のスターになれる」

私は画面越しに少し会話しただけだが、今後もギャビンを好きになれないだろうと思った。テッドやホプキンス園長とは違う。私への優しさも敬意もない。あるのはただ、私を利用して金儲けをしたいという欲望だけだ。人を騙す手法には長けているのかもしれない。彼の話し方は大袈裟で、こちらの欲望に訴えかけてくる。だが、私は彼に騙されない自信があった。そのうえで彼を利用してやろうとさえ思った。今までのような世間知らずの女ではいられないと思った。オマリの悲劇と裁判が私を変えてしまったのかもしれない。

「どうだ、プロレスやってみないか？」ギャビンは皺だらけの口元を歪(ゆが)ませて、不格好な笑みを浮かべた。

「良いよ。やってみる」私が答えると、ギャビンは両手を打って歓声をあげた。

「決まりだな、新たなスターの誕生だ。そうと決まれば、いろいろと聞いておきたいことがある。ゴリラを管理するための法的なあれこれを知る必要があるし、条件も決めなきゃな。今からこっちまで来られるか？　スタンフォード、コネチカットの本社だ」

「分かりました。今から向かいます」サムは即答してから、自身の腕時計を睨んだ。「明日の夕方前には着けるでしょう。ご都合はいかがですか？」

「分かった。念のため、明日は一日空けておくよ。近くまで来たら連絡してくれ。今日は話せて良かった」ギャビンはそう言うとビデオ通話を停止した。

「今から？　コネチカットまで？」チェルシーが驚きの声をあげた。

「しょうがないだろう。ローズがクリフトン動物園にいたくないって言うんだから」

「今からじゃ、道路通行の予定を申請する時間なんてないじゃない。あなた、ローズが一緒だって分かってるの？」

「もちろん分かってるさ。ローズ、これからバンで明日の昼まで移動だ。誰にもばれないようにしなきゃいけないから、ずっと後部座席にいることになるけど、大丈夫だよな？」サムの問いかけに私は頷いて答えた。

「プロレスなんて馬鹿みたいな話の次は、無許可の移動だなんて。あなた、本当にちゃんと考えてるの？　誰かに見つかりでもしたらどうするのよ？」

「君こそちゃんと考えてるのか？　さっきローズに言ったばかりじゃないか。俺たち二人は何があってもローズの味方じゃなかったのか？」サムに言い返され、チェルシーは答えに詰まってしまった。

「決まりだな。さぁ、ドライブ行きたい子はいるかい？」私は元気よく手をあげて、サムと手を合わせた。

「よし、じゃあ早速行くとするか。途中でフルーツをいっぱい買わなきゃな」サムは私を椅子に座らせてシートベルトをかけてから、運転席に移動した。

「移動申請は後で辻褄(つじつま)あわせしておけばいいだろう。ローズなら問題ないって」サムがチェルシーをなだめるように優しく言い、チェルシーが助手席に来るのを待った。チェルシーは不満そうな顔でシートベルトを締め、そのまま夜まで黙ったままだった。

「誤解して欲しくないんだが」私たちがオフィスにたどり着くと、挨拶もそこそこにギャビンは話し出した。

「俺はもう何十年もスカウトなんてやってないんだ。今はWWDで活躍しようと思ってる奴らなんて掃いて捨てる程いるからな。そういう輩(やから)は養成所やら選抜やらで活躍の場を狙ってる。俺から声をかけるなんてことは今はないんだ。それに、君が話せるゴリラだから興味を持ったわけじゃない。裁判の前から君のことは知っていたがね、君に特に注目はしてなかった」ギャビンはあごひげを弄りながら話した。

ギャビンの喋り方は特徴的で、言葉を止めても、まだ彼の話が終わっていないことがなんとなく分かり、途中で口を挟むことができなかった。話していない瞬間でさえ、まだ言葉が続いているような間の取り方だった。自分のペースに相手を引き込むのが誰よりもうまいのだ。今日も大きなサングラスをかけたままで、視線の動きが読めなかった。

「私が一番好きな映画が何か、分かるかね？」ギャビンは質問をしたが、こちらの答えを待って

いる様子はなく、そのまま話を続けるのだろうと分かった。その場の空気を完全に掌握している
ようだった。大統領に会った時も、こんなに相手に呑まれるような感覚はなかった。
「『猿の惑星』さ。もちろん、チャールトン・ヘストンが主演した最初の映画だけだがね。『猿の
惑星』の中で、類人猿たちは人間についてこんな風に言っている。『人間と呼ばれる獣に気をつ
けよ、彼らは悪魔の手先である。霊長類でありながら、人間は気晴らしや欲望のために殺す。そ
の土地を奪うために同胞を殺す』彼らの言う通りじゃないかね？」
「聖典は真実を告げていますサムがギャビンに同意すると同時に映画のファンであることを明
らかにした。
「これは驚いたな。『猿の惑星』が好きなゴリラ学者がいるとはね。ところで知っているかい、
あのラストは映画オリジナルで、原作ではあの像は出てこないんだ。代わりに出てくるのは、シ
ャルル・ド・ゴール空港さ。原作者はフランス人だからね」
「それは知りませんでした。今度読んでみます」
「原作も悪くないが、やっぱりロッド・サーリングが手掛けた脚本がハリウッドらしくて良いよ
な。とにかく、俺が言いたいのはだな、君の『正義は人間に支配されている』って言葉があの映
画を思い出させたんだ。人類に仇（あだ）なすゴリラ、良いキャラクターじゃないか。本質的に悪役だ
が、人間の悪行を指摘するなら、君を正義だと思う観客も出てくるだろう。多面的なキャラクタ
ーだ。魅力的だと思わないか？　だから俺は君に声をかけたんだ。本来だったら、他の者と同様
に養成所から始めて適性を判断する必要があるが、君には特別に大きな舞台を用意することを最

初に約束しよう。君に期待してるってことを分かってくれたかな?」

私はただ頷いた。ギャビンはまだ何か話したがっている。無駄話を好む男には見えなかった。

「よし、じゃあゴリラの管理法について教えてくれ。動物保護団体とはもう何度も揉め事をおこしてるが、できれば避けたいからね」

「まず最初に、ゴリラのような大型の動物を移動させる際には大型の檻を用意して、どの場所を通行するかを事前に当局に報告する必要があります」

「なるほどな。今回は急な話だったから大変だっただろう」ギャビンはそう言うと、眉を顰めながら私をじっと見た。移動に檻が必要なら、なんで私が今この瞬間に檻に入っていないのか、と考えているのだろう。

「いや、今回は急な話だったので……、申請はまだしてません」サムが苦し気に言うと、ギャビンは大笑いした。

「なるほどな。いや、大いに結構。君たちのことが好きになってきたよ。人は柔軟に動かなきゃな。頭の凝り固まった連中じゃないってことが分かって安心したよ。俺も必要な時には柔軟に動く人間だからな、分かるよ」

ギャビンとサムたちの話は長く続き、私は飽きてしまった。彼らの話をうわの空で聞きながら、私はずっと昔のことを思い出していた。サムからプロレスの動画を見せてもらって、プロレスラーたちの派手な動きに目を見張ったこと。アミナやヨアキムたちと一緒にジャングルを駆け回り、岩や木から飛び降りて、プロレスごっこをして遊んだこと。これから私は本物のプロレスの舞台に立つことになるのだ。私は裁判のことはもう忘れて、これからの人生を楽しもうと決めた。いつまでもくよくよしているのは自分らしくない。

思い返せば、いつもそうだった。私たちの群れが襲われて、父が亡くなったかと思うと、すぐにアメリカ行きの話が舞い込んできた。オマリが死んでしまった後も、ずっと悲しんでいただけじゃなく、立ち上がって戦った。法廷で負けたからといって、私の人生が終わりになるわけではない。敗訴が決まった後にも、すぐに新しいチャンスが巡ってきたのだ。私は新しい場所でも、自分らしく戦ってみせる。

「ローズ、君の方からも何か条件はあるかね？　なんでも言ってくれて構わない」

物思いに耽（ふけ）っていたところで急に話を振られ、私は焦った。何も話を聞いていなかった。

「私のコスチュームはユナ・カンにお願いしたい。今までの服は全部彼女に頼んでたし、私が動きやすい服を作ってくれる」

「それだけかな？　まぁ、こっちがいつも頼んでるコスチュームのチームはいるが、ゴリラの服は作ったことないだろうからな。協力して進められるように話をつけておこう。これから宜（よろ）しく頼むよ、レディ・コング！」

「レディ・コング？　それが私の名前になるの？」私はギャビンの安直なネーミング・センスに、素直に納得できなかった。

「なんだ、嫌か？　別のが良いか？　俺はもともとクイーン・コングが良かったんだが、同名のB級映画があるらしくてな。じゃあ、どうするかな。ウィドウ・コング？　エンプレス・コング？　プリンセス・コングじゃカッコつかないだろ？」

「ウィドウなんて嫌だし、女帝は大袈裟すぎる。プリンセスもダサい。その中で選ぶなら、クイーン・コングが良い」

「分かった。なんとかしよう。君はこれからクイーン・コングだ。今後はコーチをつけて、いろいろと動きとか基礎知識を学んでもらうから、頑張ってくれよ。三ヵ月後と六ヵ月後に大きな試合が控えてる。遅くとも半年後には試合に出られるようにしてもらわないとな。頑張ってくれよ、期待してるからな」ギャビンはニヤニヤ笑いながら話した。大きなサングラスの後ろには欲深い目が隠されているのだろう。

「ハロー、こちらヒューストン、テキサスはトヨタセンターからライブ放送でお送りいたします。金曜の夜は恒例のトライアル・バイ・ファイアー！　今夜もＷＷＤが誇るレジェンド級スター、ブライアン・キングがメインイベントを賑わせます。果たして連戦連勝中のダークプリーチャーからチャンピオンの座を取り戻せるのか、一万五千人の観客が歴史の証人となります。更に今夜は期待の超大型新人タッグ、クイーン・コングとシャーロット・ザ・ハーロットが、向かうところ敵なしのアイリーンとジャニスのアナコンダ・シスターズに挑みます。対戦カードを見るだけでも血湧き肉躍る、それが金曜夜の、トライアル・バイ・ファイアー！」

会場を揺るがすほどの歓声を聞きながら、私は舞台袖で自分の出番を待っていた。以前は試合前には必ず緊張していたものだが、半年も繰り返していると既に日常の一部分に変わっていた。やることは決まっている。順番が来たら会場に出ていって、観客を喜ばすために前口上をする。私の場合はセリフもほぼ決まっているから、他の出演者に比べれば楽だ。リングに出てからどう動くかも決まっているし、今夜は私たちが勝つことも決まっている。

動物園で来園者と会って話していた時の方が、今考えれば複雑な仕事だったかもしれない。あの時はどんなお客さんを相手にするかも分からなかったし、会話をするだけだったが何を話すのかも決まっていなかった。今は全てが決められている、あらかじめ作られたシナリオ通りに動くだけだ。私はプロレスラーになると言われた時に格闘家になるのだと思っていたが、実際は思った以上に役者に近かった。

私はまだ新人だったが、他の新人たちとは比べられないほどにファンが多い。今までプロレスを見てこなかったような人も多くいるらしい。ＷＷＤの新たなファン層の獲得に一役買ったことになる。全て一年前にギャビンが約束した通りだった。私は最初こそヒール役だったが、徐々に他のヒール役と戦うことが多くなっていた。いつのまにかフィギュアだのＴシャツだのとグッズも売り出されて、これもかなり売れているらしい。

私は人気者だった。アメリカに初めて来た時の話すゴリラだった時よりも、戦うゴリラになってからの方がよっぽど注目されている。それは、こうして大きな会場で実際にファンを目にするようになったから、そう思うようになっただけかもしれない。だが、私は誰にも否定しようのない、スーパースターへの道を前進していた。

私は幸せだ。誰よりも幸せだ。試合で窮地に陥ったようなシーンで観客から声援を受けた時、勝った時にドラミングを披露して会場を沸かせた時、私は誰よりも偉くなったような気になる。私は幸せだ。誰よりも幸せだ。愛した夫が亡くなったことは悲劇だったが、私はこうして立ち上がっている。聴衆の目の前に躍り出て、自分が生きていることを証明し続ける。私は幸せだ。誰よりも幸せだ。そう自分に言い聞かせ続けないと、苦しくて立ち上がることすらできなくなってしまいそうだ。

気が付くと、私のテーマ曲が会場に大音量で流れ出した。会場中の私のファンが曲のメロディーに合わせて合唱しているのが聞こえた。私は四足歩行で花道の中央まで駆け抜けた。私の手足は鎖で繋がれており、四人の屈強な男がその鎖を引っ張っている。彼らは私の力強さになすすべもなく、会場に引きずり込まれるという演出だ。叫び声をあげたり私を指さしたりする観客の目の前で私の鎖は外され、自由になった私は堂々とドラミングをしてみせる。大きな歓声があがり、それに少しのブーイングが混じっている。私がリングに上がると音楽がフェードアウトし、私は話し始める。全ていつも通りだ。

「一年前に私は裁判で負けた。だが、私が間違っていたのではない。正義が人間によって支配されていたからだ。ここ、トライアル・バイ・ファイアーでは裁かれるのは私ではない。私があなたたち人間を裁くのだ。私たちの聖典に記されている通り、人間は危険な獣だ」私が聖典と言うと、私のファンが割れんばかりの叫び声をあげる。私が『猿の惑星』からの引用をすると、ファンのみなが声を合わせてくれる。

『人間と呼ばれる獣に気をつけよ、彼らは悪魔の手先である。霊長類でありながら、人間は気晴らしや欲望のために殺す』私は手話を使いながら会場を見回す。私のシャツを着ているファンや、プラカードを自作して掲げている者もいる。私は心を落ち着かせながら、手話を続けた。

私は幸せ……、幸せなのだ。

私は試合が始まる前にグローブを外した。

「何よ、これ！」チェルシーはテレビ画面いっぱいに映る興奮状態の観客を見ながら、叫んだ。
チェルシーはローズのWWD加入に最後まで反対していた。一年経ってからようやく自分の気持ちが収まり、試合を見る気になったようだった。だが、サムの部屋でローズの試合を見始めると、ゲームが始まるや否や、既に酷い嫌悪感を顔に表していた。
「だっておかしいじゃない！　試合開始のゴングが鳴る前にローズを殴ったのよ、あの女！　私の可愛いローズがかわいそう！　すごく痛そう。こんなのを楽しめる人がいるなんて、本当に信じられないわよ！」
ローズの対戦相手に怒ったり、ローズを心配したりと表情がころころ変わるチェルシーを見ながら、サムは笑った。テレビの前のソファにチェルシーと二人で座りながら、自分たちが付き合っていた頃を思い出していた。あの時から比べれば二人とも歳を取ったが、隣で見るチェルシーの横顔は未だに綺麗だとサムは思った。

「開始前の攻撃なんてよくあることだよ。ローズは大丈夫、相手もプロだからね」

「プロだから大丈夫って、どういうことよ？　それに、あのレフェリーの女は何やってんの？試合前に殴ったら反則じゃないの？　どこに目をつけてんのよ、ちゃんと審判しなさいよ！」チェルシーが本気になって怒っているのがあまりにもおかしくて、サムは大笑いして目に浮かんでくる涙を拭った。

自分が生涯を捧げて研究していたローズがプロレスをしているのが、サムには信じられなかった。ローズは相手に殴られてから、リング上を苦しそうに転がった。顔を派手なペイントで隈取った相手の選手がローズをすかさず捕らえた。ローズの頭と左腕を抱え込むとそのまま技に移った。

「おーっと！　ここでアナコンダ・シスターズの得意技、アナコンダ・バイスが炸裂！　アイリーンがガッチリとクイーン・コングを押さえて離さない！　クイーン・コング、これは開始早々、厳しい局面です！」

ローズは空いている右手で相手の顔を叩いて、なんとか技から抜け出した。だが、相手の動きは素早かった。ローズが体勢を立て直す前に、胸元にチョップを繰り出した。ローズはそのまま後ろに倒れてしまった。アイリーンはその隙を逃さずに、ローズの体の上に飛び乗ると、黒い毛で覆われた巨体をマットレスに押し付けた。

仰向けに倒れたローズにアイリーンが体固めを仕掛ける。レフェリーが二人の下に駆け寄り、マットレスを掌で大きく叩きながらカウントをとった。

「ワン……、ツー……」会場中が一緒にカウントをとると、ローズはスリーと言われる直前に、体を大きく回転させて、アイリーンを退けた。

「うわぁ、ローズもちゃんとプロレスラーの動きをしてるな。こんなことができるなんて思わなかったよ」サムは感心して言った。

「そんなこと言ってる場合じゃないでしょ。もう少しで負けちゃうところだったんだよ！　あなたもちゃんとローズの応援しなさいよ！」チェルシーはさっきまでプロレスを馬鹿にしていたのに、一瞬で試合に夢中になって、小さな女の子のように目を輝かせていた。サムはプロレスの予定調和な部分が分かっているが、チェルシーの目には真剣勝負のように映っているに違いない。サムはチェルシーのそんな世間知らずな純粋さを羨ましく思った。子供のような目線でプロレスを見ることができたら、どんなに素晴らしく思えるだろうか。きっと今この瞬間にも、このゴリラと人間の勝負をハラハラドキドキしながら見ている子供たちがいるのだ。そう思うとサムにはローズが誇らしかった。

　ローズがゆっくりと立ち上がると、相手は恐怖に凍った表情で一歩二歩と退いた。ローズは相手をコーナーポストに追い詰めると、長い両手を振り回して強烈なビンタを喰らわせた。

「サム、ロイド上院議員が言ったこと覚えてる？　ローズが人間に危害を加える可能性があるかって聞いてたじゃない？　あの時にはローズがこんなことするなんて思ってもみなかった」二人は目を合わせると、一緒になって笑った。二人が十年も面倒をみた優しいローズが、一万五千人の人が見守る中、恐怖で動けなくなった女性にヘッドバットをお見舞いしているのは現実離れした光景だった。アイリーンはなんとかローズの猛攻から逃れて反対側のポストまで行き、妹のジャニスにタッチした。選手交代がなされると、新たにリング上に現れた女はローズの背後に素早く回り込むと、ローズの身体を抱きかかえ、そのまま後ろに放り投げてスープレックスをかました。ローズが首元からリングに叩きつけられると、チェルシーは両手で口を押さえて叫び声を漏らした。

「うわぁ、凄いなぁ。ローズは百キロ近くあるのに。よく持ち上がるなぁ」相手の華麗な技に、サムが思わず賛辞を贈ると、チェルシーが横から心配そうな声をあげた。

「そんなことより、ローズが大変！　あんなの死んじゃうわよ！　首の骨が折れちゃうじゃない！」

ローズはしばらくリングに沈んでいたが、またしても何事もなかったかのように立ち上がった。ジャニスは追撃を狙ってロープに飛び込むと、反動で勢いをつけてローズに向かって走り出し、右腕を戦斧（せんぷ）のように構えてローズの首を狙った。だが相手のラリアットがローズを捉える前に、ローズの長い腕が伸びてジャニスの頰を勢いよく叩いた。ジャニスの身体は空中で一回転して後ろに倒れた。まるでサーカスのようにアクロバティックな動きで、サムは相手の動きを褒めたかったが、チェルシーを怒らせたくなかったので、拍手するだけに止（とど）めた。

「今度ロイド上院議員に会ったら謝らなきゃいけないな。ローズは手のつけられない猛獣だ。今のビンタは人類への脅威だ」

ローズが倒れたジャニスに詰め寄ると、彼女はアイリーンにタッチして、再び選手交代がなされた。アイリーンはリングに飛び込む際に、何か大きな袋のようなものを持っていた。彼女がリングの中央で袋の口紐を解くと、中から巨大な蛇が出てきた。

「なんてことでしょう！ アナコンダ姉妹のアイリーンが、リング上に本物のアナコンダを連れ込みました！ この非常に獰猛な生き物は獲物を狙って、舌をチラつかせています。これは危険です！ 蛇を目にしたクイーン・コングは慌ててコーナーポストまで逃げていきました」実況が大袈裟に騒ぎ立て始めると、チェルシーはサムに解説を求めるように視線を向けた。

「何これ？ アナコンダ？ あれ、アミメニシキヘビでしょ？ なんであんな蛇を持ってきたのよ？ こんなのプロレスじゃないでしょ？」チェルシーの口調は鋭く、サムは困惑した。

「これは、まあ、あれだ。一種のショーだから」

ローズが蛇を恐れてコーナーポストの前でしゃがみ込むと、がら空きの背中にアイリーンが蹴りを連発した。

「クイーン・コングはジャングル育ちですから、蛇の恐ろしさは身をもって知っています。彼女の群れの仲間も蛇に襲われて亡くなったことがあるそうです。無敵かと思われたクイーン・コングでしたが、アナコンダ・シスターズは思わぬ弱点を突きました」実況は冷静にコメントしたが、それが嘘だと知っているチェルシーは怒りを露にした。

「何言ってんのよ、アナコンダもアミメニシキヘビもアフリカにはいないわよ！ それに彼女の群れで蛇に殺された個体なんていないわよ。これはジョークなの？」

「いや、だから、ショーの一部なんだって」サムは苦し紛れに答えた。

ローズは敵の蹴りを辛くも逃れ、反対側のコーナーまで走ると、パートナーのシャーロットにタッチした。セクシーなビキニ姿のシャーロットはリングを駆け抜け、アイリーンに見事な跳び蹴りを喰らわせた。シャーロットは相手が倒れている間に躊躇なく蛇を摑み、袋の中に戻してリングの外に出した。リングの上から蛇がいなくなると、途端にローズは元の勢いを取り戻した。シャーロットに近寄るとタッチを要求し、リングに戻った。

再びリングの上でローズとアイリーンは睨み合ったが、アイリーンが素早くアッパーカットを繰り出した。ローズは顎を強打されたが微動だにせず、逆にアイリーンの腹にパンチを放った。ローズはマットに沈み込んだアイリーンをそのまま放っておき、ゆっくりと近くのコーナーポストにしがみつくと、その上に登って観客に向かって雄叫びをあげた。スタジアム中の観客がその声に応じて叫びだした。ローズは今度は客に背を向けて、リングの上で仰向けに倒れているアイリーンを見下ろした。

「クイーン・コング、鬨の声をあげました。これは、まさか、彼女の必殺の一撃が出るのか？会場中が彼女の動きに注目しています。ここで、クイーン・コングが勢いをつけて……、跳んだ！　出ました、ダイビング・ゴリラ・プレスです！」

ローズがコーナーポストから跳んで、宙を舞った時、サムとチェルシーは言葉を失った。その瞬間、それは彼らが知っているゴリラのローズではなかった。プロレスラーのクイーン・コングだった。二人が今まで見たことがないほどに優雅で、華麗な動きだった。一瞬にして心を奪われてしまった。クイーン・コングの巨体が描いた放物線は、優れた芸術作品のように見る者の感情に訴えかけてきた。それは疲れ切った精神を鼓舞し、人々の胸のうちで色あせてしまった希望が輝きを取り戻すのに必要な熱を帯びていた。

クイーン・コングはアイリーンの上に飛び降りると、そのまま彼女を押さえつけてスリーカウントをとった。クイーン・コングの鮮やかな勝利を目にし、サムとチェルシーは思わず目に涙を浮かべた。あらかじめ決められた動きであることなど、たいした意味を持たない。大事なのは、それが人の心を動かすパフォーマンスだったということだった。二人は狭い部屋に大きく響く歓声をあげ、抱き合った。

クイーン・コングの活躍を讃える実況のマシンガントークの煩わしさが、二人を現実に引き戻した。二人はお互いの身体から腕を離すと、気まずい沈黙に呑まれた。アナウンサーの声は更に勢いを増していくが、サムとチェルシーは不器用に視線を逸らせて黙り込んでしまった。

「ワインをもう一本開けようか?」しばらくしてからサムが言うと、チェルシーはただ頷いた。

「なあ、もう随分と昔の話だけど……」サムがチェルシーのグラスにワインを注ぎながら口を開いた。「本当に後悔してるんだ。俺はあの時、君にちゃんと謝ったかな?」

「いいえ。あなたはただ言い訳してただけ。ごめんねの一言も聞いてないわ」チェルシーはグラスのワインを一気に飲むと無愛想に返した。

「そうか。だったら、今さらだけど、ごめん。君を傷つけるつもりはなかったんだ」

「いいわよ。今さら。もう昔のこと」チェルシーは仏頂面で、グラスに残った僅かな赤い雫を眺めた。飲み干したつもりでも、グラスをゆっくりと揺らすと最後の一滴が残っている。終わったと思っていたものが終わっていないこともあるのだ。

「君は今でも僕にとって大事な人だよ。ただの共同研究者以上の存在だ。それはずっと昔から変わってないよ」サムもワインを飲んで言ったが、チェルシーは逆に黙ってしまった。

「実は前から考えてたことがあるんだ……」サムはチェルシーを見つめ、話を始めた。だが次の瞬間に邪魔が入った。

テレビの画面がローズの試合のリプレイから、別の場面に切り替わったのだ。ローズとパートナーのシャーロットが会場の廊下を歩いている映像だった。二人は楽しそうにお喋りをしながら、控え室に向かっているところだった。ローズの聞き慣れた声が耳に入ると、二人とも視線を画面に戻してしまった。いつものサングラスをかけたギャビンがローズたちと廊下ですれ違い、先ほどの試合での健闘を讃え始めた。

すると、どこからともなく、彼女らの前に「動物虐待禁止！」と書かれたプラカードを持った一団が現れた。

「君たちがしていることは動物虐待だ！　ゴリラは優しくて誇り高い動物だ。そんな動物を人の楽しみのために戦わせるなんて、許せない！」団体の中の一人がそう言うと、至近距離からギャビンに生卵を投げつけた。卵はギャビンの額に命中し、顔も高そうなスーツもぐちゃぐちゃに汚れてしまった。ギャビンが悔しそうな表情をすると、ローズが彼らを威嚇するように立ち上がった。

「今夜の試合で動物は傷つけられてない。怪我をしたのは愚かで弱い人間だけだ」ローズはまるでギャングのように動物保護団体を脅すと、その中にいた屈強な男を突き飛ばし、壁に叩きつけた。団体がローズの脅しに屈して黙ってしまうと、ギャビンは高らかに笑い声をあげた。その後、画面はまた試合会場に戻っていった。

「何、今の?」チェルシーは静かに、怒りの籠もった声でサムに聞いた。

サムは気まずそうに後頭部を掻きむしりながら「いわゆるバックステージ映像だな」と小さな声で答えた。

「今のもショーの一部なの?」

「まぁ、そういうことになるね。動物保護団体からクレームが来ることは避けられないだろうから、先にショーの一部に組み込んだんだな」サムが渋々認めると、さっきまで大人しかったチェルシーの怒りが爆発した。

「じゃあ、あれもギャビンが仕組んだお芝居なの? アイツ、絶対に許せない! あのクソ野郎! あのクソジジイにとって動物の保護は冗談なの? 信じられない!」

サムが先ほど注ぎ足したワインが、ガソリンのようにチェルシーの中で燃えているのが見えるようだった。チェルシーは口汚くギャビンを罵った。チェルシーの怒鳴り声はサムの酔いが醒めてしまうほどだった。隣の部屋から文句を言われないか、サムは心配になった。

「これは悪夢だわ、類人猿学者の悪夢よ。ゴリラが動物保護団体に暴力を振るうなんて、信じられない。今すぐ私を殺して欲しいくらい。ローズがこんなことするなんて……」チェルシーは泣きそうな声を出した。

「ローズは野生動物保護に反対なんてしてなかったよ。自分のボスに無礼を働いた輩を退けただけだよ。大丈夫、今の映像をそんなに真剣に考える奴なんていないよ。みんな笑っておしまいだよ」

「真剣に考えないのが問題なんじゃない！　もう嫌。ローズがあんなに頑張ってると思ったら、こんな低俗な芝居に加担してるなんて」チェルシーは泣き出してしまった。

ソファの上で肩を震わせながら泣く彼女を見ながら、サムはワインを飲ませすぎたのは失敗だったと後悔した。サムはテレビの電源を消してから、チェルシーが落ち着くまで、彼女を抱きしめてなだめた。

「さっき、何を言おうとしてたの？」しばらくしてティッシュで洟をかんだ後でチェルシーが口を開いた。

「いつ？　何かあったっけ？」

「バックステージの映像が流れる前。ずっと前から考えてたことがある、って言ってなかった？」

「ああ……、何でもないよ」

サムはその後でチェルシーをベッドに寝かせ、自分はソファで寝ることにした。一瞬、変な雰囲気に呑まれそうになった自分が恥ずかしかった。だが、もしローズの邪魔が入らなかったら、今頃どうなっていただろうかと考えると、なかなか寝付けなかった。

「すごい！　ねぇ、お父さん。今の見た？」息子のライリーがテレビの前で大騒ぎしていたので、ピーターは夕食の準備を手伝うように言いつけた。妻のメグはテーブルにメインディッシュのビーフシチューを持ってくるところだった。今日だけは食事中にテレビを見させてくれとすがりつくライリーを叱りつけると、彼はしぶしぶ食器を運ぶのを手伝った。

ライリーの代わりに電源を消そうとテレビの前に行くと、画面の中ではゴリラが人間を殴りつけているのが見えて、胃がむかむかした。ピーターは昔からプロレスが大嫌いだった。ゴリラが人を傷つけるような場面を放送する人たちの神経が信じられない。これを楽しめる人間とは仲良くなれそうもないな、と思いながらリモコンを操作した。

「ライリー、プロレスは今後見ちゃダメだ。暴力はどんな時も悪いことだと理解しなさい」

ライリーは父親からの一言に反論しようとしたが、すぐに下を向いて諦めた。分かりました、と静かに呟く息子の姿を見て、ピーターは誇らしく感じた。

「いいかい、人生には戦いを避けられない時もある。でも、どんな時だって暴力以外の方法を選ばなきゃダメだ。暴力は解決策にはならない。暴力は憎しみを生むだけだ。神は私たちに試練を与えてくださるが、その解決策はいつだって祈りと聖書の中にある。愛と慈しみをもって人と接することを覚えておけば、厳しい試練の最中に神は救いを与えてくださる。私たちは神に生かされているんだ、ライリー。それを忘れちゃダメだぞ」

「分かりました」従順に答えるライリーの頭を、ピーターは優しく撫でた。ライリーは昔から聞き分けの良い、育てやすい子供だった。もちろん、それは父親であるピーターが厳しくしつけているからなのだが。

アメリカには子供を悪の道にそそのかす誘惑が多すぎる。ライリーを正しく育てることは、父親としての自分の責任である。先ほどのような低俗な世界からライリーを守らなければならない。

ピーターは先ほど見たゴリラのことを思い出した。確か職場の同僚が話をしていた。クリフトン動物園にいた手話を操るゴリラが、裁判で負けてからプロレスの世界に入ったのだと言っていた。動物が人間を傷つけるなんて、許されるはずがない。人間は神の似姿として作られた。ただの動物に過ぎないゴリラがその人間に立ち向かうなんて、神が許すはずがない。

ピーターはメグが作ったシチューをすすりながら、ゴリラへの憎悪で胸を焦がした。

いずれ、神があのゴリラを裁くだろう。

だが、もし万が一、自分に機会があればとピーターは思った。

神に代わって、自分が裁きを下すのもやぶさかではない。

十二

「てめえ、プロレス舐(な)めてんのか？　なんだ、昨日のクソみてえなパフォーマンスは？」

　ギャビンは私が彼のオフィスに入るなり怒鳴りつけてきた。彼は掌を机に叩きつけて大きな音を出すと立ち上がり、私に詰め寄った。ギャビンからの呼び出しがあった時には、てっきり褒められるものだと思っていたので、いきなり罵倒されたのは寝耳に水だった。

「昨日の何が悪かった？　失敗せずうまくやったし、客も喜んでた」

「失敗しなかっただと？　てめえはいつまで素人気分でやってんだよ！」ギャビンは私を指さして罵った。

　私は昨日の試合には満足していた。トライアル・バイ・ファイアーは間違いなく成功したと思っていたし、試合後には久しぶりにサムから連絡もあった。チェルシーと二人で試合を楽しんだとメッセージがあったのだ。私は嬉しかったし、他のみんなも同じように楽しんでくれたものだと思っていた。

「あなたは私の質問に答えてない。何が悪かった？」ギャビンの態度は乱暴だったが、私を萎(い)縮(しゅく)させるためにわざとそうしているのだろう、と私は思った。私に悪いところなんてなかったはずだ。恐らく私の上に立つための手段なのだ、そう思った私もギャビンに負けないように強気に出た。

「何が悪かったか、だと？　全部だよ、全部。技にキレがない、パフォーマンスに熱が足りない、おまけにてめぇの顔は負け犬みたいにだらしねえんだよ！」ギャビンは怒鳴るのに合わせて、机の上にあった書類を床の上にぶちまけた。勢いよく喋る口から唾が飛んだ。これほどに下品な人間には私は会ったことがない。

「私は何も悪くない。昨日は良い試合だった。ちゃんと私たちは勝った。それに、あんたにゴリラの顔の何が分かる？」

「私たちは勝った？　こりゃあ、相当おめでたい頭だな。お前が勝つことは俺が決めたんだろうが。それを自分の実力だと勘違いでもしてんのか？　お前がカッコ良く見えたのは、相手がうまいからに決まってんだろ？　アナコンダ・シスターズはベテランだ、技をかけるのも受けるのも一流だ。それに比べてお前は叩いたり、頭突きしたり、飛び込んだり、そんな単純なことしかできねえじゃねえか！」

ギャビンは私を馬鹿にするように鼻で笑った。悔しかったが、彼の言い分の正しさを受け入れざるを得なかった。ギャビンは私に背を向け、オフィスの窓から外の景色を眺めながら話を続けた。

「お前の言う通り、俺はゴリラのことは知らない。だがプロレスのことは誰よりも知ってる。お前には華がある。だがそれだけで続けられるほど、この世界は甘くない。俺たちがどんだけ頑張ってお前をトップに持ち上げようとしても、お前に本当の実力と心意気がなけりゃあ、いずれ観客はそれを見抜いて離れていく」

　ギャビンの言葉には、心なしかさっきまでの罵詈雑言とは裏腹に優しさを感じられた。少なくともギャビンは私の今のボスだ。忠告を受けたのなら真剣に受け入れなければならないだろう。私がまだプロレスラーとして未熟なのは事実だ。

「じゃあ、私がもっと技術を身につけなきゃいけないって言いたいの？」私がギャビンに訊ねると、ギャビンは振り向いて私の顔を指さした。

「違う、俺が言いたいのはてめえのその顔が気に入らねえってことだ。せっかく勝たせてやってるのに、負け続けてるような顔をしてやがる。そんなに気に入らねえなら、てめえはなんでプロレスをやってるんだ？」

　ギャビンに優しさを感じてしまった私が間違いだった。またしても顔に文句をつけられて、私は無性に腹が立った。

「なんでやってるかって、あんたが私にプロレスをやれって言ったんじゃない。私をスターにしてみせるなんて、あんたが言ったのを忘れてない。今度は私に文句を言って、あんたが何を考えてるか、全く分からない」私はギャビンを罵倒したかった。ギャビンと同じ勢いで怒鳴ってやりたかったが、グローブは一定の調子でしか喋らない。せめて同じように唾を飛ばしてやろうと思い、私は唇を閉じたまま思いっきり息を噴き出して、ブーブーと抗議の音を出した。ギャビンの口角泡を飛ばす喋り方には劣るが、同じように無礼な態度を示せて私は少し満足した。

「それがいけないんだよ。お前は言われたことをやってるだけなんだよ。お前のプロレスは戦ってる奴のプロレスじゃねえ。逃げてる奴のプロレスなんだよ。お前は自分の人生から逃げてるんだ。惨めな自分を見たくないから、別の場所を探してるだけなんだ。一旦自分の人生にケジメをつけなきゃ、お前は一生幸せになれないぞ」

私はまるで崖の上から突き落とされたように感じた。眩暈がして、私は床にうずくまった。怒りも不満も、ギャビンの一言が吹き飛ばしてしまい、胸の中に空虚な寂しさだけが残された。彼の言う通りだと自分でも分かっていたからだ。私はオマリの死から目を逸らすために、ギャビンが用意してくれた役を演じているだけだ。なんでも良かった、クリフトン動物園や、あの悲劇を忘れられるのなら、プロレスじゃなくても良かった。

ギャビンは新しい人生を用意してくれるのだと思っていた。今までの悲しみを全てどこかに捨て置いて、新しい自分に、クイーン・コングになれるのだと思っていた。だが、違う。ギャビンは私の弱さを責めている。だが、自分の人生にケジメをつける方法なんて分からなかった。

「お前が苦しんだのは知っている。正直、そのつらさは俺にも分からない。だがお前は裁判に負けて、後悔を残したままだろ？　見てれば分かるよ。お前に必要なのはリマッチだ。一度負けたからって、次も同じ結果とは限らない。戦う場所はリングの上だけじゃない。自分の人生で勝ってこい。俺は今のお前の腐った顔を見たくない。さっさと勝訴して、もっといい顔になって帰ってこい。分かったか？」

「もう一度裁判をしろと言うの？　私は裁判が怖い。あんな風に自分たちのことを否定されるのは耐えられない」私がそう言うと、ギャビンはため息をついた。

「やっぱりな。思った通り、お前は腰抜け野郎だよ。そんなことじゃ、この先プロレスは続けられないし、何をしても同じだ。いつまで目を背けてたって、自分の中に抱えた負い目からは逃げられないんだぜ。今、ここでもう一度向き合うか、一生負け犬のままで過ごすかだ」

私はギャビンの言っていることが正しいと分かっていた。私は敗訴が決まった瞬間から、ずっと同じ苦しみを感じ続けていた。

決して人間には理解できないだろう苦悩、それは全ての動物が負っている宿命でありながら、私以外の動物はそれを知ることすらない。世界でただ私だけがこの苦しみを味わっているのだ。

動物は人間よりも劣っている。人の命は動物に優先される。

それはこの世界で誰も疑問にすら思わない常識だ。オマリの死はその常識によって正当化された。私だって、いつその常識に殺されてもおかしくない。この屈辱が、不条理が、人間に分かるだろうか。

ギャビンはそれに立ち向かえと言っているのだ。ギャビンは自分で何を言っているのか、分かっていないんだ。私の目の前に立ち塞がる壁の大きさに気が付いていれば、こんなことを言うはずがない。

「プロレスなら俺がお前を守ってやれる。だが、裁判ではそうはいかない。俺にできるのはプロレスのシナリオを書くことだけだからな」ギャビンは黙ったままの私の傍にしゃがみ込んで、目線を合わせた。

「だがな、同じことができる奴を俺は知ってる。裁判のシナリオを書ける奴だ。俺は、というか、うちの団体は訴えられることも多くてね。俺はアメリカでも最高の弁護士たちを味方につけてる。その中でも一番の奴を紹介してやる」

私はギャビンの表情をうかがおうとしたが、大きなサングラスが彼の表情を隠したままだった。

「裁判は一人で戦うわけじゃない。弁護士とのタッグマッチだ。前の裁判の時はパートナーが悪かっただけだ。俺が紹介する奴は負けなしだ。ダニエル・グリーソンって男で、まだ若造だが腕は間違いない。俺はお前を信じてる。お前はここで終わるような奴じゃない」

「本当に勝てると思う?」

「当たり前じゃないか? 俺はスター選手を負ける試合に出すような間抜けじゃない。ダニー坊やが隣にいれば、お前は必ず勝てるさ」ギャビンは一瞬の躊躇いもなく即答した。その確信に満ちた言葉は力強かった。私はギャビンをもう一度信じることにした。

「私はここで終わるような女じゃない。また戦う」私が言うとギャビンは嬉しそうに膝を叩いた。

「その意気だ。とにかく、裁判に関してはダニーに任せておけば間違いはない。あいつは必ず勝つ。俺はあいつを信じてる。なんでか分かるか? あいつにはガッツがある。決して諦めないし、絶対に弱音を吐かない。『無理だ』とか『勝てない』みたいな、負け犬のセリフを絶対に言わないんだ」

「分かった。私もその弁護士に会ってみる」

ギャビンは私の手を握って立たせると、ダニエルとの約束を取り付けてくれた。

「これは無理だ。このケースじゃあ勝てるわけない」

ダニエルはＷＷＤの会議室で私のファイルに目を通すや否や簡単に弱音を吐いて、手に持っていたファイルを机に放り投げた。

ギャビンの話と違う。私は違和感を覚えた。ギャビンとは違うが、ダニエルの行動もいささかパフォーマンスじみていた。

「これ、上訴するってマジで言ってんの？　バカなの？　それとも僕をバカにしてんの？」

ギャビンの態度も酷いものだったが、ダニエルはそれに輪をかけて無礼だった。

「私の気のせい？　それともあなたは私のことを嫌ってるの？」私の質問をダニエルは鼻で笑った。

「逆に僕が君のことを好きになる理由が何かあるかい？　喋れるゴリラで動物園の人気者だから？　それとも売り出し中のプロレスのスターの卵だから？　君とこうして会ったのはただ単にギャビンに頼まれたからだ。会えとは言われた。だけど依頼を引き受けろとは言われてない。コーヒーを飲み終わったら、そのまま帰るとするよ。僕も仕事が忙しいからね」ダニエルは先ほど出されたばかりのアイスコーヒーを一気に半分ほど飲んだ。

「驚いた。あなたはいつもこんなクソ野郎なの？」

ＷＷＤに入ってから、私のグローブは悪口も言えるように設定を直してあった。もし、この男に悪口の一つでも言えなかったら、怒りを抑えられずに顔が潰れる程殴っていただろう。

私は中指を立ててダニエルの顔の前に突き出した。ダニエルは静かに答えた。

「普段はクソ野郎じゃないと思うけどね。人には礼儀正しく接するよ」

なんでもない、さりげない一言だった。しかし、それは私の全てを否定する一言だった。

あまりにも心ない言葉に、私は怒りすら忘れた。生まれてから今の今まで、誰にもそんなことを言われたことなんてなかった。私はどう返事していいかも分からなかった。

ダニエルはなんでもないことのように言った。嫌味な口調ですらなかった。一般的な文脈で言えば、ただの丁寧な言葉でしかない。だが、彼の言った「人」という言葉の中に私は含まれていないのだ。彼は私が人ではない動物だから、私を下に見ているのだ。

これは、差別以外の何物でもない。私は胸にナイフを突き立てられたように感じた。

「人には礼儀正しい？　私が動物だから差別するの？　見損(みそこ)なった。あんたなんかに弁護してもらわなくても、こっちからお断りだよ」私はもう一度中指を立ててサヨナラの挨拶をした。

「誤解させたみたいだな。動物は好きだよ。嫌いなのは君だけだ」

会議室から出ようとした私の背中に向かってダニエルは軽く言った。

「私が何か嫌われるようなことをした？　あなたは最初からクソ野郎だった」

「僕が君を嫌いなのは、君が救いようのないアホだからだ。僕はアホが嫌いだ。人も動物も関係なくね」

「私のどこが救いようのないアホだって言うのよ？　あなたが無礼な態度をとるまでには私は挨拶しかしてないわよ」

「まず手始めに、このケースは上訴できない。もう期間をとっくに過ぎているからね。上訴する場合は、評決が出てから二十一日以内に通知を出さなきゃダメなんだよ。前回の裁判の時に法廷で伝えられているはずだ。それに、同じ内容で裁判を起こすのは重複起訴と言って禁止されてる。いくら君が裁判をしたくても、もうできないんだよ。君の弁護士がこんな基本的なことを君に伝えていないはずがない」ダニエルはきっぱりと言い切った。

　私はユージーンとのやりとりを思い出そうとしたが、当時のことは覚えていなかった。裁判の後は怒りと不満で、ユージーンの言葉を聞く余裕もなかった。それに、上訴するつもりもなかったので、真剣に聞いていなかったのだ。

　だが、私にはダニエルが本当のことを言っているようには思えなかった。法律の知識の有無で、私にこんな態度をとっているわけではなさそうだ。

「違う。私を嫌っているのはそんな理由じゃない。はっきり言ったらどうなの？」

　ダニエルは手を机の上に置き、ため息をついた。

「君は裁判を舐めている。司法制度を馬鹿にしている。そんな相手を弁護できると思っているのかい？　だから救いようのないアホだって言っているんだ」

私は彼に反論したかった。裁判を舐めているだなんて、そんなつもりは全くなかった。だが、彼は他にも何か言いたそうな様子だったので、黙って彼の調子に合わせることにした。

『『正義は人間に支配されている』、君は前の裁判が終わった後でそう言ったね？　あれはどういう意味だったんだ？」ダニエルは目を細めて射貫くような視線を私に投げかけた。

「そのままの意味よ。裁判官も陪審員も人間だけで、私のことを理解してくれる人がいなかった。正義は人間が独占している。動物は人間よりも劣っていると誰もが考えているし、動物の命は軽視される。人の命を守るために動物が殺されても、誰も疑問に思わない。私のオマリは理由なく殺された。正義を人間が不正に操っているから、動物が殺されても誰も罪を問われない。私は何か間違っている？」

「ああ、間違ってる。最初から最後まで間違ってるね」ダニエルは首を横に振って、真剣な口調で続けた。

「正義は人間が独占しているだと？　人をバカにするのもいい加減にしろ。君は正義というものを全く理解していない。そもそも、完璧な正義なんてものは現実には存在しないんだよ。僕たち人間が不完全な存在だからな。人間は粗暴で矛盾を抱えた、利己的な存在なんだよ。だが、僕たちはそれで満足していたわけじゃない。何千年もの歴史をかけて憲法や法律を作り、司法制度を練り上げてきたんだ。完璧な正義を達成するためじゃない、より良い社会を築くため、正義に少しでも近づくためだ。その過程でどれだけの犠牲があったと思う？　どれだけの苦労があったと思う？」

鋭く問いかけるダニエルに、私は何も言い返せなかった。

「公平な社会を築くために人間が努力している間、ゴリラは何をしていた？　少しでも手伝ってくれたか？　君みたいなよそ者に、司法制度を侮辱する資格があるのか？　人間が正義を独占しているんじゃない、人間が正義を作りあげてきたんだよ。もちろん、誰のためでもない、自分たちのためだ。公正な社会を達成するために。自分が裁判に負けたから法廷を侮辱するってのは、僕たちみたいな司法に関わっている人間にとっては許せるものじゃないんだよ」ダニエルは私を拒絶するように腕を前に組んで、蔑（さげす）むような視線を送ってきた。

私は彼の言葉にハッとした。

私は確かに考えが足りなかった。自分の怒りに任せて不満を口にしただけだ。それは的外れのものだったかもしれない。

「ごめんなさい。私はそんなに深く考えていなかった。今あなたが言ったことは、全部正しいと思う。私はただマスコミ相手に文句が言いたかっただけだし、司法に関わる人間の気持ちなんて考えていなかった。今さらだけど、あなたに謝るわ。本当に私が悪かったと思う。ごめんなさい」

私が素直に謝ると、ダニエルは表情を変えた。

「確かに動物の権利保障は、まだ人間のそれと比較して遅れている。まだ法律も完璧にはほど遠いからね」

ダニエルはそう言うと、天井を仰いで、小さな声でクソ、と吐き出した。

「ゴリラに説教するなんてな。僕も大人げない態度をとったことを謝るよ。初対面の君に対して、失礼だった。もう一度、最初からやり直せるかな？」

私は軽く頷くと、ダニエルに背を向けて会議室を一度出た。ＷＷＤ本社の廊下に出て、深呼吸をして気持ちを切り替えてから、ドアをノックした。

「どうぞ」

中からダニエルの声が聞こえて、私はまた部屋に入り直し、ダニエルの座っているデスクの前まで進んだ。ダニエルは先ほどと違い、椅子から立ち上がり、私を丁寧に出迎えた。

「ローズ・ナックルウォーカーさんですね、お待ちしておりました。私はダニエル・グリーソンと申します。初めまして」彼は握手のために手を差し出した。先ほどとの違いに私はグウグウと笑い声を漏らした。

「ギャビンの言う通り、君は素直で素晴らしい心をお持ちだ。このケースは僕が引き受けるよ。つまり、君はこの裁判で負けることはないから、もう安心してくれていい」ダニエルはあっさりと言ってのけた。

「でも、期間が過ぎてるから上訴は無理だってさっき言ってたじゃない。どうするの？」

「そうだ。それはさっき言ったとおりだ。でもね、僕は法律が完璧じゃないとも言ったよ」ダニエルはそう言うと軽くウィンクしてみせた。

「方法がないわけじゃない。まぁ、僕に任せてくれ。僕たちは必ず勝つよ」

「でも、どうやって？　前の裁判はうまくいかなかった」

「そりゃあそうさ、前の担当は僕じゃなかったからね」ダニエルはファイルを覗き込んだ。「前回の裁判で君を担当したユージーン・ロバートソンを調べてみたんだが、素人も同然の新人弁護士だったよ。あの弁護士で大丈夫だと、君たちは本気で思ったのかい？　難しいケースとはいえ、注目を集めることが分かっていた裁判だ。ある程度有能な弁護士を見つけられなかったわけじゃないだろう？」

「そんなはずない。私はロイド上院議員に頼んで紹介してもらったのに」

「こんなことを言いたくないが、ロイド上院議員にとって、君が負けた方が都合が良かったってことだ」

私は彼の言葉を信じたくなかった。だがユージーンは頼りなく、裁判に対して熱意を感じなかったのも事実だった。

思い返せば、彼は動物園と和解するように強引に進めようとしていた。和解で済ませるつもりはないと繰り返し伝えなければならず、正直うんざりさせられた。もしかしたら、ロイド上院議員からそうするように言われていたのかもしれない。

「気を悪くして欲しくないんだが、上院議員の気持ちが理解できないわけでもない。こんな問題が起きるなんて思ってなかっただろうからな。もし万が一、君が裁判で勝つようなことがあったら、動物を巡る権利保障が大きく変わることになるかもしれない。そうなったらいろいろと面倒だ。政治家にとって利権は生命線だから、予測ができない変化の発端になんてなりたくはないだろうさ。平たく言えば、君に勝って欲しくなかったんだよ」

ダニエルの言葉に、私は眩暈がした。

最初から勝とうと思っていなかっただなんて、どう受け止めていいのか分からなかった。

「それに、相手はあのケイリーか。負けて当然だな、彼女はやり手だよ。当然、クリフトン動物園は次も彼女に依頼するだろうな。直接対決は久しぶりだ」

「彼女のことを知ってるの?」

「ああ、知らない奴はいないよ。大きなケースを幾つも手掛けたからね。でも安心してくれ。彼女の戦い方はよく知っている。最初から最後まで手を抜かない、隙のない攻め方をしてくるよ。サメみたいに獰猛な女さ」

私は頭を横にブルッと震わせた。

「で、勝つことが専門のあなたは、どうやってこのケースを勝つつもりなの? そのケイリーが相手でも大丈夫なの?」

「逆に、なんで君は負けると思っているんだい?」ダニエルは、偉そうに訊ねた。私には彼が何を考えているのか、まるで分からなかった。

「また喧嘩になるのは避けたいけど、さっきも話した通り。今の法律では動物が軽く見られているから」

「そうそう、『正義は人間に支配されている』からね。まずは結論を言おう。君のこの意見は実に正しい」ダニエルは大きく頷いた。

ダニエルがさっきとは正反対のことを簡単に言ってのけて、私は驚いた。ついさっき、人間の苦難の歴史を持ち出して私に説教をしたというのに。もしかしたら有能な弁護士というのは、立場によって主義主張をコロコロと変えられる人間なのかもしれない。

「正義を支配しているのが人間だとしたら、君はどうやったら勝てると思う？」

「分からない。裁判官も陪審員もゴリラだったら勝てる」私が言うとダニエルは鼻で笑った。

「それは難しいな。司法試験に合格したゴリラがいるなんて話は聞いたことないからね。まぁ、ロースクールで同級生だったキャロルはビックリするほどゴリラみたいな顔だったけどね」

「じゃあ、どうすれば勝てると思うの？」

「君の周りをゴリラにする必要はない……」ダニエルは言葉を切って、意味ありげに私を見つめた。

「君が人間になればいいだけさ」彼は私を指さしながら言ってのけた。

私はあっけにとられた。人間になればいい？　そんなバカな話があるだろうか？

母とチェルシー、サムが私に言葉を与えてくれた。テッドは私に声を、ロイド上院議員はアメリカに来るチャンスをくれた。ギャビンは私にクイーン・コングとしての別の人格を用意してくれた。

だが、私はゴリラのままだ。人と会話できようが、人に交じってプロレスしようが、私自身はゴリラのままだ。私が人間になるなんてことはありえない。

「冗談ばっかり。本当のことを教えてよ」

「僕は本気だよ。僕は君を人間にする。いや、君はもう人間なんだ。僕以外の誰も気付いてないが、君は立派な人間だ。君だけじゃない。ゴリラはみんな人間なんだ。もちろん、オマリも人間だった。だから君とオマリを救うために必要なのは動物の権利じゃない」

ダニエルの表情には先ほどまでの洒落っ気はなかった。本気で言っているのだ。

「君たちを守るのは人権だ。だから裁判で負けるはずがない」

神は神秘的な方法によってその力を人々に及ぼす。神の計画は偉大であり、一介の人間に把握することなどできはしない。

ピーターは神の存在を疑ったことなどない。全てが神の意思によって用意されている。悪や誘惑でさえも、その例外ではない。私たち人間は常に試されており、神の愛と信頼を得ることが自分の存在意義なのだ。ピーターは父からそう教え込まれた。そして、自分はその教えに背かないように、正しい道を歩んできたと思っている。

日常的に祈りを捧げるピーターだが、そのほとんどが他者の救済のための祈りであって、自分本位の祈りなど数えるほどしかしたことがない。例外はメグにプロポーズする前に彼女がイエスと答えてくれるように神に祈ったことと、結婚後五年間メグが妊娠せずに思わず子供を欲したことのみだ。どちらとも神はピーターに救いを用意してくれていた。ピーターとメグは結婚して十五年になるが、未だに仲の良い夫婦だし、ライリーも良い子に育っている。

自分が幸せなのは、神の意思に沿って生きているからだとピーターは信じて疑わなかった。オハイオ州はオピオイド中毒者が特に多い。ピーターは薬物中毒者の救済を目的としたコミュニティ・センターでもボランティアをしていた。人を救うことが自分を救うことになるのだと言い聞かせ、ライリーを連れて行ったこともある。

それでも神の意思を直接感じるようなことは、今まで一度もなかった。

ゴリラが人を襲う瞬間をテレビで見たあの夜、ピーターはゴリラに神の裁きがあることを願った。

そのゴリラの裁判の陪審員に自分が選ばれたのだ。ピーターは陪審員に選ばれたことこそ、神の啓示なのだと感じ取った。背筋に電流が走ったように、ピリピリとした衝撃がいつまでも止まらなかった。

自分は神に選ばれたのだ。神が仕事を果たすように語りかけていた。

それだけに、陪審員の選任が行われる瞬間は緊張した。裁判所に出廷し、他の陪審員候補の人々と共に並んで座った。目の前にはゴリラの弁護士を務める男と、動物園側の弁護士が立っていた。ピーターに質問したのはゴリラ側の男だった。

「あなたはプロレスの試合を見るのは好きですか?」男の質問の意図は明らかだった。プロレスのファンならゴリラに同情的になると判断したのだろう。

ピーターは陪審員に選ばれる必要があった。あのゴリラを神の代わりに裁くために、なんとしても陪審員にならなくてはならない。であれば、弁護士が求めるようにプロレスのファンの振りをしなければならない。だが、どうしてもそれができなかった。これも神の試練であるかもしれない。嘘をつくわけにはいかない。

「私はプロレスが嫌いです。暴力を楽しむなんて下品だと思っています。私は自分の息子にもプロレスを見ることを禁止しています」ピーターは胸を張って正直に答えた。

「原告は彼を陪審員に認めます」

驚いたことにゴリラの弁護士はピーターを陪審員に選んだ。プロレスを憎んでいる自分が、プロレスラーをしているゴリラに味方するとでも思っているのだろうか？ ピーターは裁判所での不思議なやりとりを理解できなかった。だが、恐らくここにも神の意思が働いたのだろう。

神の計画は偉大であり、一介の人間に把握することなどできはしないのだから。

評決は陪審員の全員一致が前提となる。つまり、自分が選ばれたからには、ゴリラが裁判に勝つことはありえない。自分以外の誰も知らないことだが、この瞬間に裁判の結果は既に決まってしまったのだ。

またしても動物園が勝つことになる。自分がいる限り、ゴリラが勝つことはない。最悪の場合でも評決不能になり、もう一度別の陪審員で裁判を繰り返すことになるだけだ。

自分が神の使いであると、今ほど深く確信を持てたことなどない。今までの自分の人生が、この瞬間に向かって導かれていたのではないかとさえ思うほどだ。

人に仇なす獣を神が許すはずがない。陪審員席に座りながら、ピーターは自分の拳が震えるのをじっと抑えようとした。だが静かに湧き上がる興奮は熱く滾(たぎ)るマグマのようで、心の平安を取り戻すまでピーターは聖書の祈禱文を胸のうちで繰り返した。

自分以外の陪審員が全て決まると、ピーターは満足気に、その後の裁判所の説明を軽く聞き流した。

十三

「大丈夫、落ち着いて」隣に座ったダニエルが私を見ている。

「今回は僕がいるから負けることはないよ。君は自分の役目を果たすだけで良い。準備した通り、裁判所にいるみんなに誠意を示すんだ。君ならできるね？」

ダニエルの表情はいつも通り自信に満ち溢れており、リラックスしている。私は軽く頷いた。

前回と同様に私は用意された椅子に座れないので、原告側と被告側の間、裁判長の丁度目の前にあたる場所に座っていた。私はユナに頼んでスーツを新調してもらっていた。

「後ろを見てごらんよ」ダニエルが法廷の後方を振り向いたので、私もそれに倣った。

「君は注目されてるからね、カメラが入ってる。この裁判の様子はライブで中継されて全米が見守ることになる。君の勝利の瞬間、全米が驚くだろうね。今から楽しみだよ。まぁ、君はカメラが一、二台入ったくらいじゃ、緊張しないよな？」

「私は大丈夫。何万人が見てようと気にならない。スタジアムで裁判をしても良いくらい。むしろそっちの方が慣れてるかな。それより、あなたの方は大丈夫なの？」

「僕かい？　大丈夫に決まってるだろ？　負けなしの弁護士だぜ」

「でもあなたは証人を一人も用意しなかった。一体どうやって勝つつもりなの？　相手は四人も証人を連れてくるのよ？」

「いいかい、裁判が始まる前に少し教えておこう。証人や証拠を出すってのは、言ってみればパンチを繰り出すみたいなもんだ。つまり」

「つまりあっちには四回殴る機会があって、こっちはゼロってことでしょ？　どう考えても不利じゃない！」

「いいから、落ち着いて話を聞けよ。パンチを繰り出すことの問題点は、それが事前に分かれば避けられるってことなんだ。あっち側が誰に証人を頼んだのか分かっている。つまり、動物園側がその情報を出した時点で、向こうの戦略が分かるってことなんだよ。いつ、どこを殴るか分かっていれば攻撃は躱せるし、こっちからカウンターを打てるんだよ。証人に尋問するのは証人を用意した側だけじゃない、こっちも尋問ができるんだ。つまり、僕たちは動物園側がどういう戦略を立てたかだいたい分かっているが、あっちにはこっちの戦略を探るヒントはないってことだ。どう考えてもこっち側が有利だと思わないか？　おまけにこっちから攻撃することはないから、ガードは固い。相手からカウンターを喰らう可能性がないわけだ。少しは僕を信用する気になったかい？」

私はダニエルの言葉を半信半疑で聞いた。まだダニエルにうまくはぐらかされているような気がしてならない。

「いいかい、相手がポンコツ弁護士だったら正統派の戦い方をしてもいい。だが相手はあのケイリー・カッツだ。あの女は危険だ。下手な証人を用意して、ケイリーに反撃されるのはどうしても避けたかったんだ。裁判で大事なのは絶対にブレないシナリオだ。不確定の要素はできるだけ外しておきたい。分かったかい？」ダニエルは被告側に座っているケイリーを横目で盗み見て、少し表情を曇らせた。

私にはダニエルを信じる他ない。力強く頷いて、私は心を落ち着けようと努めた。

暫くのあいだは法廷のドアが開け放たれており、傍聴席に人が詰めかけた。

やがてドアが閉ざされ、聴衆が静かになると、前方のドアから裁判官が入ってきた。裁判長はアフリカ系の女性で分厚い眼鏡をかけており、黒い髪の毛を肩の辺りで内側に巻いていた。慣れた様子で部屋の中央に向かうと、木槌を打ち鳴らして開廷を告げた。

法廷に響く木槌の音は前回の敗訴の瞬間を思い出させ、私は胸の奥から湧き上がる不安と恐怖を呑み込むのに苦労した。今度は負けない、負けないはずだ。私は隣のダニエルに縋る思いだった。

裁判長に冒頭陳述をするように言われ、ダニエルはネクタイを気にするように首元に手を当て、立ち上がると事前に決めていた言葉を発した。

「裁判長、冒頭陳述の前に私の依頼人が一言述べたいと申しております。少しだけ宜しいでしょうか?」

「良いでしょう。あまり長くならないように。不適切な発言があると私が判断した場合は、その場で止めます」

「ありがとうございます」ダニエルは目礼をして、そのまま椅子に座った。

私は立ち上がり、裁判長に向かって丁寧にお辞儀をし、証言台に歩み出た。証言台の後ろに立ってしまうと、私の身長では隠れてしまうので、証言台の前で立ち止まった。

「裁判が始まる前にどうしても申し上げたいことがあります。皆さんのお時間をいただくことをお許しください。私は以前、マスコミに向かって裁判所やアメリカの司法制度を侮辱するような言葉を述べてしまったことがあります。敗訴の悔しさから、自分勝手な言葉を発してしまったことを、深く反省しております。司法制度を築き上げてきた人間の歴史と、実際に司法に携わる皆様にお詫びと敬意を表したいと思います。失礼な態度をとったにもかかわらず、この度も私に機会を下さったオハイオ州と、この法廷に感謝をいたします。ありがとうございます。以上です」

私は裁判官にもう一度お辞儀をし、その後に陪審員の方を向いてお辞儀をした。

私が顔をあげると、陪審員の一人と目が合った。その白人男性の表情は穏やかではなかった。まるで私に殺意を抱いているような、鋭い視線と真一文字に結んだ口元。他の陪審員はやや緊張した面持ちだが、その男だけはまるで親の仇でも見るように、激しい怒りの籠もった眼光を私に浴びせてきた。

男の異常なまでに紅潮した面持ちに、私はうなり声を漏らすところだった。なんとか落ち着いてダニエルの横に座ったが、男の悪意を湛えた視線を意識しないのは難しかった。たとえ正面を向いていても、陪審員席からその男の射貫くような視線が突き刺さるように感じられた。

私がなんとかその男の眼差しを忘れようとしていると、隣で何も気付いていないダニエルが立ち上がった。

「裁判長、陪審員の皆さま、おはようございます。今回の裁判の原告であるローズ・ナックルウォーカーの代理を務めます、ダニエル・グリーソンと申します。今日は私の依頼人であるローズとクリフトン動物園の裁判です。クリフトン動物園は今回の事件を振り返る際に、必ず一点の事実に拘ります。それは男の子が生きていたことです。危機的状況であったにもかかわらず、男の子の命が助かったこと。それこそが一番大事な点だと、常々言っております。私も男の子が生きていたことが重要であることに異論はございません。ですが、そこで満足する前に、必ず考えていただきたいことが一つあります」ダニエルは人差し指を上に向けて伸ばして、裁判長と陪審員の注目を集めた。

「それは、男の子の命の代償です。彼の命が救われたのと同時に奪われた命があります。オマリです。一つの命が奪われ、一つの命が救われたという。陪審員の皆様には、この代償の大きさについて考えてもらいたいと思います。オマリの死を正当化することが私たちの社会にどんな意味があるのか、理解していただきたいと思います。私たちはオマリの死は重大な過失によるものであると考え、被告であるクリフトン動物園に賠償を求めます」

ダニエルはそれだけ言うと静かに椅子に座りなおした。時間にして一分少々、冒頭陳述として異例の短さなのが、私にも分かった。前回のユージーンは、なぜ動物の権利が私たちの社会に必要なのかを説き、オマリが死に至るまでの状況を克明に語りかけた。三十分は話していたはずだ。それに対してダニエルはちょっとだけ喋って、すっかり満足したように椅子にゆったりとかけてしまった。

冒頭陳述は、こちらの主張を述べる重要な機会であるはずだ。こちらの正しさを陪審員に語り掛けなければいけない。私との打ち合わせの時は「君を人間にしてやるんだ。人権が守ってくれるから負けるはずがない」などと調子の良いことを言っていた。それにもかかわらず、私たちが人間であるなんて一言も触れなかったし、人権についても言及しなかった。

私があっけにとられて隣のダニエルを見つめていると、こちらの視線に気づいた彼は、何を勘違いしたのか、ウィンクをしてみせた。私はため息をついて、相手の弁護士であるケイリーを見つめた。

ブロンドの髪は光り輝いており、ブルーのシャツに紺のスーツが細身の体形をさらに引き締めて見せていた。先ほどまで悠然とした笑みを湛えていた顔から穏やかさが消えていた。彼女は反対側の席からダニエルを睨みつけていた。彼女もダニエルが何を考えているのかを探ろうとしているのだろう。

「裁判長、陪審員の皆さま、こんにちは。皆さまのお勤めに感謝します。先ほど原告側の弁護士が言ったように、今回の件で一番大事なのは男の子の命です。まだ四歳になったばかりのニッキーが助かったことは、事故当時の状況を考えれば、奇跡的と言っても過言ではないでしょう。ですが、ただ単に運が良かったというわけではありません。動物園のスタッフの素早い対応と、苦渋の決断があったからこその奇跡でした。原告はニッキーの命の代償を考えろと言いました。ですが、将来のある子供の命以上に価値のあるものがこの世界にありますか？　もちろん、オマリが亡くなってしまったことは誰にとっても残念なことでした。オマリはクリフトン動物園の全スタッフから愛され、来園者からも人気のゴリラでした。ですが、悲劇は起こってしまいました。大きな非難に晒されることが分かっていながら、毅然と対応した動物園に私は敬意を覚えずにはいられません」

ケイリーは実際に敬意を示すように、一呼吸置いた。

「もしも来園者よりも動物の命を優先するような動物園があるとしたら、皆さんはどう思いますか？　少なくとも私は行きたいとは思いません。そんな施設はこの現代社会では成立しないでしょう。私たち一人一人の命はかけがえのないものです。たとえどんなものでも、人命を軽視するような施設は許されません。来園者だけでなく、そこで働く人々の安全も、言うまでもなくどんな場においても最重要の課題です」

ケイリーは陪審員や裁判官に視線を投げかけ、自身の言わんとすることを相手が納得するまで繰り返すように話した。言葉に説得力はあったが、当たり前のことを言っているだけで面白みには欠けた。だが、堂々と丁寧に弁護する姿勢は見ていて気持ちいいものだった。本気なのか冗談なのか分からないようなダニエルの弁護の仕方とは大違いだった。

ダニエルはといえば、ケイリーの言葉を聞きながらニヤニヤと不愉快な笑みを浮かべ、何かをノートにメモしていた。

　私はその時、ふと思った。ダニエルは自分が負けなしだと言っていたが、それは本当なのだろうか？　もしかしたら、適当なことを言っていただけじゃないのか。私は自分でダニエルのことをしっかりと調べなかったことを後悔し始めた。ギャビンが気に入っているという以外に、ダニエルを信頼する理由は何一つない。

　ケイリーはそのまま二十分近く動物園の行動の正しさを述べると、静かに自分の椅子に着席した。その姿は優雅で、ダニエルと性格は違うものの、自分の勝利を信じて疑わない力強さが所作に見えた。

　もちろん多く話した方が勝ちというわけではないものの、ケイリーの冒頭陳述は見事だと思わされた。この後はあちら側が用意した四人の証人の尋問が続くことになる。ダニエルにも、しっかりと冒頭陳述以上の仕事をしてもらわないと困る。

　最初の証人が証言台へと進んだ。

「こんな風に手をあげて」裁判長は肘を体側につけたまま右手を上に伸ばして、掌を相手に向けた。証人が裁判長の格好を真似て手をあげると、裁判長はそのまま宣誓の言葉を口にした。

「あなたは厳粛に、誠実に、この法廷で真実のみを述べると誓いますか？」

「はい、裁判長」最初の証人は緊張した面持ちで裁判長を見つめた。裁判長はその言葉にゆっくり頷くと、ケイリーに向かって主尋問をするように言い、裁判を取り仕切った。

　ケイリーは椅子から立ち上がると証人に向かい合った。凛(りん)とした立ち姿は陪審員の視線を釘付(くぎづ)

けにした。

「初めに、あなたの名前を教えてください」

「はい。キャリー・レイノルズと申します」

「勤務先と勤務歴をお教えください」

「テキサスのブラウンズヴィル動物園のマネージャーをしています。同動物園で働いて今年で三十年になります。一昨年、マネージャーになりましたが、その前はゴリラの飼育員を長年務めていました」

「ブラウンズヴィル動物園は、オマリが以前暮らしていた動物園ですね。オマリがクリフトン動物園に移ることになった経緯を教えてください」

「オマリはブラウンズヴィル動物園で生まれ、十五年間暮らしました。北米の動物園にいるゴリラは三百六十頭ほどです。ローズとヨランダが例外的にカメルーンからやってきましたが、基本的にアフリカからゴリラが来ることはありません。近親的な子作りを避けて、遺伝子が偏らないようにするため、成熟した個体を交換するプログラムがあります。アメリカの動物園水族館協会に加入している多くの動物園がこれに協力しています。オマリのクリフトン動物園への移動は、この計画に沿ったものでした。オスとして成熟したオマリを、ブラウンズヴィル動物園から独立させて、新たに彼が群れを作れるようにしていたのです。当時、私はゴリラの飼育員をしていたので、六年前の移動をとてもよく覚えています。テキサスからクリフトン動物園まで一緒に車で移動しました。三日間走りっぱなしの旅行は大変でした。オマリは特にしつけがし易(やす)い、賢いゴリラでした。ハンサム・オマリと来園者たちから呼ばれて人気だったんですよ」キャリーは当時のことを思い出したのか、嬉しそうに笑みを浮かべた。

「ゴリラの飼育員としてオマリのことはよく知っているかと思いますが、あなたにとってオマリは特別なゴリラでしたか？」

「私にとっては例外なく全てのゴリラが特別です。ですが、特にオマリはブラウンズヴィル動物園で生まれたゴリラで、成熟するまでをずっと見てきたので思い入れはあります。まるで自分の子供みたいに思っていました」

キャリーの穏やかな微笑みを見て、私は彼女のことを思い出した。私は彼女と一度会ったことがあるのだ。彼女が一度、クリフトン動物園を訪れたのを見ていた。事件の数ヵ月前のことだ。私は飼育員ではない人がエリア内に入ってきたことに驚いたが、それよりも彼女を見てオマリがすぐに駆け付けたことにもっと驚いた。オマリは群れのリーダーであり、無駄に走り回ったりということはあまりしない。そんな彼が、子供に戻ったようにはしゃいで、彼女に甘えたのを間近で見てびっくりしたのだった。彼は明らかにクリフトン動物園のどの飼育員よりも彼女に懐いていた。そんな彼女とこんな場所で、こんな形で再会するとは思わなかった。

「そんなあなたの大事なオマリは亡くなってしまいました。あなたはクリフトン動物園を恨んでいますか？」

「とても残念な出来事でした。こんな不幸なことはありません。ですが、クリフトン動物園を恨んだり、責めたりという気持ちは全くありません。なぜなら、動物園を運営する立場からすれば、彼らは正しいことをしたとしか言えないからです。来園者の安全は、何よりも大事です。ホプキンス園長とも長い付き合いの友人で、彼がオマリを大事にしてくれていたのも知っています。彼がオマリを撃つと決断したのが、どれだけ苦しい選択だったか、私には分かります。オマリは私の子供のような存在でした。ですが、もし同じことが起きたら、私はホプキンス園長と同じ決断をしたと思います。動物園を存続させるために、他の全ての動物、それに動物園で働くスタッフ、動物園に来てくれる地域の皆さんのために、それ以外の選択肢はありませんでした」

「クリフトン動物園に責任はないと思いますか？　四歳の男の子が簡単に柵の中に入ってしまったんですよ？」

「クリフトン動物園が説明した通り、彼らの柵に問題はありませんでした。動物園水族館協会が定める規定に沿った柵です。どの動物園も五年に一度、同協会から認定を受けていますし、年二回の農務省の検査を受けています。現在、全米の動物園が安全対策の見直しをしているところですが、クリフトン動物園に落ち度はありませんでした。どんなに対策をしていても、事故は起きてしまうものです」

「それでは、あなたはこれは事件ではなく、事故だと考えているのですね。クリフトン動物園に重大な過失はないと、仰るんですね？」

「もちろんです」

「質問は以上です」ケイリーは十二人の陪審員を満足そうに眺め、自分の席に戻っていった。

「それでは、グリーソン氏は反対尋問を始めるように」裁判長はメモを取ると、こちらを一瞥して言った。

ダニエルは満面の笑みで立ち上がると、証人席に近づいた。彼は目を細め、証人を蔑むような視線を送った。歩き方もどことなく偉そうで、証人に対しても法廷に対しても敬意を払っていないように見えた。

「あなたは動物園のマネージャーだと言いましたね。本当ですか？」ダニエルの無礼な態度に、私は目を覆いたくなった。

「ええ。さっき言った通りです。現在はブラウンズヴィル動物園でマネージャーを務めています」

「ということは専門家ではなく、同業者ですね。同業者の言葉に何か意味があるのでしょうか？」彼の質問は証人に向けられたものではなく、陪審員に投げかけられていた。

「想像してみてください。マフィアが取引で失敗した子分を始末して、その裁判に他のマフィアが証言に来るなんて馬鹿みたいなことがありますかね？『ええ、私たちでも同じことをしますよ』なんて言ったところで、そんな言葉になんの意味もありません。他の動物園でも同じ判断をしただろうという見解は、それが正しい行いだという証拠にはなりません。他の動物園も同じ間違いを犯しうるということに他なりません。ということで、これ以上この証人の話を聞く意味はありません。質問は以上です、裁判長」

ダニエルは弾むような軽い歩調で私の隣まで戻って来た。彼は自分では自分の仕事がうまくいったと思っているようで、ウキウキした表情で私を見た。私はもう少しで「あんた、何考えてんの？」と手を動かしてしまうところだった。ダニエルが何を考えているのか、問い詰めたい気持ちでいっぱいだった。もちろん、多く話した方が勝つわけではない。それは理解していたが、ダニエルがこの裁判に本当に勝つつもりでいるのか、私には分からなくなっていた。

先ほど、私はこの法廷に対して謝罪したばかりだ。法廷や司法制度に敬意を示すと言ったばかりなのに、それを言わせた張本人であるダニエルが不適切な態度を取っているようにしか思えなかった。そう思っているのは私だけではないようで、ダニエルが早々と反対尋問を切り上げると、心なしか傍聴席がざわついた。陪審員たちの方を見ると、やはりダニエルの行動に眉を顰めていた。

もちろんダニエルも周囲の反応には気が付いているようだったが、その批判的な視線を浴びながらも、全て計算通りだとでも言わんばかりの余裕の表情をしている。それが本当の余裕なのか、ただのハッタリなのか、私には判断がつかず、私はダニエルの心境を考えるのを諦めた。

もうここまで来てしまったのだ。ギャビンも裁判は弁護士とのタッグマッチだと言っていた。あとはパートナーであるダニエルを信じるしかない。もし、これでしくじったら裁判所のすぐ外で殴り倒してやる。

あっけなく反対尋問が終わってしまったことで、証人のキャリーは唖然としていたが、裁判長は冷静に裁判を進めようとしていた。キャリーに務めが終わったことを告げ、次の証人を連れてくるようにと被告側に命じた。

二番目の証人が証言台まで進み、先ほどと同様に宣誓を済ますと、彼女は一瞬だけ私を見てから目を逸らした。私に対して後ろめたさがあるのだろう。彼女が証言に立つことを事前に知らされていたが、やはり本人を前にすると私も心の中がもやもやした。

「初めに、あなたの名前を教えてください」ケイリーは先ほどと同じように証人に語り掛けた。ダニエルが何を考えていようと自分はやることをやるだけだ、とでもいうような意思の強さがケイリーの立ち振る舞いから見て取れた。

「アンジェリーナ・ウィリアムズです」黒のスーツを着たアンジーは法廷に立つことに不安を覚えているのか、いつもより小さく感じられた。キョロキョロと自信なさげに辺りをうかがう様子も、まるで怯えた小動物のようだった。ケイリーは事故当日の動物園での状況をアンジーに説明させた。もちろん、もう何度も聞いた話の繰り返しである。もはや彼女とその子に何があったかなんて、私は聞きたくもない。

アンジーを証人として呼んだのは陪審員たちの同情を集めるためだ、とダニエルは言っていた。四歳の子供なんて、ちょっと目を離してしまえば何をしでかすか分かったものじゃない。子供がゴリラのエリアに落ちてしまったことも、オマリを撃つことになってしまったことも全ては不幸な事故だったのだと、陪審員たちに納得させるために彼女は呼ばれたのだ。

ダニエルが言っていた通り、ケイリーはアンジーを被害者のように優しく扱った。アンジーは事故でどれだけ恐ろしい思いをしたかを述べ、動物園が実弾を使ったお陰で息子が助かったと感謝の意を示した。彼女は私の方を見ないようにしているようで、視線が交わることはもうなかった。

アンジーは落ち着かないようで、証言しながら自分の髪の毛先をいじっていた。だが、ケイリーと証言の練習をしたのだろう、尋問には淀みなく返答していた。

証言台に立つアンジーの姿に、私は言葉にできない悔しさを覚えた。が、陪審員たちは彼女に好意的な視線を寄せていた。子育ての難しさや、事件後の騒動を話すアンジーを見ながら頷く者もいる。どうやら、アンジーの証言で同情を引く作戦は功を奏しているようだった。

「質問は以上です」先ほどとは打って変わって、アンジーの心中を察するようにケイリーはしめやかな口調で質問を終わらせた。

「それではグリーソン氏は反対尋問を始めてください」

裁判長の言葉を待ってましたと言わんばかりにダニエルは颯爽と席を立ち、私の背中にそっと触れてから証言台の前まで堂々と進み出た。ダニエルが近づくと、アンジーは大人に叱られる子供のように俯(うつむ)いた。私の場所からはダニエルの顔は隠れてあまり見えなかったが、チラリと見えた表情は冷酷なものだった。ケイリーがアンジーに向けていた慈悲深い眼差しとは正反対のもので、まるで睨みつけるかのような鋭さがあった。

「ウィリアムズさん、初めまして。原告側の弁護士のダニエル・グリーソンです。あなたのことをアンジーと呼んでも宜しいですか？」

「ええ」アンジーはダニエルの最初の質問に、一言で答えた。

「それではアンジー、先ほどの質疑応答を聞かせてもらって、子育てって大変なんだなと改めて思いました。世界中の母親に敬意を覚えます」ダニエルはワザとらしく胸に手を当てて、一呼吸置いた。

「子供の世話は大変です。少しも目を離せません。実際に、あなたがちょっと目を離した隙にお子さんがゴリラパークに落ちてしまいました。あなたはそれを事故だと仰いましたが、クリフトン動物園ではゴリラパークが公開されてから三十八年間、同じような事故は一度も起きていません。クリフトン動物園にどれだけの人が来園するか、知っていますか？　毎年、百五十万人以上がクリフトン動物園を訪れます。もちろん子供連れの親も多いでしょうね。それなのに、あなたのような失敗をした人は一人もいないんですよ」ダニエルがアンジーを責めるように言うと、アンジーは証言台の中で更に身を縮めた。

「オマリが死ぬことになったのはあなたが原因だと考える人も多いようですね。あなたの子供に対する態度がネグレクトであると言う人もいます。あなたの刑事責任を追及することを求める署名活動も行われて三十万人以上が賛同したと聞きます。アンジー、正直に聞かせてください。全米から母親失格だと思われるのは、どんな気分ですか？」

「異議あり！　証人に対する侮辱です」ケイリーはダニエルが言葉を切ると同時に、大きな声で裁判長に訴えた。

　ケイリーの声に反応するようにダニエルが振り向くと、彼のいやらしいニヤついた顔が見えた。自分の弁護士ながら、最低な人間だと私は思った。だが同時にダニエルの敵意のある言葉に、自分の心が少なからず救われているようにも感じた。私がアンジーに感じている怒りをダニエルが正確に代弁してくれているようにも思えたのだ。アンジーが責められるのはかわいそうな気もするが、一方でダニエルにもっと猛烈な攻撃を期待している自分がいることにも私は気が付いた。まだ私の怒りは収まっていない。

「質問を撤回します」ダニエルは裁判長が声を発する前に言った。もともと、ケイリーが異議申し立てすることを期待していたようだった。

「質問を変えましょう。先ほどの話の通り、あなたは世間から大きな批判を浴びておりました。酷い誹謗中傷もあったことでしょう。ですがそんな時に、あなたを責めるのは間違っていると主張する者が現れましたね。その主張のお陰であなたへの批判はなくなりました。あなたを助けてくれたのが誰だったか覚えておりますか？　その誰かはこの法廷にいますね、指を差してそれが誰だったか教えてもらえますか？」

アンジーは俯いていた顔を少しあげ、私の方を指さして「彼女です。ローズです」と力なく答えた。

あの事件があってから生活が一変してしまったのは私だけじゃない。彼女もある意味では被害者と言えるだろう。だが、だからと言って彼女を正当化するつもりはない。私もダニエルのように、心を鬼にしなければならないのだ。裁判はプロレスとは違うが、お互いの人生を掛けた戦いなのだ。

「ローズはあなたの名誉のために立ち上がりました。あなたが子供の面倒をしっかり見ていなかったせいでオマリが殺されることになったのにもかかわらず、あなたに手を差し伸べました。素晴らしい行いだと思いませんか？」ダニエルは陪審員一人一人に視線を投げかけながら、大袈裟に両手を広げた。

「それに対して、あなたはローズに何かしてあげましたか？　ローズはあなたを窮地から救いました。彼女自身もオマリの死で苦しんでいる時のことです。当然、あなたはローズを苦しみから救うために、何かしてあげたんですよね？」

アンジーは自分が何を聞かれているのか、まるで分からないとでもいうように唖然としていた。アンジーはケイリーと事前に策を練っていたはずだ。ダニエルからどんなことを聞かれるか、ある程度の想定をしていただろう。だが、ダニエルの質問は想定していたものと違っていたはずだ。アンジーはどう答えて良いか分からず、無言のままケイリーの方を向いた。

「異議あり！　本件とは関係のない質問です」ケイリーが立ち上がると、裁判長に訴えた。

「ミスター・グリーソン、この質問は必要ですか？」裁判長は眉を顰めた。

「もちろん、必要な質問です。ウィリアムズ氏と私の依頼人との関係は本件において重要な意味があります」ダニエルは真剣な表情だ。

「質問を認めます」

「裁判長、ありがとうございます。それではウィリアムズさん、質問にお答えいただけますか？あなたはローズのためにどんなことをしてあげましたか？」

「何も……」アンジーは消え入りそうな声で答えた。彼女はまたしても俯き、その肩は震えていた。

「すみません。声が小さくて聞こえませんでした。大きな声ではっきりと答えてくださいますか？」ダニエルは彼女に容赦なかった。

「すみません、何もしてません」

「これは驚きました。あなたと家族を社会的な批判から救ったローズに何もしてあげてないんですね。どうやらあなたは母親失格なだけでなく、友人としても失格ですね」ダニエルが吐き捨てるように言うと、ケイリーが立ち上がった。

「異議あり！　証人に対する人格攻撃であり、暴言です。撤回してください」

「ミスター・グリーソン！」裁判長がダニエルを見下ろすようにして、その名を呼んだ。

「あなたの態度は褒められたものではありません。言葉を慎むように」裁判長がダニエルを窘めたが、ダニエルは不本意だと言わんばかりに肩をすくめた。

「失礼しました。ですが、裁判長。私は今、混乱しているのです。ローズはゴリラですが、アンジーに手を差し伸べました。そしてアンジーは人ですが、ローズに対して何のお返しもしなかった。人間とはなんなのか、人間性とはなんなのか、私には分からないのです。一体、ローズとアンジーのどちらが人間でどちらが獣なのか、私には分かりません」

「ミスター・グリーソン！」裁判長がダニエルを睨みつけ、大声を張り上げた。

「次は許しませんよ。良いですね」裁判長の力強い言葉に、ダニエルは謝罪を述べた。

しかし、アンジーの精神はもう限界を迎えていた。ダニエルの言葉の暴力に耐えられず、大粒の涙を流して泣き始めてしまった。ポケットからクシャクシャに丸まったハンカチを取り出して、涙と鼻水を拭くアンジーの姿は哀れだった。

「ミズ・ウィリアムズ、証言は続けられますか？」アンジーは裁判長の質問に、ただ首を横に振って応えた。裁判長は木槌を二回打ち鳴らすと、「これより一時間の休廷とします」と宣言をした。傍聴席がざわつき、人々が少しずつ法廷から出て行った。

一時間後に関係者がまた法廷に戻った時も、まだアンジーが不安定な状態だったため、裁判長は再度休廷を言い渡し、続きは翌日に行うと宣言した。

「あなたのせいで証人が泣いた。陪審員はあなたに悪いイメージを持った。どうするつもり？」

周りの人たちが法廷を離れた後で私が問い詰めると、ダニエルはほくそ笑んだ。

「裁判のことは僕に任せておけば良いから。全部僕の思い通りに進んでるんだよ。裁判長は僕が考えた通りに明日まで休廷にしてくれたしね。君がどう思っているかは知らないけど、今のところ完璧だね」彼はそんな風に話を誤魔化した。

「明日になれば全部うまくいくよ。君が人間だって、世界中が認めるようになる。この裁判で全てが変わるんだ」

「だから、私が人間になるってのはどういう意味なの？　全く訳が分からない。説明してよ」

「だから、明日になれば分かるよ。この裁判は僕たちが勝つんだから、君はリラックスして楽しめばいいんだよ」

私は不安でたまらなかったが、ダニエルは裁判をどうやって進めるつもりなのか、何も教えてくれなかった。

十四

携帯端末のアラームが鳴り、ピーターは深い眠りから覚めた。ホテルのカーテンは朝日を完全に遮るほどに厚く、部屋は真っ暗だった。カーテンを開けると日は既に上っており、急な明るさにピーターは目を細めた。

ゴリラの裁判は二人目の証人が泣き出したため一日で終わらず、ピーターを含めた陪審員たちは近くのホテルで一夜を過ごすことになってしまった。家族には一応連絡ができたが、公正な判断を下すために外部の情報に触れることを禁止されていた。そのためテレビも見られず、ネットを見ることさえ禁止されている。本も持ってきていないピーターはホテルの部屋に入ってから何もすることがなかった。

せめて心を落ち着かせようと部屋の机の引き出しを開けてみたが、昔だったら必ずあったはずのギデオン協会の聖書が置いていなかった。最近の若者は聖書を読まず、その代わりに必要なのはＷｉ－Ｆｉなのだと以前聞いたことがある。

聖書を置くホテルは減り続けている。それだけでなく、聖書の代わりにダーウィンの『種の起原』を置けと喧伝(けんでん)している団体もあるという話だ。全く嘆かわしいことだ。しかし問題は聖書だけではない。

オハイオ州は聖書の言葉である「神と共にあれば、どんなことも可能である」を州のモットーとしている。聖書の言葉をそのまま州のモットーとしているところはオハイオの他にはない。州の印章にもこの言葉を使うことがあるほどだった。ピーターはそんなオハイオの生まれであることを誇りに思っていた。

しかしどこかの馬鹿がこの言葉を州のモットーに使うことが違憲であると言い出したのだ。連邦裁判所も違憲だと判断した。たかが一国の憲法が神の言葉を裁くなどと、恐れ多いにもほどがある。人が作りだした法律など、聖書と比べるべきものではないのだ。それを分かっていない者が多すぎる。この国の行く末を思うと、ピーターは憂鬱（ゆううつ）になってしまった。

もちろん、受付に電話をすれば、聖書の一冊くらい持ってきてくれるだろうが、それも悔しいような気がしてピーターは一人静かに祈りを捧げた。聖書がなくても祈りをあげることはできる。祈ることはもちろん、この裁判が神の御心のままに終わることだ。間違ってもゴリラを勝たせることなどあってはならない。たとえ一人になっても抗（あらが）い続けることを神の名に誓うと、心の中のわだかまりが消え、安らかな気分で寝ることができた。

ピーターはベッドから起き上がると、昨日と同じシャツを着た。良い気分はしないが、着替えの用意はなかった。昨日の裁判が短く終わったので、それほど汚れていないのが不幸中の幸いだ。

洗面所で髭をそり、顔を軽く洗ってから部屋を出た。一階の食堂は朝食を楽しむ客で賑わっていたが、他人の嬉しそうな話し声が妙にピーターの心を苛立たせた。

空いているテーブルを探そうと食堂を見回すと、見覚えのある男性がピーターに向かって手を振っていた。歳は七十前後くらいだろうが、いつ見ても背筋がピンと伸びたかくしゃくとした男性で、陪審員に選ばれた中では一番信頼できそうだと思っていた人物だった。彼は同じく陪審員の女性と相席していた。

「良かったら君も一緒にどうかな?」男は親しげに、しかし威厳のある声でピーターを誘った。

「お誘いありがとうございます。ご一緒させていただきます」ピーターは男の隣に座った。

「リチャードだ」彼は自分の名を名乗ると、右手を差し出した。ピーターも名乗って手を出すと、リチャードは力強い握手をした。退役軍人なのだろうか、年齢を感じさせない力強さに敬意を覚えた。

「私はエマよ。宜しくね」相席の女性ともテーブルを挟んで握手した。彼女は五十代後半くらいだろうか、人の良さそうな笑みが印象的だった。

「突然の泊まりがけになってしまって、大変だろう。私みたいな老人ならまだしも、君みたいな働き盛りの男には問題だろうね」

「いいえ、これも市民として大事な務めですから。幸い、家族も職場も理解してくれています」

「そうか、それは良かった」

ピーターは食堂のウェイトレスを呼び、二人にあわせてアメリカン・ブレックファストを頼んだ。

「それにしても、私たちはなんとも奇妙な裁判に付き合わされることになってしまったな。とんだ茶番だと、さっきまでエマと二人で笑っていたところだよ。ピーター、君が今回の件をどう思っているか聞かせてくれないか？」

「え？　まだ終わっていない裁判の話は陪審員同士でもしてはいけないと、昨日裁判長から言われたばかりですが……」

「まぁまぁ、固いことは抜きだ。もちろん君が話したくないというなら、無理にとは言わんがね。だが、この裁判自体、当事者以外に真剣に考えている者なんていないだろうな。ローズの弁護士だって、まるで出鱈目じゃないか。目立ちたがりだが、勝とうと思っていないのが見え見えだよ。二人目の証人を泣かしてしまったのは誰が見てもやりすぎってもんだ。あれは逆効果だね」

「では、二人とも動物園側が勝つとお考えなのですね？」ピーターが二人に訊ねると、リチャードもエマも声に出して笑いだした。

「いやいや、動物園側が勝つと思っているのは私たち二人だけじゃない。世界中がそう思っているさ。ニュースを見てないのかい？」

「いえ、ニュースを見てはダメだと裁判長に言われましたので。テレビもつけませんでしたし、ネットも見ていません」

「ピーター、ピーター。君みたいに真面目な男とは久しぶりに出会ったよ」リチャードは嬉しそうに微笑んだ。「君みたいな人間ばかりだったら、世界はもっといい場所になるだろうな」

「テレビでローズが勝つべきだと言っていたのは派手な動物保護団体とか、ちょっと変わった人だけ。普通の人はそんなこと夢にも思わないんじゃない？」エマがスクランブルエッグを口元に運びながら言った。

「ローズだって本当は勝てるとは思ってないだろうさ。ほら、確かローズはプロレス団体に入っているんだろ？　どうせ話題作りみたいなもんさ。一種のプロモーションのつもりなのかもな」

「お二人がそう考えていると分かってホッとしました。私はたとえ一人になっても動物園側に立とうと思っていましたので」

「心配する必要ないさ。ローズを勝たせるなんて間違いを私たちがする可能性はゼロに近いだろうな。だって、考えてもみなさい。ローズの弁護士は最初からやる気がなかったんだ。陪審員選出の時のことは覚えているだろう？　君はプロレスが嫌いだと言ったのに、あの弁護士は君を陪審員に選んだんだ。どう考えてもおかしいだろ？」

　リチャードが言う通り、ピーターが陪審員に選ばれたことはどう考えてもおかしかった。ピーター自身は神に選ばれたのだと確信していたのだが、あの弁護士は何を考えていたのだろう。そこに何らかの意図があるとは思えず、ピーターは今まで考えてもみなかった。

「それにあなただけじゃないのよ。私もローズの弁護士に選ばれたんだけど、私は絶対に外されると思ってたの」今度はエマが嬉しそうに話し出した。

「あなたはどんな質問をされたんですか？」

「やだ、あなたもあの場にいたじゃない。覚えてないの？」

「すみません、自分が選ばれるかどうか気が気じゃなかったので、他の人の話を聞く余裕がありませんでした」ピーターは恥ずかしそうに後頭部を掻きながら返事した。

「『あなたは銃火器を所持していますか?』って聞かれたの。だから家にあるライフルと私が普段持ち歩く拳銃の型を教えてあげたの。それでもあの弁護士は私がローズに味方すると思ったのかしら?　もし事故当時の状況で周りに誰もいなかったら、私は子供を助けるためにゴリラを撃つわよ」

「私を選んだのは動物園側の弁護士だがね。どう考えてもローズ側の弁護士がした陪審員の選び方はおかしいんだ。ゴリラの命を人間の命と同様に考えて欲しいんだったら、もっとリベラルな人間を選ぶべきだっただろうな」訳が分からないとでも言いたげに、リチャードは肩をすくめながら言った。

「それに、陪審員の年齢が高いのもローズに不利だ。みんな子供がいておかしくない世代だからね。子育てを経験した者なら誰だって、ゴリラの命より子供の命を優先した動物園を支持すると思うがね」

　リチャードの考えは的を射ていた。確かにピーター自身も陪審員席で裁判を聞きながら、もし事故にあったのが息子のライリーだったら、と考えずにはいられなかった。自分だったら間違いなく息子を助けるために柵を乗り越えて、崖を飛び降りただろう。十メートルの崖だろうが、百メートルの崖だろうが、そんなことは関係ない。ライリーを助けるためなら、躊躇せずに自分の命を捨てられる。それが親というものだ。

アンジーには守るべき子供がもう一人いたから、そうすることができなかった。だが、二人目の子供がいなければ、きっと彼女も飛び降りたことだろう。確かに、子育てをしたことがある者なら、誰でもアンジーと動物園に同情的になるだろう。

「だから心配することはない。この裁判は動物園側が勝つと決まっているようなものだ。ほら、肩の力を抜いて、もっと気楽に楽しめばいいのさ」

リチャードの言葉は説得力があり、二人の落ち着いた顔を見ているうちに、ピーターは緊張がほぐれていくように感じた。それからは裁判のことを忘れ、それぞれの家族の話や世間話をして、ゆっくりと楽しい時間を過ごすことができた。

「ダニエル」
私たちが法廷に向かって廊下を歩いていると、誰かが後ろから声をかけてきた。振り向くと、そこにいたのは動物園側の弁護士であるケイリーだった。仕立ての良い紺のスーツで、スラリとした細身のシルエットが素敵だった。
「おはよう、ダニエル。昨日は散々だったじゃない。あなたはもっと仕事ができる人だと思ってたのに、私の勘違いだったみたいね。自分の無能さを受け入れて泣く準備はできてるの？」ケイリーは優しい笑顔を保ちながらダニエルをけなした。

「おはよう。君ももう少し賢いかと思ってたけどね。僕が勝つのがまだ分からないなんて、たいしたことないな。世界中が勝てると思ってる裁判で負けることになるなんてな、同情するよ。事務所から首を切られちゃうんじゃないか？　もし仕事がなくなったら、僕らの事務所で見習いとして雇ってやるよ」ダニエルもケイリーに言い返した。

ケイリーはダニエルの言葉に苦笑いすると、私たちに軽く手を振ってどこかに行ってしまった。

「弁護士もトラッシュトークをするとは知らなかった。試合前のプロレスラーと一緒だね」

「そうそう。僕らの仕事は意外と似てるんだよ。弁護士はプロレスラーと一緒。ゴングが鳴るまでは相手を叩き潰すことしか考えない、危険な生き物なんだ」ダニエルはそう言うと、私に向かってウィンクした。

「あなたがケイリーよりも強いと良いんだけどね」

「まだ信じてないのか。まぁ、良いよ。じゃあ、これだけ教えておこう」ダニエルは私を正面から見つめると、秘密を打ち明けるようにひっそりと言った。

「四人目の、最後の証人の時に僕は大技を仕掛けるよ。裁判のそれまでの過程に意味なんてないんだ。最後の証人の反対尋問だから、ケイリーが反論できるのは最終弁論だけ。僕のロジックを最終弁論だけで崩すことができるような奴はいないと思うね」普段は何を考えているか分からないようなダニエルだったが、珍しく真剣な目をした。

「それではローズ・ナックルウォーカー対クリフトン動物園のケースを再開します。証人は証言台へ」

裁判長の言葉でアンジーは証言台へ進み出た。昨日よりも化粧が薄いのは、気のせいではないだろう。

「ミスター・グリーソン」裁判長はダニエルに鋭い視線を送りながら呼びかけた。

「昨日のような言動は慎むこと。証人の人格を攻撃するようなことは私が許しません」

「承知しております、裁判長。それでは昨日の続きから始めさせていただきます」ダニエルは裁判長に目礼した。

アンジーは遠目に見ても不安そうな様子だった。今日も昨日のような辱めを受けるのではないかと、身構えているようにも見えた。

「それでは、アンジー。まずは、昨日のことを謝ります。あなたの証言で私も困ってしまって、ついつい言葉が乱暴になってしまいました」ダニエルは胸に手を当てて謝罪した。あたかも深い後悔を感じているのだというように、眉根を寄せた。そして、陪審員全員にその反省の表情を見せつけるように僅かに身体を動かした。もちろん、全てダニエルのパフォーマンスに過ぎない。アンジーの身にどんな不幸が起きようが、ダニエルは少しも気にしないだろう。

「私が確認したいのは、あなたがローズにどんな気持ちを抱いているかです。あなたがローズに感謝の気持ちを伝える機会がなかったことは昨日分かりました。ローズはあなたたち家族を世間の批判から救いました。もし、あなたがローズに感謝の気持ちや恩を感じているのでしたら、聞かせてもらえますか?」

　ダニエルが質問を終えると、二つのことが同時に起きた。まずはダニエルの言葉に自分への批判がなかったことでアンジーが安心し、表情が柔らかくなったこと。そして、反対側の被告側の席でケイリーが小さく舌打ちをしたことだ。ケイリーがイラついているということは、ダニエルのやり方が正しいということなのだろう。

「私はローズに感謝してます。事故の後は私たち家族への批判は酷いものでした。SNSには攻撃的なメッセージばかり届くようになったので、ネットを開くこともできませんでした。どこから情報が漏れたのか、いたずら電話も頻繁にかかってきたので、電話が鳴るのが怖くなってしまいました。いつも不安で、精神的にも追い詰められてしまいました。ですが、ローズが私を擁護(ようご)する発言をしてくれたお陰で、そうした誹謗中傷も少しずつ収まっていきました。私たちはローズに助けられました。本当にいくら感謝してもしたりないぐらいです」

　アンジーの言葉を聞くと、ダニエルはニヤリと笑い「質問は以上です」と告げた。唖然とするアンジーにさっさと背を向けると私のもとまで戻ってきた。ダニエルが昨日、休廷も計画通りだと言っていた意味が私にも分かった。昨日あのまま裁判を続けていたら、陪審員にはアンジーへの同情の気持ちが強く残ったことだろう。しかしダニエルは裁判を一旦止めて、私に良い印象が残る流れに変えたのだ。そのためにダニエルはわざとアンジーを傷つけたのだ。

　次の証人は動物用の麻酔の専門家、ドクター・ヘンリー・ボウマン。骨と皮だけでできているような痩せた外見に、長い髭が特徴的な、神経質そうな表情の男だった。ケイリーが彼から引き出したかった証言はシンプルだった。ゴリラ、特にオマリのような成熟したオスのシルバーバックの場合、麻酔が効くまでに長くて十分ほどの時間が掛かってしまうという点。そして、麻酔銃で撃たれた時にはその衝撃で興奮してしまう場合があるという二点だけだった。それこそが、動物園側が麻酔銃ではなく実弾を使わざるを得なかった理由だと言ってケイリーは質問を終えた。

「麻酔銃で撃たれた動物は興奮して暴れる傾向があると仰ってましたが」ダニエルは、専門家の意見を疑うように目を細めて、言いがかりをつけるような口調で喋った。「全ての動物が必ず暴れるというわけではないですよね?」

「暴れることが多いというのは事実です。ゴリラに限らずどんな動物でも、高速で放たれたダートが体に刺さったら驚くでしょうからね。実際に二〇一六年にロンドン動物園でゴリラが脱走したケースがありますが、その時は」

「イエスかノーでお答えください」ダニエルは喋り続ける証人を遮った。

「全ての動物が『必ず』暴れるわけではないですね?」ダニエルは必ず、という言葉を強調して言った。

「ノー、全ての動物が必ず暴れるわけではありません」専門家は専門家らしく、百パーセントの断言を避けた。

「質問は以上です」ダニエルはまたしても反対尋問をすぐに終わらせた。

三人目の証人はどう考えても動物園側に有利だった。必ず暴れるわけではない、と言われたとして、麻酔銃で撃たれたら動物が暴れるのは当たり前のように思えたし、恐らく落ち着くまでに時間が掛かるのも当然だろう。ダニエルの反対尋問はほとんど意味がないように思えたが、実際に彼は最後の証人までの過程に意味はないと言っていたのだ。裁判が大きく動くのは次の証人、最後の最後だ。

「それでは次の証人は証言台へ」

最後に出てきた男を私はテレビで見たことがあった。サムだけでなくチェルシーも悪態をついた男、私たちは彼のせいで大変な目にあったことをまだ覚えていた。彼は私がまだカメルーンにいた時に、私たちの居場所をベルトゥア類人猿研究所だと指摘した類人猿学者、スタン・クリーガー博士だった。

ケイリーは形式的にクリーガー博士に名前と経歴を訊ねた。彼はコンゴのヴィルンガ火山群でマウンテン・ゴリラの研究を三十年以上続けていることや、今までの主な研究や雑誌に掲載された論文を自信たっぷりに述べた。

そのあと、ケイリーは実際の映像を法廷のディスプレイに映した。

「これはオマリがニッキーを捕らえた場面を来園者が撮影した映像です。類人猿学者として、この映像から何が分かるか教えていただけますか?」

「まず、オマリがニッキーに敵意を持っているわけではないことが分かります。人間の目には子供を乱暴に扱っているように見えますが、このように引きずり回すこと自体はゴリラの親子関係でもよく見られる行為です。威嚇や直接の攻撃はありません。ニッキーを傷つけようとしているのではなく、子供だと思って接しているように思えます。あと、オマリが極度に興奮していることが分かります。動画で聞こえるように、現場での来園者の叫び声がオマリを刺激してしまったことが分かります」

「オマリがニッキーに敵意を持っていなかったということですが、それではニッキーには危険はなかったと思いますか？」

「とんでもない。ニッキーはいつ死んでもおかしくない状態でした。まず、オマリのような成熟したシルバーバックがどれほど力強いかを分かってもらう必要があります。シルバーバックの握力はココナッツを片手で潰すほどの力です。つまり、ちょっと力を入れれば人間の骨なんて簡単に砕けてしまいます。実際に私が観察した例ですと、野生のゴリラが犬の四肢を引っ張って体を二つに裂いてしまったのを見たことがあります。誤解して欲しくないのですが、ゴリラは乱暴な動物ではありません。本質的に穏やかで、争いを避けようとする動物です。ただしあまりにも力が強いので、本人にその気がなくても、他の動物なんて簡単に殺してしまえるということです」

「分かりました。先ほどのボウマン博士は麻酔銃を使った場合、ゴリラが落ち着くまで長くて十分ほどかかると仰ってました。麻酔銃を使った場合、オマリはどう反応していたと思いますか？」

「オマリは既に興奮していました。麻酔銃を使ったら間違いなく暴れていたでしょうね。ニッキーがすぐ傍にいたことを考えると、麻酔銃を使う選択肢はどう考えても危険です。振り回す腕にでもなぎ倒されたら、まず助からないでしょう」

「ありがとうございます。質問は以上です」ケイリーは証言台に背を向けると、こちらに視線を送ってきた。あなたたちに勝ち目なんてあると思ったの？　とでも言うように彼女は勝ち誇ったような表情をしていた。

　ダニエルは証言台に近づくと、証人に目礼した。

「アフリカで三十年もゴリラの研究をされていたそうですね。では、あなたはゴリラ研究者の中でも特別な権威だと考えても良いでしょうか？」

「自分では権威だとは思いませんが、人生をゴリラの研究に捧げてきました。他の類人猿研究者と比べても、功績に引けをとらないはずです」

「あなたはベルトゥア類人猿研究所でローズの研究をしていたサミュエル・ウィーラー博士とチェルシー・ジョーンズ博士とは面識がありますね？　以前、テレビで彼らのことを『特に研究者として功績があるわけでもない』とコメントしましたが、その意見は変わっておりませんか？」

　ダニエルが訊ねると、クリーガー博士は一瞬だけ苦虫を嚙み潰したような表情をしたが、すぐに負の感情を隠した。

「あれはローズとその母親のヨランダのことを詳しく知る前でしたから、軽率なコメントだったと思います」

「なるほど。ですが、先ほどは他の研究者と比べても引けをとらないと仰ってました。もし、今から他のゴリラにローズのような手話を教えるプロジェクトがあったとして、あなたなら成功させられると思いますか？」

「ローズに関するウィーラー博士とジョーンズ博士の論文は読みましたし、彼らの報告も学会で何度か聴いております。同じ環境、条件を整えれば可能でしょう。彼らにできて他の者にできないのでは、科学とは呼べませんから」

「なるほど。他のゴリラも言語を習得できるということですね。ありがとうございます」

ダニエルはそう言うと、意味ありげに私の方を振り返った。その瞳にはいたずらを仕掛ける前の子供のような、意地の悪い輝きがあった。

いよいよ、ダニエルは彼が言うところの「大技」を仕掛けるつもりだ。

「実は、私もクリーガー博士の論文を読ませていただきました。生物学は専門外なので難しい部分もありましたが、実に興味深い内容でした。類人猿とはとても面白い存在ですね」

「それは、どうもありがとうございます。ゴリラの魅力が伝わったのなら、研究者として本望です」

「私が一番興味をひかれたのは、人間と動物の違いに関する博士の考察ですね。ここで一つ、教えていただけますか？　人間と動物の違いとは、ずばり何なのでしょうか？」

「人間と動物の違いに関する言説は諸説ありますが……」

クリーガー博士は順調に話し出したが、突然言葉に詰まった。まるで実際に喉に何か大きな異物が引っ掛かったかのように、目を大きく見開き、動揺で身体が硬直したのが見ていて分かった。

「博士、どうかしましたか？」ダニエルがほくそ笑みながら声をかけたが、クリーガー博士は返答できずに、ただケイリーを見つめた。ケイリーが助け舟を出してくれるのを待っているようだが、ケイリーもその視線の意味に気づけずにいた。

「もしかして、緊張して忘れてしまいましたか？　実はちょうどここに論文のコピーがあるので、私が代わりに該当箇所を読んでも良いのですが、どうしますか？」

ダニエルは確かに何かを仕掛けたのだ。そして、クリーガー博士はそれに気が付いた。だが、私を含めて法廷内の他の誰にも、それが何なのか分からなかった。

「人間と動物の違いは……」クリーガー博士は消え入りそうな声で答えた。

「種全体として複雑な言語体系を持つか否かにある……」言葉を口にしながら、その意味を自分で考え直しているようだった。

「そう。人間と動物の違いは複雑な言語体系を持つか否かです。ということは、もう皆さんお気づきでしょう」ダニエルは一呼吸置いた。

「ローズは人間の言葉をそのまま理解し、完璧なコミュニケーションが可能です。ローズは複雑な言語体系を学ぶことができた。要するに、クリーガー博士によればローズはただの動物ではなく、人間なのです」

その瞬間、ダニエルの言葉に法廷がどよめいた、と言えればどれほど良かっただろう。ダニエルは頭の中では、そんな劇的な法廷ドラマのワンシーンを描いていたのかもしれない。しかし、実際にはダニエルが口にした言葉の真意を誰も摑めず、法廷は静まり返ってしまった。

私を人間にする、とダニエルが言ってくれた時から私は魔法のような何かを期待していたのだが、蓋を開けてみれば、それは単なる屁理屈、詭弁に過ぎなかった。私が言葉を使えるから人間である、そんなことを真に受ける人がいるだろうか？　少なくとも、私にはそれだけで裁判に勝てるとは思えなかった。

それに、もし私が人間だと皆が認めたとしても、事件に巻き込まれたのは私ではなくオマリだったのだ。オマリは言葉を使うことはなかった。であればオマリはゴリラに過ぎないのではないか？

もちろん、ダニエルは必ず勝てると言い張ったのだ、これだけで終わるはずがない。ダニエルを信じて最後まで見守ろう。私はそう思い直したが、次の瞬間、ダニエルは反対尋問を終わらせた。

「質問は以上です」

私はダニエルの「大技」に失望したが、彼は堂々と胸を張ってこちらに戻って来た。ダニエルが被告側の席にチラッと視線を送ったので、私もケイリーがどんな顔をしているのか確認しようとした。どうせケイリーは余裕の表情でいるだろうと思っていたが、実際のケイリーは取り乱していた。ダニエルの視線にも気づかず、手元の資料をめくりながら、慌てて何かをメモ書きしている。いつでも冷静だったケイリーの変わりように、私は驚いた。やはり、私には分からない何かがこの法廷で起きていたのだろうか？

何はともあれ、証人喚問が終わった。次に原告側、被告側の最終弁論があり、私の運命を左右する評議が始まる。最終弁論が終わってしまえば、評決が出るまでは私たちにできることは何もない。私たちの主張を陪審員に伝える、最後の手段が最終弁論だ。

「以上で証人喚問は終了となります。これより双方の弁護士には、今まで法廷で述べられた証言をまとめて最終弁論とする機会を与えます。それではミスター・グリーソン、最終弁論の準備はできていますか？」裁判長は先ほどのダニエルの突飛な主張など気にもしていないような、普段通りの声で訊ねた。

「はい、裁判長」

「それでは陪審員にあなたの主張を伝えてください」

ダニエルは私の隣に戻って来たばかりだったが、またすぐに立ち上がった。陪審員席の前に設けられた演台まで進むと、またしてもネクタイの締まり具合を確認するように首元に手を添えた。

「陪審員の皆様、これは非常に難しいケースです。私たちが当たり前だと思っているいくつかの常識が実際に正しいのかどうか、考え直す必要があります。まず考えてみてください。私たちの日々の生活は様々な共通認識を基盤としています。そうした共通認識の中で、現代社会において一番重要なものはなんでしょうか？」

ダニエルの問いかけは大学の教授のようであったが、舞台役者のように大袈裟な振る舞いをした。

「ここでは議論を飛ばして結論を申しましょう。人権こそが私たちの生活に最も重要な概念でしょう。人権なしでは、私たちの生活は成り立ちません。全ての人に平等に与えられている権利があるからこそ、私たちはお互いを尊重して生きていくことができます。しかし、皆さんが人権について大きな思い違いをしていることは指摘する必要があるでしょう」

ダニエルは陪審員一人一人の目線を確認し、十二人の全てが自分の動きに集中するように身振り手振りを加えた。力強く言葉を発したかと思えば、もったいぶった間を設けた。

「あなた方は自分たちが人権によって守られているとお考えでしょう。ですが、それは本当でしょうか？　私たちは本当に人権によって守られているのでしょうか？　私たちが人権によって守られていると、どうやって証明できますか？」

ダニエルは陪審員の前を行ったり来たりして、ゆっくりと動いた。陪審員席の奥に設置されているカメラが、ダニエルの姿がフレームから外れないように、彼の動きを追って左右に動いている。

「少し例え話をしましょう。ここにコップらしきものがあります」ダニエルは原告席の上に置かれたコップを摑みながら言った。

「これがコップであることを証明するためには、そもそもコップとはなんであるかという定義と照らし合わせて考える必要があります。コップの定義とは『主にガラス製で円筒状の、飲み物を入れる容器』のことなので、これがコップであることが分かります」

ダニエルがコップを机に戻す動きは、まるでダンスの振り付けのように優雅だった。

全てが丁寧に構成されたパフォーマンスのようなものなのだろう。細かい動きの一つ一つに魂が込められているようで、今までのダニエルとは全く印象が違った。コップの定義の説明でさえ、高尚な何かに感じさせてしまうような不思議な説得力があった。

「話を戻しましょう。それでは人権が守るとされている、人間について考えてみましょう。人権が適用される人間の定義とはなんでしょうか？　もしこれが簡単な問いだと思ったら大きな間違いです。なぜなら、法的な人間の定義などというものは存在しないのですから。

人権は全ての人間に付与されます。しかし、その人権が付与されるところの人間とは一体なんなのか、法律の世界では答えがないのです。私たちはゴリラが人間じゃないと簡単に考えてしまいますが、実は私たちが人間であると証明することもできないのです。私たちホモサピエンスが人間であるとするのは、ただの慣習でしかないのです。

もちろん、みなさんもご存じのように同じホモサピエンスでありながら、肌の色の違いなどで人権が与えられなかった人々も過去にはいました。有色人種には人権が与えられない、その考えも当時の慣習だったのです。慣習に盲従することがどれほど愚かなことか、お分かりいただけましたか？」

ダニエルはアフリカ系、ヒスパニック系の陪審員には優しい視線を送り、白人には過去の間違いを追及するような、容赦なく厳しい眼差しを向けた。

「そして、先ほど皆さんが聞いたように、クリーガー博士の定義によれば、ゴリラも動物ではなく人間に分類されるのです。言葉を使えるローズだけではありません。手話を使えないゴリラも含めて、全てのゴリラが人間なのです。言葉が使えない人も人間とみなされるのと一緒です。クリーガー博士が仰っていたように、ローズと同じような学習をする機会があれば、他のゴリラも手話を覚えることができるからです。つまり、手話を使えないゴリラとは、学習機会が与えられなかったゴリラなのです。我々ホモサピエンスも学習の機会がなければ言葉を覚えません。しかし言葉を使えないからといって、我々から人権が奪われることはありません。ゴリラも同じように扱われるべきです」

私はダニエルの説明にハッとした。私は、私と母が特別なゴリラだと思っていた。なぜなら私たちは言葉を使えたからだ。しかし、それは私たちがチェルシーに言葉を教わったというだけに過ぎない。

もし他のゴリラも同じように言葉を教わっていたら？　皆が人間の思考や文化、ゴリラと人間の違いを理解したかもしれない。

例えばもし私が事件当時のオマリと同じ状況に置かれたとしても、私は人間をゴリラと同じように扱うことができないことを知っているので、子供を連れてゴリラパークから安全に出られるように誘導しただろう。動物園も私とはコミュニケーションが取れるのだから、私を殺そうなどと考えることもなかったはずだ。

もしオマリにも同じような学習の機会があったなら、オマリも同様だったに違いない。ということはオマリが殺されたのは、彼に学習機会がなかったからだと言えるのではないか。

「ゴリラも人間であり人権が付与されるべきだ。そんな主張はあまりにも浮き世離れして聞こえるかもしれません。しかし人権とはヒューマン・ライツであり、ホモサピエンス・ライツではないのです。その意味をしっかりと考えていただきたいと思います。実際に類人猿に限定的な人権が付与された先例はあります。

まずご紹介したいのが二〇一四年、アルゼンチンでの件です。ブエノスアイレスの動物園で飼われていたオランウータンのサンドラが『人間ではない人』として裁判所で認められ、不当な監禁から解放されるべきであるとされました。サンドラは今、フロリダ州の保護区である類人猿センターで暮らしています。そして、二〇一五年にはストーニーブルック大学医学部で実験体となっていたチンパンジーのヘラクレスとレオが不当に拘束されているとされ、マンハッタンの最高裁判所裁判官であるバーバラ・ジャッフェ氏が人身保護令状の発行を一時的に認めました。

そして二〇一七年、ニューヨークの裁判所にて、トミーとキコという二頭のチンパンジーの保護環境を巡って裁判が行われました。最終的な判決としては二頭に人間と同じ権利は認められませんでした。その理由はチンパンジーには法律上の義務を負ったり、自らの行動に法的な責任を負ったりすることができないからだとされました。それではゴリラはどうでしょう？　ローズは企業の広告塔を務め、クリフトン動物園では記者会見で自らの言葉を語りました。その後はWWDに所属し、プロレスラーとして活躍しております。ローズが他の人間同様に、法的な義務や責任を負うことができるのは明白です。これらの前例をみても、ゴリラに人権を認めることは、時代の当然の流れとも言えるのです。

そしてオマリが人間であるということは、この事件の全容を大きく変えることになります。事件をもう一度思い出してください。もともとオマリは自分の家で寛いでいただけです。そのオマリの家に闖入者が現れました。四歳の男の子です。オマリはその子が気になり、自分の子供たちと同じように接しました。オマリがしたのはそれだけです。男の子を攻撃したり、敵意をもって威嚇したりはしていません。それなのに、オマリは容赦なく殺されました。なぜでしょうか？　それはオマリの力が強すぎたからです。

これは動物の問題などではありません。人間の自由と尊厳の問題なのです。オマリが殺されたのはオマリが子供を簡単に殺せる力を持っていたから、それだけの理由です。それは例えば人が銃を持っているのと同じことではありませんか。人を殺す力を持っている、それだけの理由で人を殺して良いはずがありません。クリフトン動物園の判断を許すことは、銃を持っている人間は危険だから殺していいという主張を許すことに繋がるのです。

それでは最後に、人間についてもう一度考えてみましょう。あなたが『人間』という言葉を思い浮かべる時に、他の国の人はそこにいますか？　自分とは違う肌の色の人は？　そして、そこにゴリラはいますか？　社会通念をアップデートするのは簡単なことではありません。しかし、今まさに人間という言葉が包括する意味は大きく変わろうとしています。人間とは、ホモサピエンスよりもずっと大きい言葉なのです。オマリは人間でした。この裁判は無実の人間が不当に殺されたケースなのです。

ここオハイオ州はアメリカでも特別な場所です。世界で初めて飛行機を作ったライト兄弟の弟オーヴィルはオハイオ州デイトンで生まれました。そして人類で初めて月を歩いたニール・アームストロングもオハイオ州出身です。この航空の州であるオハイオ州に恥じない、人類にとっての大きな一歩を踏み出す評決を、陪審員の皆さんに期待しています」

ダニエルは陪審員たちに目礼すると、私の隣まで戻って来た。

「ミズ・カッツ、最終弁論の準備はできていますか?」

「はい、裁判長」ケイリーは裁判長に声をかけられるまで資料にメモを取っていたが、力強く返事をして立ち上がった。

「陪審員の皆さん、お勤めご苦労様です。今回のケースは二日間にわたる長い裁判となり、疲労も溜まってきているでしょう。しかも原告の主張は全くの的外れなもので、聞いているだけでも大変だったと思います。たった一、二頭のゴリラが手話を使えるからといって、ゴリラが人間であるなんて、非常識にも程があります。複雑な会話が可能なら人間なのだと、そんな暴論を許していいはずがありません。そんなことを言い出したら、会話ができるAIにも人権を与えなければならないことになります。社会通念とは簡単に覆るものではありません。覆してはいけないのです。人間とはなんであるか、その問いかけ自体はとても複雑な問題です。しかしゴリラが人間ではないことは誰でも簡単に分かるはずです。陪審員の皆様には重大な責任があります。分別のない判断を下さないように気を付けてください。

　この裁判の争点は動物の命と人間の命のどちらを優先するべきか、その一点につきます。ゴリラが人間であるか、そんな世迷い事は真剣に考える価値もありません。将来のある四歳のニッキーの命が危険に晒された時、クリフトン動物園は責任ある行動をとりました。人命の救助以上に優先されることなどありません。オマリが殺されたのはオマリに子供を殺す力があったというだけの理由ではありません。オマリが子供を殺してしまう可能性が十分にあったからです。専門家の判断にミスはありません。

こんなことを言うのは心苦しいですが、もし間違った評決を出してしまえば、この十年で一番のジョークになるでしょう。ゴリラは人間ではありません。原告の下手な屁理屈に騙されないでください。私からは以上です」

ケイリーは陪審員の一人一人に視線を配ると、いつも通り堂々と胸を張って被告席に戻っていった。しかし、私はケイリーの最終弁論が短かったことに驚かされた。証人喚問まではケイリーが多くを語って、ダニエルは少し喋るくらいだった。最終弁論はそれまでと対照的に、ダニエルが初めて核心に触れる主張を長々と話し、ケイリーは逆にダニエルの主張を否定するにとどまった。

やはりダニエルの言い分は正しかったのかもしれない。ケイリーにはダニエルのロジックを崩すことはできなかった。議論に値しない、と言って冷笑するだけだった。

ダニエルは弁護士として、正しい仕事をしてくれたと私は思った。たとえ、裁判で負けてしまっても悔いは残らない。彼の言葉に、私は救われたと感じた。

私にとって、もはや裁判の勝ち負けは問題ではなくなったのだ。私は今までずっと悩み続けてきた問題の答えを見つけた。それは私の今までの暮らしや、私自身を肯定してくれるものだった。私はどうしても、それを伝えたくなった。

私が見つけた答えを、ダニエルに、裁判長に、被告席に座っているホプキンス園長に、伝えたい。

いつものように、私は黙っていられなかった。

十五

たいした茶番だ。ピーターはゴリラ側の弁護士の最終弁論を聞きながら、笑いを堪えるのに精いっぱいだった。中古車ディーラーとして長年勤めているピーターも、客の要望に応えつつも中古車を売るために説明は工夫する。商品の良くない点も決してネガティブな言い方にならないように気を付けたり、性能よりもイメージを伝えたり。営業のテクニックとしてはたいしたものではない。

今日の裁判を見る限り、弁護士の連中というのは、クライアントのためならどんな真実でも簡単に捻じ曲げられるようだ。ゴリラが人間だなんて、最悪のコメディアンですら言わないような冗談を、いかにも真面目な顔で言ってのけるのだ。

ピーターには他の陪審員がしかつめらしい顔つきを保っていられるのが不思議で仕方なかった。だが、陪審員という特別な立場を任されている以上、笑い出すわけにもいかず、ピーターは下唇を強く噛んで笑いを堪えた。

その後の動物園側の弁護士は言葉少なに、原告側の主張の馬鹿馬鹿しさを伝えた。そして人間が動物に優先されるのだという当たり前のことを主張して終わった。

結局は朝食の時にリチャードが言っていた通り、この裁判を真剣に考える必要などないのだ。ピーターの出す答えは、裁判が始まるずっと前から決まっており、それは証人喚問や最終弁論で変わることなどなかった。

ゴリラを勝たせるわけにはいかない。それが神の意思なのだ。動物が人間に逆らおうなどという思い上がりを許すわけにはいかない。

だが、ゴリラ側の弁護士が銃規制を暗に持ち出したことで、エマの表情が変わったことにも気づいていた。ピーターが神の意思を最も重要だと思うように、彼女は銃規制に繋がるという可能性は微塵も許しておけないのだろう。エマがゴリラ側の肩をもつ可能性がある。だが、ピーターの意思は何があっても曲がることはない。評決は既に決まっているのだ。

「原告、被告、双方の最終弁論が終わりましたので、それでは……」裁判長は早速、評議の段階に進もうとした。しかし裁判長の言葉の途中で、あろうことかゴリラが立ち上がった。

「すみません、裁判長」ゴリラは腕を振り回し、機械音声を発した。その言葉を聞くだけでピーターはどうしようもなく腹が立った。動物に言葉を喋らせるなど、考えただけで虫唾が走る。

「どうしても最後に述べたいことがあります。お時間をいただけますでしょうか？」

言葉遣いは丁寧だが、裁判の手順を無視するなど、ゴリラでなくとも許されるものではない。しかし、裁判長は寛大にもゴリラに喋る機会を与えた。

「通常でしたら却下するところですが、認めることにします。簡潔に述べてください」

ゴリラは「ありがとうございます」と言うと、自分がずっと座っていた原告席と被告席の間の通路からピーターたち、陪審員席の前まで拳をついて移動してきた。ゴリラと正面から向き合い、この大きな獣は黒目の部分が大きく、白目が見えづらいということに気が付いた。どこを見ているか分からず気味が悪い。それでも一瞬、ピーターはゴリラと視線が合ったと感じた。

「私は幼い頃から言葉を学習してきました。言葉を覚えることは、ただ会話を可能にするだけではありません。私は言葉、アメリカ式手話を通してアメリカの、人間の文化を学びました。人間の感情や、考え方を学びました。私はジャングルにいる他のゴリラとは考え方が、感情の抱き方が違うのです」

ゴリラに感情があるのか、ピーターには分からなかった。だが、手話を使うゴリラもそうでないゴリラも、ピーターにとっては同じだ。芸を覚えた犬のようなものだろう。

「私はジャングルで育ちながら、そんな自分に違和感を覚えました。私は他のゴリラとは違う。人間と同じように考えるのにもかかわらず、人間でもない。私という存在は、一体なんなのだろうと、悩んできました。一連の裁判に関してもそうです。私がただのゴリラであれば、たとえ群れのリーダー、夫を殺されようが、その事実を受け入れるだけです。ですが、私にはそうすることはできませんでした。突然夫が殺されて、それが当然のことだと言われても私には納得できませんでした」

「私は何者なのか、ずっと悩んで生きてきましたが、今回、はっきりと分かりました。私はゴリラであり、同時に人間でもあるのです」

一瞬、ゴリラの表情に決然とした意志が感じられたような気がした。まるでそれがただの動物ではなく、形こそ違えど人間なのではないかと思わせるような何かがあった。ピーターは自分を惑わす邪念を追い払うように両腕を胸の前で組んだ。

「たとえ私が貧しくとも」ゴリラは続けた。「私は人間である」

それは今までの文脈からすると、不思議な一言だった。たとえ貧しくとも？　何を言おうとしているのか、ピーターには分からなかった。しかしゴリラのその言葉を聞いて、今まで隣で眠そうにしていたアフリカ系の老婆の背筋がシャンと伸びた。

「たとえ私が生活保護を受けていても、私は人間である」ゴリラの言葉はさらに同じ調子で続いた。隣の女性は目を大きく開き、拳を固く握りしめていた。ゴリラの言葉に反応したのは彼女だけではなかった。動物園側の女性弁護士が突然立ち上がった。

「異議あり！　本件とは関係のない公民権運動のイメージを利用しようとしています！」

「公民権運動が本件と関係ないというのは、あなたの見解に過ぎません。私には大いに関係があるように思われます。発言を許します」裁判長はゴリラに軽く目礼をした。

「たとえ私が檻に閉じ込められていても、私は人間である。

たとえ私が未熟でも、私は人間である。

たとえ私が間違いを犯しても、私は人間である。

たとえ私がゴリラでも、私は人間である」

ゴリラのスピーチはシンプルで、とても強いメッセージを持っていた。だが、それでもピーターの決意が揺らぐことはなかった。自分が人間だと思うなんてことは驕りに過ぎない。獣は人間よりも下位の存在であるべきなのだ。

「私は黒く、美しく、自分に誇りを持っている。

私は神の子供である」

その一言はピーターの魂を揺さぶった。

自らを神の子供だと語ったのである、ただの獣に過ぎないと蔑んでいたゴリラが、である。

ピーターは自分の思い違いを悟った。

ゴリラは、否、獣であっても神の存在を信じることができるのだ。

「私は尊重されるべきだ。私は守られるべきだ。私は人間なのだから」

ゴリラは言葉を続けたが、ピーターの耳には既に何も入っていなかった。動物と信仰の関係についての新しい考えで頭がいっぱいだったのだ。

一体、誰がこのゴリラに神のことを伝えたのだろうか？　誰だか知らないが、まるで現代の聖フランチェスコではないか。ジョットの絵画で有名なアッシジの聖フランチェスコは、小鳥にまで説法をし、神の教えを説いた。ピーターは聖フランチェスコを素晴らしい聖人だとは思っていたものの、小鳥が本当に信仰を理解したかどうかなど、考えたことはなかった。

もし、ゴリラが神を信じることができるのなら、それはどんなに素晴らしいことだろう。今の若い世代は信仰心のない者ばかりだ。無神論者であることを誇らしげに話すような愚か者も多くいる。そのような冒瀆(ぼうとく)的な輩に比べれば、このゴリラの方がもしかしたら自分との共通点があるのではないか、そんな風にさえ思えた。

ゴリラは発言を終え、自分の場所まで戻っていった。ピーターは自分が垣間見た奇跡に、胸がいっぱいになった。

「陪審員の皆様」裁判長はローズのスピーチについて何のコメントもせず、淡々とした口調で今後の流れを話し始めた。

「これまでに今回の件に関する証言と双方の議論を聞いてもらいました。陪審員には法廷と切り離された、異なる役割が与えられています。法廷により提示された法律にのっとり、本件に評決を下すのがあなたたちの役割です。法律を捻じ曲げることや、法はこうあるべきだという個人の勝手な解釈は許されません。これから私が述べる事柄に……」

裁判長が陪審員に向けてこれからの手続きを説明しているのが聞こえたが、ピーターは全く別のことを考えていた。法廷などよりも、もっと高次の正義。つまり神がピーターに与えたもうた使命のことである。

ピーターはこれまで、人間に逆らう動物に裁きを与えることが神から与えられた使命だと思っていた。しかし、このゴリラは神を理解しているのである。このゴリラを救うことこそが自らの運命なのだとピーターは考え直した。

やがて裁判長の訓示が終わり、ピーターたちは後ろの通路から陪審員のみが入ることを許された部屋に案内された。部屋の中央には大きなテーブルがあり、それを囲むように十二脚の椅子が用意されていた。部屋の壁には、オハイオ州の印章が飾られていた。見慣れたオハイオ州の印章、右には小麦、左には十七本の矢が束ねられ、そしてその背後には輝く朝日が描かれている。

「神と共にあれば、どんなことも可能である」

ピーターは部屋に入るなり、誰にも聞かれることのないようにオハイオ州のモットーを呟いた。

そう、神と共にあれば、どんなことも可能なのだ。たとえ、それがゴリラを人間だと認めることだとしても。

陪審員の評議が終わり、法廷が再開した時には既に夕方も遅い時間になっていた。前回の裁判では最終弁論の後、一時間もせずに呼び戻されて負けたのだ。それに加え、ダニエルも評決が長引くのは議論が有利に動いているからだと言ってくれた。だからと言って、長い時間を待たされるのは気が気でなかった。

私は緊張でお腹を下し、待ち時間の間に二回もおむつを交換することになった。チェルシーが一緒にトイレまでついてきてくれた。女性用トイレに入った時に洗面台の前ですれ違った女性は、私の姿に驚いて短い叫び声をあげたが、私には他人のことを気にする余裕はなかった。「ゴリラお断り」なんてサインは見なかったとでも言ってやりたかったが、彼女を無視するだけに留めた。

傍聴人、法廷TVのカメラマン、廷吏、そしてホプキンス園長とケイリーが法廷に戻ってくると、裁判所は静かな熱気に包まれた。

「全員起立」裁判長と陪審員が席につき、いよいよ評決が下される時がきた。

私は下ろしていた両腕で床を押し、勢いをつけて立ち上がった。

直立姿勢は人間の特徴だ。ゴリラの私には短い間しかこの姿勢を保てない。それでも、私は綺麗に二本足で立ち上がろうとした。私がゴリラでもあり、人間でもあることをそれで証明できるわけではない。だが、それは私なりの人間への敬意の払い方でもあった。

これから私が人間であると認められるのか否か、私には分からない。人間たちが作り上げた正義の形である司法制度を通して、人間たちが私たちゴリラも人間であるかどうか判断するのだ。

私はふと、前回の裁判で弁護を務めてくれたユージーンとの会話を思い出した。謝罪を求めるのなら、和解すればいい。なぜ裁判をするのか、と彼は私に問いかけた。私はその答えが正義だと思っていた。謝罪ではない、正義を求めているのだと、私は思っていた。しかし、それは違ったのだ。正義などという訳の分からないものを求めていたのではない。

私は自分が何者なのかを知りたかったのだ。他のゴリラたちとの違いに悩み、人間でもない自分。夫を殺されてもそれを受け入れなければならないと言われた自分。それでも黙っていられなかった自分。

私は何者なのか、ずっと考え続けていた。私はダニエルの最終弁論を聞いて、自分がゴリラでもあり、人間でもあるのだと納得した。それだけでも気持ちが落ち着いた。以前ほど裁判の結果に期待しているわけではない。

「陪審員の皆さん、評決に達しましたか？」

「はい、裁判長」

陪審員代表の男の声を聞くと、胸が苦しくなった。彼は小さな紙を手に持っていた。そこに今回の裁判の結果が書いてあるのだ。私が勝つのか、それとも動物園が勝つのか。ゴリラは人間なのか、それとも人間以下の動物に過ぎないのか。裁判の結果が全てではない、とは言え、それでもやはり結果は気になる。

自分で自分のことを人間だと思うだけでなく、世界の人々にそれを認めてもらいたい。喋るゴリラとしてではなく、同じ人間として、同じ立場の存在として人と接したい。自分にも他の人間と同じ命の価値があるのだと、分かってもらいたい。

私は被告席側のホプキンス園長の横顔を見た。彼の表情は曇っていた。事件の前はいつも穏やかな人物だった。彼は動物とどう接すれば良いかを分かっており、私は彼の優しい物腰が大好きだった。

だが、事件の後は人が変わってしまったように険しい表情をする人物になってしまった。事件と、そして私が起こした裁判が彼を変えてしまったのだ。彼は私のことをどう思っているのだろうか？

もしかしたら、私が動物園を裏切ったとでも思っているのだろうか。私は動物園を訴えたのだから、そう思われても仕方ない。全てが満足のいく結果になるなんてことはない。何かを得るためには、何かを失うこともあるのだ。

「評決はどうなりましたか？」

裁判長の低い声が聞こえ、鼓動が高まった。

長かった闘いがついに終わる。

「ローズ・ナックルウォーカー対クリフトン動物園に関して、私たちは……」

十六

生い茂る草をかき分け、私はジャングルを奥へと進んだ。地面に拳をつく時の土の柔らかさ、陽光を遮る木々の樹冠、湿気(しっけ)とともに様々な動物の匂いを孕んだ空気。私を取り巻くすべてが、私が覚えていた通りだった。鳥のさえずり、蛙の歌声、そして猿の唸り声。

地面に座ると、ひんやりとした感触が心地よかった。もう何年もパンツを穿いていたのだ。服を着ないで歩き回っているのは、不思議な解放感があった。木々の葉が擦れあう音を楽しんでいると、後ろから二人が近づいてくる音が聞こえた。

「ジャングルを案内してくれるって言うからついてきたのに、まさかあんたがこんな地獄で産まれたなんて聞いてなかった！」リリーは私のすぐ隣にしゃがみ込むと、文句を言った。リリーはジャングルに入ってから文句ばかりだ。

「ごめんなさい。すっかり忘れてた。あんたが根性なしの泣き虫だって」私がリリーをからかうと、彼女はうんざりしたように低く唸り声をあげた。私はまだグローブを着けている。このまましばらくジャングルを散策した後で、研究所まで戻ったらグローブを預けるつもりだ。これからの生活にグローブは必要ない。

「少なくとも、リリーはジャングルに来るって知ってたんでしょ？　私はあなたがアフリカに行くって言うからついてきただけだよ。私はアフリカの生地を見たかっただけなのに」ユナはすっかり息を切らしており、ジャングルに来る前に町で買った杖に体重を預けている。

「そりゃあ悪かったわね。じゃあ今から帰ってマーケットに行ってきなよ」リリーがユナに言うと、ユナは一瞬だけ振り返った。そこにははっきりとした道はなく、どこを見ても同じような木が生えているだけだ。もうジャングルに入って一時間以上経っている。一人では帰れないことを悟ったように、ユナは口答えすることをやめた。

「それにしても暑すぎだよ。こんな蒸し暑いところに長時間いたら、脳みそが腐っちゃうよ」

「ジャングルは日差しがないから涼しい。それに、リリーは最初に会った時にはもう脳みそが腐ってたから大丈夫」

リリーは私の言葉に言い返す元気もないようで、ただ黙って中指を立てた。

「ちょっと休もうか」私の言葉に二人の表情がすこし落ち着いた。リリーは小さなレジャーシートをバックパックから取り出して座ると、水筒の水を飲んだ。ユナがその隣に座り、二人でクラッカーを食べ始めた。私は少し離れたところにガンベヤの木を見つけたので、その根元に落ちている黄色い実を拾って食べた。固い殻を破って果肉を食べると、懐かしい味がした。アメリカで食べた果実は甘くて水分が多かった。それに比べるとガンベヤの実は渋みがあるし、ぼそぼそとしている。しかし、この味こそが幼い頃から食べなれた、故郷の味だった。

やっと帰って来たのだ、このジャングル、ジャー動物保護区の自然の中に。アメリカで暮らして十年。最初にアメリカに渡る時は、自分の与り知らぬところで決められた条件やレンタル期限が疎ましく思えたものだった。十年という時間はあっという間に過ぎてしまった。

アメリカに行ける、そう思ってワクワクしていたのが、つい昨日のことのように思い出せた。私の辿った道のりは特別なものだった。今でも時々思い出す、アメリカに渡った最初の頃のことを。ゴリラパークの仲間入りを果たしてからは、オマリが私を守ってくれた。時間をかけて新しい家族に馴染んでいった。私はオマリに特別な感情を抱いた。

そして、あの事件が私の生活を変えてしまった。

「なぁ、考え直しなよ。本当にもうジャングルに戻っちゃうの？　アメリカにいる方が絶対に楽しいって」

私が物思いに耽っていると、リリーが私の隣まで来て訊ねた。

「アメリカは今でも好きだよ。楽しいし、リリーたちもいる」

「アメリカが好きならカメルーンに戻る必要なんてないんだよ。だって、ローズは人間なんだ。自分の好きなように生きていいんだって」

私は二度目の裁判で勝ち、人間として認められた。結果として、最初に取り決められたカメルーンとアメリカの私を巡る交渉条件は破棄された。人間はワシントン条約で守られる動物ではないし、貸し借りの取引などもってのほかだ。もちろん、カメルーン政府が割を食わないように、交渉が重ねられた。結果、私はカメルーン人ということになった。剣と盾、そして天秤がデザインされたパスポートと、アメリカ滞在を許可する特別なビザも支給された。

もちろん、カメルーンに帰る必要はなかった。ジャングルに戻るというのは、完全に私の意思である。

私は自分の意思で移動できるようになったのだ。好きな時に、好きな場所で、好きなことをしていられる。私は誰かの所有物ではない。自由になったのだ。

「リリーの言う通り、私は私の好きなように生きる。だから、私は自分の家で暮らしたい。ここが私の家なの」私はできる限り誠実に答えた。

「ここにいると、自分が正しい場所にいるって思える」

私はガンベヤの太い幹を見上げた。ごつごつとした木の肌が逞しい。何十年、もしかしたら百年以上もここに生えているのかもしれない。私は木にそっと触れた。ジャングルが持つ生命力すらも、その木の肌から感じられる気がした。それは都会では感じることができない、静かな、しかしそれでいて何があっても揺るがない力強さだ。

そして、今は私もジャングルの一部であると感じられる。アメリカにいる時は、自分がその一部だと感じられたことはなかった。そう思うことができたら、どれだけ良かっただろう。私を人間だと認めてくれたのは、なんといってもアメリカの司法制度だった。だが、残念なことに私を受け入れてくれる人ばかりではなかった。

「そうか。寂しくなるよ。でも、いつでも電話してきて良いからね。それに、もしアメリカに来ることがあれば必ず連絡してよ」リリーは私を抱きしめた。

「もしかしたら、すぐにアメリカに帰りたくなるかもしれない。私だって、ジャングルでずっと暮らすと決めているわけじゃないから」

裁判所はクリフトン動物園にオマリの死に対する責任を認め、賠償金は六十万ドルに上った。ダニエルへの報酬を払った後に残った金額はクリフトン動物園に寄付することにした。結局、私はお金に困ったことはなかったのだ。WWDでの収入だけで、私は暮らしていけた。

私たちの裁判が勝利に終わったことで、動物が原告の裁判が増加した。といっても、私たちと決定的に違うのはゴリラが実際に訴えたわけではなく、保護団体が自分たちは動物を代弁していると主張して裁判を行ったことだ。実験動物を保護するための裁判、管理状況の悪い動物園を訴える裁判、海に住むイルカに代わって環境汚染を行っている企業を訴えた裁判も行われた。

そうした動物保護団体の多くはダニエルに弁護の依頼をしたが、彼はそれらの全てを断った。彼らですら、ダニエルが私の裁判で動物の弁護をしたのだと勘違いしていた。ダニエルは今までもこれからも、動物の弁護をするつもりは一切ないと言っていた。ダニエルのような優秀な弁護士に依頼できなかったことで、そうした裁判のほとんどが無惨に負けていった。私の裁判の結果が動物の権利向上に繋がると思った人々は多くいたが、そうした期待は蓋を開けてみれば全く非現実的なものだった。

とはいえ、類人猿の可能性が注目され始めたことは確かだった。クリーガー博士はカリフォルニアに自分の名を冠した保護・研究施設を建てた。私や母のような手話を使えるゴリラを育てることを目標としたプロジェクトが始まり、テッドのSLテック社とダニエルの事務所を筆頭に、協賛企業や個人のスポンサーが集まり、十頭のゴリラを十年育てるのに必要な予算がすぐに集まった。チェルシーとサムだけでなく、私もプロレスラーを早々に引退してこのプロジェクトに関わることになった。

ここで育てることになったのは全米から選ばれた産まれたばかりのゴリラだった。母親と一緒に保護施設内で暮らし、子離れした段階で母親は元の場所に戻すという計画だった。ただ、そもそも群れから子供を離すことにも問題があるので、その他に全米の動物園とオンラインで繋ぎ、画面越しに子ゴリラを指導する計画も同時に進められた。だが、もともとゴリラは映像学習をしないものだ。映像中継での学習は効果が全くなかったものの、施設内に集められた子供たちは少しずつ手話を覚えていった。

施設に集められた子ゴリラの中には母であるヨランダの二頭目の娘、プレシャスもいた。母は私より遅れてアメリカに来たが、ちょうど二度目の裁判が終わる頃にはニューヨークのブロンクス動物園で子供を出産していた。歳の離れた妹の誕生は、私にとって思いがけない喜びだった。しかも、クリーガー博士の施設で一緒に生活できるようになったので、私は久しぶりに小さな子供と遊ぶことができた。プレシャスは母が熱心に言葉を教えたこともあり、他の子供に比べてもずっと早く手話を覚えていった。私はプレシャスを自分の子のように可愛がった。

私と母はずっと特別だった。手話が使えるゴリラ、言葉を覚えたゴリラ。特別であるということは孤独なことでもあった。これからはクリーガー博士のもとで言葉を覚えるゴリラが増えて、私たちゴリラも人間と一緒に町で暮らすことになるのだと思っていた。人間とゴリラが共存する未来、そんなものを夢見てしまった私は、まだ人間のことを理解していなかったのだ。

クリーガー博士のプロジェクトは着々と成果をあげていった。私と同じようにSLテックのグローブで子供世代のゴリラ同士が会話する様子は注目を集めた。その映像は世界中に衝撃を与え、世論は分断された。言葉を使う動物を好意的にみる人もいれば、それを脅威だと思う人もいた。

ゴリラに手話を教えることを禁止する必要があると主張する団体も現れた。特にLSH、ラスト・スタンド・オブ・ヒューマニティーという団体は支持者を増やしていき、人間とはホモサピエンス以外のなにものでもないと反ゴリラ活動を世界中で展開した。

ゴリラを人間であるとし、人権を付与した私の裁判の評決が違憲であると騒ぎ立てた。私の裁判の結果がひっくり返ることはなかったものの、クリーガー博士のプロジェクトに対する批判は強まっていった。

出資者が減ってしまったのは、まだ決定的な問題ではなかった。しかし私たちの施設の外側には常に反ゴリラのデモ隊が群がるようになり、私たちはその対応でどんどん疲弊していった。

本当はゴリラを怖がる必要なんてないのだ。ゴリラは暴力的な動物ではないし、それに動物学的にもホモサピエンスととても近い。私は生息地を奪われているゴリラや他の類人猿がおかれている現状をみんなに知ってほしかった。

私はグローブでパソコンを操作することを覚えた。ネットの記事をコンピューターに読み上げさせることもできるようになっていた。SNSを通して、世界中の人に情報を発信することもできた。だが、それがどんな結果をもたらすことになるか、私は全く理解していなかった。

「動物園で産まれ、故郷であるジャングルを知らないゴリラたちは世界中に千頭以上いる。できることなら、彼らにジャングルを見せてあげたい」

ある日、私はそんなことをネットに書き込んだ。

その一言は、驚くほどの反対運動を巻き起こすことになった。反ゴリラ活動を批判していた人たちでさえ、難色を示した。

「ゴリラを見ることができなくなる」

「このままだと動物園がなくなってしまう」

人々は私の言葉を拡大解釈して、口々に非難し始めた。

動物保護に理解のある人たちは逆に私を過剰に褒め讃えた。ゴリラは人間だと認められたのだから、もう一度裁判をしろと言うのだ。ゴリラの解放に反対する動物園を訴えるべく、弁護士費用を集めるクラウドファンディングすら私の了承を得ずに勝手に始まった。

私はうんざりだった。裁判なんて二度としたくない。

私が動物園相手に裁判をするつもりなんてないのだと発言すると、またしても非難が殺到した。

「ローズは仲間のゴリラを見捨てた」新聞にそう書かれた日は虚しさを感じた。さらに、その新聞を名誉棄損で訴えろという人まで現れた。

何度裁判を繰り返せというのだろうか。

いつまで戦えというのだろうか。

私には彼らが理解できなかった。

私にとって言葉は魔法だった。

目の前にいる誰かとお互いの気持ちを伝えあい、理解しあうための優しい道具だった。言葉があれば自分の心を差し出すことも、相手の心に触れることもできた。言葉を覚えさえすれば、そこにはゴリラも人間もなかった。

だが、今の私に届く言葉は呪いだった。

顔も見えない、どこにいるのかも分からない誰かの悪意や無責任な言葉が、波のように押し寄せていた。テレビ、新聞、ネット、心無い言葉はどこにでも氾濫していた。

野生動物が風雨に晒されるように、人々は吹き荒れる言葉に打たれながら暮らしている。激しい雨がやがて台地を浸食するように、人々は言葉によって心を削られていた。そして、それが当然であるかのように振る舞っていた。

ある日、どこかの大学の偉い哲学者が、私の裁判に関する記事を有名な雑誌に寄稿した。今回の私の裁判はローマ帝国における奴隷の反乱と同じようなものだというのだ。私は人間の支配に抗い、市民権を得ることになった。だが奴隷の反乱が奴隷制度を終わらせたことはない。これからも人間による動物の支配は何ら変わらずに続くだろう、とその記事はまとめていた。

プロジェクトの停止を決定付けたのは、反ゴリラのデモ隊が夜中に施設に侵入したことだった。もちろん彼らは不法侵入で逮捕されたが、ゴリラとスタッフが危険に晒されたことで、私たちはこれ以上続けることが難しいと判断した。五年続いたプロジェクトは未完のまま終わり、ゴリラたちはそれぞれ違う動物園に移動させられた。そして彼らは徐々に言葉を忘れていった。結局、手話が使えるのは私と母とプレシャスの三頭だけだ。

プロジェクトの停止で一番腹を立てていたのは、意外にもダニエルだった。

「反ゴリラのクソ野郎どもめ。俺を怒らせたことを後悔させてやるからな」

プロジェクトの停止を告げに彼の事務所を訪れた私は、彼の反応の大きさに驚いた。

「そんなに私たちのことを大事に思ってくれてるなんて知らなかった」

「当たり前だろう？　話せるゴリラが増えてくれれば俺の人生は安泰だったからね。だって考えてもみろよ。これからゴリラがどんな困難に遭うと思う？　みんな俺の顧客になるはずだったんだぜ。裁判だって楽に終わるはずだった。『ローズのことを覚えてますか？　ゴリラはもう人間なんですよ』これを言うだけで勝てる裁判が何十件もあったはずなのに」

私はダニエルが全く変わっていなくて笑ってしまった。相変わらず金儲けのことが一番なのだ。案外、ダニエルのように自分の欲望に正直な人の方が信頼できる気がした。

私はダニエルに先日読んだ哲学者の記事を教えた。彼がどう考えるか知りたかったのだ。

「ねぇ、私の裁判は本当に奴隷の反乱に過ぎなかったのかな？　ゴリラが人間だって認められて、世界は変わるものだと思ってたのに。これからも何も変わらないのかな？」

私がダニエルに意見を求めると、彼は首を横に振った。

「君はもう少し賢いかと思ってたけどな。まだまだ人間について学ぶべきことがある。まず絶対に、何があっても哲学者の言うことなんて聞いちゃダメだ。哲学を勉強しようと思う時点で、かなり頭が弱いやつらだ。そんなやつらの言うことなんて価値があるはずがない」

ただの悪口じゃないかと、私は笑った。ダニエルは大まじめに突拍子もないことを言う。だが、そうやって嘲笑してくれることで私の気持ちは随分と楽になった。

「君の裁判はこれから大切なマイルストーンになるはずだよ。ゴリラが人間として認められた、これは大きな判例だ。もちろん、判例一つで世界が変わるわけじゃない。人の意識が突然変わることなんてないんだよ、残念ながらね」

彼は肩を竦めた。

「前にも言ったけど、人間は長い年月をかけて司法制度を作り上げてきた。制度を整えて、判例を積み上げて、何が正しいかという基準を築いてきたんだ。君もその一部になったんだよ。これから同じように苦しむ者を救えるんだ。だけど、君が最初じゃない。君の裁判の時にも過去の判例が重要な役目を果たした。そして、君が最後でもない。変化はすぐには表れないけど、何十年もすれば人間と動物の関係は大きく変わるはずだよ」

ダニエルはそう言いながら私の肩を叩いた。

「それでも物足りないっていうなら、君が弁護士や裁判官になるって手もある。なんてったって人間なんだからね。努力さえすれば、なんでも好きなことができる」

「私でも弁護士になれる？　裁判官にも？」私は驚いた。そんなことは考えてなかった。

「もちろん可能さ。プロレスラーになれるんだ、弁護士にだってなれるだろう。司法試験なんて余裕だよ」

ダニエルは軽く言った。

「本当にそう思う？」

「いや、やっぱりやめておいた方がいい。君は弁護士になるには優しすぎる。僕みたいに冷酷な獣じゃないと務まらないよ」彼はそんな風に笑ってみせた。


ダニエルが言うように、あと何十年もすれば人間と動物の関係は変わるかもしれない。

だが、私は戦い続けることなんてできない。

戦うために生きているわけではないのだ。

私は動物に過ぎないと見下され、その後人間だと認められた。一躍、時の人として様々なメディアに取り上げられた。そして、また人々から拒絶された。

それでも私は人間を嫌いになったわけではない。ただ、少し疲れてしまっただけだ。だからこそ、ジャングルに戻ることにしたのだ。人間である自分を一旦忘れて、ゴリラとしての自分に向き合いたかった。他のゴリラにジャングルを見せることは叶わなかったが、母とプレシャスだけは一緒に帰れることになった。

母とプレシャスもついさっきまで一緒だったが、ジャングルに入るなり興奮した母はプレシャスを連れて、奥へ奥へと行ってしまった。

リリーとユナを十分に休ませた後、私たちはまたジャングルの奥へと進んだ。草木を押しのけ、倒木を乗り越え、蔦を頼りに坂を登った。

私は木の枝で休んでいるガラゴを見つけ、リリーとユナがこの可愛い小型の猿を見つけられるように静かに指さした。二人とも珍しい小動物を見つけて喜んだが、掌ほどの大きさのスローロリスにも似た猿はカメラのシャッター音で驚いて逃げてしまった。

すぐにでもジャングルに戻りたかったのだが、カメルーンの首都であるヤウンデのンシマレン空港に降り立った私は国賓並みの待遇を受けてしまった。世間的には私は最も有名なカメルーン人だった。最も有名な人がゴリラというのは、カメルーンに対して失礼だと我ながら思ったが、アメリカに渡れたのも当時のカメルーン政府のお陰でもあった。私はカメルーンのメディアの取材に応じ、様々な人に会い、いろんな施設を訪ねなければならなかった。

結局、ジャー動物保護区に来られたのは一週間も経った後だったし、ベルトゥア類人猿研究所に来るまでは常に知らない人たちに囲まれていた。研究所では十年ぶりにリディに会うことができた。私たちは久しぶりに抱き合い、再会を喜んだ。しかし、研究所にはリディ以外に知っている人はいなかった。

ジャングルには私のかつての家族たちがまだいることが分かった。私の少し年上の異母兄弟であるヨアキムがすぐ近くにいるというのだ。私がジャー動物保護区を去った時にはまだ群れを離れたばかりだったが、今では十四頭の群れを率いるリーダーになっていた。

私はリリーたちと研究所で落ちあい、ヨアキムたちの群れに案内することにした。私はヨアキムがいる場所を研究所のスタッフから聞いていたので、迷わずに見つけられると確信していた。だが、リリーたちは初めてのジャングルで、不安になっていた。

「ねえ、本当に道が分かってるんだよね？　本当は迷ってたりしないよね？」リリーが歩きながら私に訊ねた。

「私はここで産まれた。知らない道はない。あなたがニューヨークで迷わないのと一緒」

「まあ確かにニューヨークでは迷わないけど。ニューヨークの通りは数字で分かりやすいし、ここと違って標識があるから」リリーの皮肉を無視して私たちは進んだ。

私は周りの木の葉に擬態しているカメレオンを見つけて、リリーとユナに教えた。ギョロギョロと大きな目玉を動かしている爬虫類が面白くて、私は指でちょいとつついた。すると、驚いたカメレオンは真っ赤に色を変えて慌てて逃げていった。

私たちは大きな沼のある開けた場所に辿り着いた。何度も体を浸した沼が、まだ同じところにあることが嬉しくて、私はリリーたちを置いて、そのまま入っていった。沼の水は冷たく、足元の泥は柔らかく気持ちよかった。

「あなたたちも入ったら？　気持ちいいよ」

「え？　なんか、蛇とかワニとかいそうで、怖いんだけど」私が冗談で誘うと、ユナはあからさまに嫌な顔をした。

「ワニは大きな川にはいるけど、こんなところにはいない。もしいても、私が助けるよ」

私がそう言うと、リリーは沼の目の前まで来て靴を脱ぎ始めた。

「え？　沼に入るつもり？　やめときなよ。ばい菌とか、絶対ヤバいって」

「そうだね、危ないかも。でもローズがどんな気持ちなのか、知りたいから」

リリーはピンクの派手な靴下を丸めて靴の中に入れた。そしてゆっくりと沼の中に一歩だけ足を踏み入れると、視線を足元から私の方に向けた。

リリーは言葉もなく、私に微笑みかけた。ジャングルの切れ目ない木陰の中でも、彼女はなぜか輝いて見えた。彼女の黒い髪は汗で首に貼りついていた。鮮やかな青いウィンドブレーカーが眩しかった。膝までまくり上げたズボンの下に、彼女の細い脚が見えた。

その瞬間の素晴らしさを表現する言葉を私は知らなかった。彼女は完璧だった。完璧な瞬間だった。私はきっと、いつまでもこの瞬間を忘れることはないだろうと思った。これからリリーと会えない間、私はこの瞬間のリリーの姿を思い返すのだろう。

彼女は最初に私に会った時も、私を恐れなかった。私を特別扱いしなかった。話せるゴリラとしてではなく、友達として接してくれた。そして今も、彼女は恐れることなく私の沼に足を踏み入れた。

「なんか、自然の一部になった、って感じがするよ」リリーは優しく呟くと、遥かなジャングルの樹幹を仰ぎ見た。そこに青い空はない、何千枚もの木の葉で覆い隠されているのだ。

「そう。ジャングルに入ったら、みんな自然の一部。同じお母さんのお腹の中にいる姉妹みたいに、今の私たちの間には何もない。でも街のなかでは人は孤独。だから、私はここに戻って来た」

「そうか。なんとなく分かるかも。ここはあなたの世界なんだね」リリーは寂しそうに呟いた。

「ねえ、私たちって変だよね。あなたがアメリカに来た時はみんなで大騒ぎして喜んだのに、言葉を使えるゴリラが増えるんだって思ったら、簡単に掌を返しちゃうんだよ」リリーはため息をついてから言葉を続けた。

「やっぱり動物と人間を区別しておきたいんだと思う。ゴリラのことを人間だなんて思いたくないんだろうね。私たち人間の世界に、人間以外のものが入ってくるのが怖いんだと思う。逆に動物の世界を切り開いて人間の場所にしてるのにね。人間って本当に自分勝手だよね」

私は答えに困った。彼女が話す人間の中に私が含まれていないのが分かったからだ。それは彼女が悪いのではなく、言葉の限界だった。人間という言葉の意味が、定義が、いつも何度でも私を排除しようとする。いつまで経っても「私たち二人」は「私たち人間」になれない。

「ねえ、ローズ。あなたは人間のことを嫌いになっちゃった？」リリーは私を真っ直ぐに見つめていた。

「好きな人も嫌いな人もいる。ゴリラも同じ。嫌な奴はどこにでもいるから、気にしない」

「あなたは本当に強いのね」

「もちろん。ここでは強くなきゃ生きていけないから、生きてるってことは強いってことなの」

私の言葉にリリーは笑った。

「ねえ、最初に会った時のこと覚えてる？　私にとってあなたは喋れるゴリラでも、動物の代表でもなく、ただの友達だって。だから私と話す時は何の責任も感じなくて良い。あなたにそんなこと言ったよね」

「もちろん、覚えてる。最初に会った時から、リリーとはいい友達になれるって思った」

「でも本当のことを言うとね、実はあなたに凄く期待してた。あなたが裁判で勝ったあとからさ、あなたが私たち人間を変えてくれるんじゃないかって」

「どういうこと？」私はリリーが何を言おうとしているのか分からなかった。

「動物園のゴリラは本来あるべき生活をしていない、自分の意思に反した暮らしを強いられている、あなたはそう言ったでしょ。それって、人間にも同じことが言えるなって思ってた」

「よく分からない」

「もちろん、ゴリラは人間の都合で動物園に入れられてるんだし、人間は自分たちで作った文化の中で暮らしてるんだから、全然違うレベルの話なんだけどさ……」

リリーは言いづらそうに口ごもった。

「私、ラッパーになったじゃん？　普通に大学を出て仕事をするのが嫌だったんだよね。みんな仕事をするのなんて嫌なんだよ。でも、生活のために仕方なく働く。働いて、税金払って、クソみたいな男にクソみたいに扱われて、政治家に騙されて。みんな、それが嫌だけど、それが普通の人生だと思ってる」

リリーはぶつくさ言いながら、ゆっくりと沼の中を一歩一歩進んだ。

「動物園のゴリラが本来あるべき生活をしてないって言うならさ、私たち人間が本来あるべき生活ってどんななんだろうって。だって、私はこんな世界を望んだわけじゃない。誰か、昔の人たちが勝手に作り上げた世界だもん。人間本来の姿じゃない、不自然な生活を強いられてる気がするんだよね。自分たちで見えない檻を作って、その中で窮屈な暮らしをしてるみたい」

リリーは頭をあげて、樹幹を見上げた。言うべき言葉を探しているように、彼女の視線が揺れていた。

「もしかしたら、動物を解放することで救われるのは、私たち人間なんじゃないかって、勝手にそんなことを思ってた。動物があるがままに暮らせる世界って、きっと人間もあるがままに暮らせる世界なんだよ。人間の文化が大きく変わるかもしれないって、そんなことを思ってた」

いつの間にかリリーは私のすぐ近くまで来ていた。ズボンがすっかり濡れてしまったが、彼女は気づいてもいないようだった。

「だから、ゴメン。私はあなたに勝手な期待をしてた。それなのに、あなたの夢を叶えてあげることができなかった」

私をじっと見つめるリリーの頬に涙が流れていた。

「あなたが謝ることじゃない」

私たちは一緒に沼から出た。リリーはバックパックから出したタオルで足を拭き、靴を履きなおした。

「私もリリーに謝ることがある。実は私もあなたに勝手な期待をしてた」

「そうなの？」リリーは驚いたように私を見た。

「いつかグラミー賞を取ると思ってた。でもあなたはいつまでも二流有名人のままだった」

私がリリーをからかうと、彼女は舌打ちした。

「なんだよ！　こっちは真面目な話をしてたのに！　それにグラミーなんて欲しくもないんだから！」

リリーが大声を出したので、私は彼女から逃げる振りをした。

「あ、こら逃げるな！」

彼女は私を追いかけて来て、後ろから私の背中に飛びついた。彼女が私の体をわしゃわしゃと撫でる。私たちは一緒に笑った。二人の笑う声は全く違うが、楽しいと感じているのは一緒だ。これからは彼女とふざけあうこともできない。そう考えると寂しさが込み上げてきた。

突然、沼の反対側の茂みがガサガサと揺れ、大きな黒い動物が現れた。体格の良い、オスゴリラだ。だが、距離があるので誰なのかが分からなかった。

私は近寄ってそれが誰なのか確かめたかった。だが、リリーとユナを置いていくわけにはいかない。私が困っていると、リリーが私を見て頷いた。

「行ってきなよ。友達に挨拶してきな。私たちはここで休んでるから。でも、あとでちゃんと帰って来てよ。明るいうちに研究所まで戻りたいから」

私はリリーに感謝の言葉を伝え、反対側に現れたゴリラの方に向かった。ヨアキムの群れの誰かだろうか？

オスゴリラに近づく。顔が見えるようになると、私は驚いて思わず歩みを止めてしまった。そのオスゴリラはアイザックだった。十年以上経ったことで昔のような未熟さがなくなり、もう立派な姿をしていた。私が近づいて行ってもまるで気にかけていないような堂々とした風格は、どこか父エサウの姿を思い出させた。

アイザックの背中は威厳に満ちた銀色に輝き、いままで見たどんなゴリラよりも力強く見えた。彼は私に近づいてきた。地面に拳をつくたびに、逞しい肩の筋肉が隆起する。

彼は私のことを覚えているだろうか？　十年前に、少し顔を合わせただけの私のことを。もちろん、そんなことを確かめる術はない。アイザックと言葉を交わすことなどできないのだから。

彼は私の目の前まで来ると、グォームと低く嬉しそうな声で挨拶をしてきた。

私も同じように挨拶を返した。

私たちの間に言葉は必要なかった。

個々を隔てる複雑な言葉の意味や定義もなく、木漏れ日のように穏やかな感情の交流だけがそこにあった。

母なるジャングルに抱かれ、全ての命は同じ命として、そこに存在していた。

〈参考資料〉

『マウンテン・ゴリラの森で』ワルター・バウムガルテル＝著、牧野賢治＝訳／草思社
『ゴリラの森に暮らす　アフリカの豊かな自然と知恵』山極寿一／NTT出版
『ゴリラの森、言葉の海』山極寿一＋小川洋子／新潮文庫
『ゴリラ　森の穏やかな巨人』アラン・グドール＝著、河合雅雄＋藤永安生＝訳／草思社
『積みすぎた箱舟』ジェラルド・ダレル＝作、セイバイン・バウアー＝画、羽田節子＝訳／福音館書店
『霧のなかのゴリラ　マウンテンゴリラとの13年』ダイアン・フォッシー＝著、羽田節子＋山下恵子＝訳／早川書房
『ゴリラは戦わない　平和主義、家族愛、楽天的』山極壽一＋小菅正夫／中央公論新社
『ゴリラ図鑑』山極寿一＝写真・文、田中豊美＝画／文溪堂
『アレックスと私』アイリーン・M・ペパーバーグ＝著、佐柳信男＝訳／早川書房
『ある陪審員の四日間』D・グレアム・バーネット＝著／高田朔＝訳／河出書房新社
『大型類人猿の権利宣言』パオラ・カヴァリエリ、ピーター・シンガー＝編／山内友三郎、西田利貞＝監訳／昭和堂
ナショナルジオグラフィック2008年2月号　ゴリラの家庭学／日経ナショナルジオグラフィック
ナショナルジオグラフィック　DVDビデオ　都会に生きるゴリラ／東芝
ナショナルジオグラフィック　DVD　アフリカの熱帯雨林～自然との共存～／TDKコア
映画『プロジェクト・ニム』ジェームズ・マーシュ＝監督
ジェシー・ジャクソンのスピーチ(https://www.youtube.com/watch?v=sn5hCdHuZzw)

謝辞

メフィスト賞を受賞した後、単行本の刊行にあたって京都大学名誉教授で、現在、総合地球環境学研究所所長の山極壽一（やまぎわじゅいち）先生に監修をお願いしましたところ、ご多忙にもかかわらずお引き受けいただけました。先生のお陰でゴリラの生態に関して、より正確な描写が可能となりました。改めて御礼申し上げます。

私の未熟さ故、現実に反した描写があることも述べておきたいと思います。ローズの知能、認知能力の高さは勿論ですが、モーリスたちの襲撃場面も演出上の理由で現実離れしたものとなっております。ローランドゴリラはオス同士の連携が弱いので徒党を組むことはあり得ないようです。嬰児殺しはマウンテンゴリラに特有のもので、ローランドゴリラにはほとんどみられないそうです。作中でも繰り返し述べましたが、ゴリラは一般的に争いを好まない動物です。文責は全て私、須藤にあります。

現実の社会における類人猿と人権の関係について興味を持たれた方は、参考文献にあげました『大型類人猿の権利宣言』をお読みいただけますと理解が深まると思います。

そして、ココとハランベにも格別の感謝を。二頭のゴリラがいなければ、この小説が書かれることはありませんでした。

すべての類人猿、すべての命に安息の地がありますように。

須藤古都離

第64回メフィスト賞受賞作「ゴリラ裁判の日」に加筆、修正した作品です。
※この物語はフィクションです。実在するいかなる個人、団体、場所などとも一切関係ありません。

イラストレーション　田渕正敏
ブックデザイン　鈴木成一デザイン室

須藤古都離　すどう・ことり
1987年、神奈川県生まれ。
青山学院大学卒業。
2022年「ゴリラ裁判の日」で
第64回メフィスト賞受賞。

ゴリラ裁判の日
2023年3月13日　第1刷発行

著者　須藤古都離
発行者　鈴木章一
発行所　株式会社講談社
東京都文京区音羽2-12-21　郵便番号112-8001
電話　編集　03-5395-3506
販売　03-5395-5817
業務　03-5395-3615
本文データ制作　講談社デジタル製作
印刷所　株式会社KPSプロダクツ
製本所　株式会社国宝社

ISBN978-4-06-531009-0　N.D.C.913　334p　19cm

第2作

無限の月

須藤古都離

2023年夏刊行予定